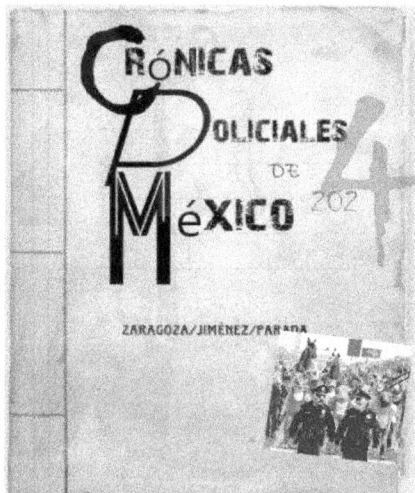

Serie "Tác7ica5 policiales"
tomo 1
"UNA EXTRAÑA DANZA CON LA MUERTE"
Catálogo de relatos y Esquemas tácticos de
Operación en Situaciones críticas
EMIIANO ZARAGOZA/
EDER JIMÉNEZ/
POLO PARADA

Para
José Naranjo Morales
Jorge Alfredo Orozco Rodríguez
Alicia Briseño Vázquez
Valientes capitanes de su propio navío,
Elegantes desertores de la rutina maestra,
Febriles y entusiastas exploradores de todo lo explorable,
Escapistas, cómplices, grandes dispensadores de una
Amistad implacable.

}

= ADVERTENCIA =
El contenido de Este folletín es Absoluta ficción.
Esto no es un manual oficial de protocolos policiales.
Si alguien decide aplicar alguna de las técnicas explicadas aquí, ACEPTA Expresamente que lo hace bajo su propia y única responsabilidad, y exime totalmente a los autores de cualquier responsabilidad legal.
Esto no pretende ser un manual, sólo se trata de una pieza iconográfica que refleja la actualidad.

Cualquier parecido con la realidad
"no es más que falta de imaginación,
Porque la verdad También se inventa"
Julio Cortázar

M U Y
I M P O R T A N T E
En este compendio Todos los nombres, regiones, dependencias, empresas y marcas y hasta detalles de los eventos han sido modificados.
Así que "Cualquier persona que se sienta aludida, Está Totalmente equivocada y No dudaré, ni por un segundo, en otorgarle, aunque sea por vía del apremio, La prueba de su inexistencia"
Comisario Sanantonio

PRÓLOGO

Divertido y Asombroso.

Comenzaré diciendo que el contenido de este libro son Anécdotas policiacas, narradas como si te las platicara en confianza un policía.

Tal y como si te las compartiera de colega a colega durante una pausa del patrullaje, en la confidencia que sólo puede existir entre dos veteranos del oficio que se conocen de lustros y vicios.

Cada experiencia es relatada con la misma picardía y velocidad con la que ocurren este tipo de sucesos, son relampagueantes y en ocasiones surgen de manera totalmente sorpresiva, pero cada relato contiene abundantes detalles y se ayuda en ocasiones del lenguaje de la calle para mejorar la vívida experiencia de cada evento y que así el lector pueda sentirse parte de la trampa, perdón: Trama. Hasta Puede que mientras usted lea una escena su rostro sea salpicado de sangre, es el efecto que produce un libro en 4— D.

Muchas revelaciones he obtenido de las lecturas de este catálogo de crónicas policiacas:

¿Es un libro tedioso? Veamos, este libro se basa en la anécdota, en la noticia criminal, en la cruda realidad de los hechos, en algunos relatos incluso es contada en tiempo presente, como si lo estuviéramos viviendo junto con los protagonistas en este mismo momento.

El equipo de autores de este volumen encontró la forma de exponer la realidad policial tal como es: Trepidante, rebuscada, incipiente, cómica, mortal:

Todo al mismo tiempo.

¿Alguna vez se ha apartado usted de un grupo que mantiene una conversación patética llena de lamentos y sufrimiento?

Los autores hacen lo propio, se apartan del lánguido estilo de los obituarios y en cambio se avocan apasionadamente al relato épico y minucioso y al análisis más obsesivo y sarcástico.

Como si se tratara de una mesa de análisis con los expertos analistas *Kobe Bryant, Martinolli, Chesterton* y *César Luis Menotti*, los autores comentan socarronamente cada evento y explican cuáles factores redundaron en el resultado final, también nos comparten qué aspectos se pudieron mejorar y qué técnicas debieron aplicar para que el éxito hubiera acompañado sus esfuerzos.

Los autores prometen enseñarnos cómo son los psicópatas, cómo reconocerles en la multitud, cómo eligen a sus víctimas, cómo atraparles. ¿Será posible esto?

Este libro, aunque es policiaco, reivindica el sentido lúdico de cada cuento, el objetivo primordial es el esparcimiento, el juego, la charla de café, el disfrute de contar historias frente al fuego y compartir opiniones, el placer de fanfarronear hazañas y de cuestionar las aventuras de *Munchausen* y hacer chistes de todo, de la vida, de los defectos corrosivos de los demás, de uno mismo, de las mujeres y de la muerte.

Y sobre todo de la Muerte.

Rogelio Manuel Sánchez Montes de Oca.
Magistrado y Mtro. En Derecho

PREFACIO

*"**Una patrulla se desplaza a media velocidad por las calles de la zona suburbana**, son las dos de la tarde, de repente, la central de radiocomunicaciones les informa que está ocurriendo un robo a mano armada a pocas cuadras de su ubicación. Ambos Agentes deciden dirigirse hacia el evento para impedir el delito y capturar a los sujetos causantes, llegar no fue difícil. Descienden del vehículo y se aproximan al evento..."*

Todo se resolverá en pocos segundos. Dependerá de si los delincuentes se percataron de la llegada de los policías y los esperan agazapados para emboscarles o si por el contrario han decidido escapar y se iniciará una persecución; También será primordial en el resultado si los agentes están atentos a su entorno, si tienen preparación táctica y si serán hábiles en la aplicación de los principios básicos que deben permear toda operación policial.

Cinco segundos deciden la vida y el destino de personas y familias.

En la televisión y las noticias hablan de los acaudalados funcionarios de la ley, legisladores, magistrados, jueces y fiscales, gente adinerada y famosa, además, en las universidades se habla de jurisconsultos preclaros y eruditos, <u>pero ninguno de ellos sirve si no hay Detención del culpable.</u>

Al final de Hamlet sólo quedan un filósofo y un soldado ¿Saben por qué?

¿Cómo se puede crear un Estado sin alguien que haga cumplir la Ley? Por eso se necesita un filósofo y un policía. Usted puede ser ambos.

Ningún propósito se cumple en una sociedad si el Estado no logra proteger a la víctima y atrapar a los culpables.

<u>Sin detención no existe sociedad que prospere.</u>

Este libro te invita a abordar esta aventura, muy breve, que tendrá quizás un desenlace súbito y explosivo.

Es sólo un evento relampagueante y siempre distinto, con más variantes que el quinto movimiento en una partida cualquiera de ajedrez...

...Es: La intervención policial.

Para comenzar, diremos que la Intervención Policial consiste
En

Llegar al lugar del reporte,
Aniquilar la amenaza y

Proteger a la víctima.

F I N

Gracias por habernos permitido compartirle este útil conocimiento. Hasta la próxima.

Este libro se terminó de imprimir
En las Imprentas mágicas del mundo de la Alegría
En el Año 2024
Registro derechos de autor
Todos los derechos reservados

(¿Deberíamos hacer el libro un poco más largo No creen?)
De acuerdo, agreguemos un poco más de paja

<<El desafío no está en vivir una vida, eso es inercia,
es sólo química;
La magia consiste en intentar vivir muchas vidas
Simultáneamente>>.
Cornelio Jiménez Íñiguez

CAMINANDO POR EL FILO DE LA NAVAJA:
EL TRABAJO POLICIAL
Temas:

1.— Cada día te espera una batalla mortal/ Cómo llegar a la zona cero/ **2.—** ¿Cuáles son esos principios básicos de la actuación policial? / <<Eñ qe penga pribero penga ndos menses>>- dijo el nangoso **3.—** Mi primer viaje al triángulo de las Bermudas / "El cerebro es mi segundo órgano favorito". **4.¯** Términos y vocablos utilizados en este volumen/ El lenguaje es un poder. **5.—** Existe un enigmático relato breve del maestro Stephen King. **6.—** Tres razones para amar la guerra/ Hay un tiburón en mi vaso/ El rival más débil. **7.—** Priorizar y jerarquizar. Atención a las víctimas. La belleza que derrumbó un reino. **8.—** <<Yo ví a ese loco platicando con el diablo.>> **8.—** Conclusión sobre el asunto del primer episodio de Los ciclopolicías. **9. —** Una pequeña historia de ficción contada en la televisión. **10.—** Se apareció la *llorona*/El trabajo de los adeptos es arduo/ Esto podría ser una canción de *MECANO.* **11.—** Risas, besos y disparos: El factor oportunidad. **12.—** Mi primera guardia en el *SEMEFO* / Fantasmas y reggae en la madrugada. **13. —** ¿Jiujitsu o krav maga? / El consejo de la tribu más antigua. **14.—** El sutil arte de la demolición / La balada del robo simple/ Siempre es mejor con calzones. Fin

En este mundo no existe nada que no sea interesante ¡Todo es sorprendente! Cada ínfimo detalle del universo que nos rodea se podría estudiar con la más denodada pasión, hasta ese insecto distraído que se aleja por allá... Siempre que tú seas la persona adecuada para estudiarlo.

Existen hombres que se afanan en descubrir los más finos secretos del arte de la carpintería, la mecánica automotriz o del fraude, yo concuerdo en esa curiosidad, pero a mí, por ejemplo; A mí, a mí lo que más me gusta... ¡Es capturar criminales! Sé que eso no está de moda en esta época, porque la gente admira a los pedófilos, venera a los asesinos y elogia a los rateros, así que admito con sorna que soy disidente y clandestino.

Me deleito en detectar criminales, descubrirlos, perseguirlos, vencerlos y atraparlos; Y si fuera necesario hacer trampas y pegarles de coscorrones....... ¡Mucho Mejor!

No existe nada que me entusiasme más, bueno, quizás un par de cosas más.... tal vez cinco ¡Bueno otras cien más! Aunque en este comic sólo abordaremos lo concerniente al ámbito policial.

Quizás sería pertinente, desocupados lectores, que especificáramos que el trabajo policial dista mucho de ser tan sencillo como muchas personas podrían suponer: "¡Nomás es echar disparos a lo loco y ya!".

Un catálogo de este tipo debería contener cada **Anécdota,** seguida de su correspondiente **Análisis** y explicar las **técnicas y factores fundamentales** que confluyeron en cada segundo durante la Actuación Policial y que son relevantes en el resultado final, los cuales sería interesante conocer y manejar (Incluso si no eres policía, porque a cualquiera que salga a las calles le sería útil) Y que podríamos denominar, algo así como : Aspectos Básicos de la Actuación Policial, aunque suena muy rimbombante, supongo que sería mejor llamarles "Trucos policiacos".

Los autores de esta tira épica de *tiras*, compartimos este feliz pasatiempo el cual ejercemos ávidamente como si se tratara de una golosina. Le llaman "Adicción a la adrenalina".

La gente lee en las noticias alguna reseña criminal muy escueta como de este estilo: "Tiroteo en las calles de Guanajuato, varios policías resultaron lesionados, cinco civiles heridos y tres muertos de quienes se desconocen sus identidades"; Pero a nosotros nos gusta vivirla, entrenarla, analizarla y desmenuzar cada aspecto del evento, incluso nos regodeamos platicando relatos tan increíbles que exceden sin duda el nivel de violencia, degradación y terror explícito que cualquiera de ustedes, indulgentes lectores, deberían escuchar.

En este punto se cierne sobre mí la duda y no quisiera contarles semejantes historias que podrían perturbar sus buenas conciencias.

¿Están seguros de querer escucharlas? Podrían perder el sueño... Para siempre.

¡Está bien, advertidos sean! (Luego no anden chillando ¿eh?)

Recuerden que cada historia comienza con la frase alusiva: "*En cierta ocasión.* —" Así que estén atentos.

Les contaré, atentos lectores, relatos desbordantes de crimen y escarnio.

Todo este emocionante embalaje será nuestro objetivo y acometeremos este estudio con la más minuciosa intensidad. Caminando por el filo de la navaja:

¡Co—men—ce—mos!

1.— CADA DÍA ES UNA GUERRA, CADA MOMENTO ES UN exorcismo/ ¿CÓMO LLEGAR A LA ZONA CERO? —Ese es el lugar donde está el enemigo; Como preludio a este ramillete de jazmines iridiscentes, comenzaremos con abundantes baños de sangre: Verán ustedes gentiles lectores, el asunto de ser (Es mejor la expresión: El oficio de) Policía implica un conjunto de factores dinámicos y destrezas que debemos identificar y resolver al instante y a cada momento.

¡Cuando te paras frente al Criminal, tú ya cometiste tu primer error fatal! ¡¿Qué?! ¿No me digas que nadie te lo dijo? Pues ¡Así es! Si te colocas frente a frente con el criminal ya estás utilizando una estrategia equivocada, pero esto ya lo iremos platicando mientras vamos avanzando.

Acorde a lo que ese arriero magistral, don José Alfredo Jiménez nos aconseja, que "NO HAY QUE LLEGAR PRIMERO, PERO HAY QUE SABER LLEGAR". Debemos establecer que **no** se trata de llegar como víctima, como cordero al matadero ¡Por favor, no llegue usted entrando por debajo de la Guillotina!

Cada día es igual. Cada día es un exorcismo. Al respecto yo

Recuerdo que una vez, disfrutaba yo de una majestuosa mañana, fue por ahí del mes de Noviembre de principios de siglo, del siglo XXI, allá por el 2007, había una neblina fastuosa, que merodeaba lentamente por las calles, como una presencia terrible, cuando llegué a las oficinas de la Fiscalía entre nubes, como si estuviera de paseo por el cielo, y como siempre se movían allí muchos visitantes y empleados, aunque tres sujetos con el cuello y brazos tatuados llaman mi atención ¡Pero los reconozco! Se trata de los hijos recomendados de unos jueces (¿Saben ustedes sagaces lectores que antes, en los 90´s, estar tatuado significaba que eras un asesino peligroso? Pero hoy sirve para demostrar al mundo que aunque estés roñoso y desaliñado ¡Eso no importa! Porque si tus papis son influyentes ellos encontrarán la forma de acomodarte en el Gobierno y que vivas del presupuesto ¡Aunque no sepas ni leer! Me da risa que ellos se tatuaron a propósito el cuello y hasta la cara, para que no les dieran trabajo en ninguna parte, pero ¡Ah! Donde hay palancas ¡Te meten hasta por debajo de las puertas! –dicho esto con todo respeto, aclaro) Entiendo que son inofensivos, pero los mantengo a distancia —No sea que me vayan a contagiar de su excesiva galanura— cobran como Agentes, de *MPs*, de lo que sea; Así que ingreso a la recepción, pero en eso una de las secretarias me aborda de repente con tono de enfado, pero ella pretende sonar sexy, susurra:

—Cariño, tengo que decirte algo, quisiera explicarte que estoy pasando por una fase complicada de mi vida y ¡Ya no puedo seguir sosteniendo este candente idilio secreto contigo! –Yo Por mi parte, Nunca dejo de recorrer con la vista todo el entorno, como un sonar, de extremo a extremo, porque tengo el presentimiento que algo terrible está por ocurrir y que ese "Algo" se va a desencadenar si yo me distraigo, así que la escucho y a la vez sigo escrutando como si me hallara dentro de un acuario, mientras la atiendo y reparo en que Todos voltean a verme. Sus ojos son azules ¿cómo se llama esta chica? ¿Selene? jamás me había dado cuenta de este detalle, azules. Entretanto ella ha continuado con mucha prestancia hablando así:

— Mi vida está volviéndose complicada y me da mucha pena pensar que pudiera yo acaso estar lastimando un poco tus sentimientos, todavía te miro y ¡Créeme, se me caen las tangas, mi cielo! Pero, no sé cómo poner fin a esto.

Mi primera respuesta iba a ser algo como: "¿De qué hablas? Ni te conozco"; Pero enseguida repuse sin convicción:

— Entiendo todo alondra mía, cada palabra que pronuncies en este instante... ¡Está de más! –Sigo mirando con suspicacia, caminando a su alrededor, mientras le tomo la barbilla con suavidad y le digo con mucha lentitud— Tú sabes que La poesía se arremolinó en tus labios para siempre, sabes que el halcón maltés estará a salvo en ese lugar secreto y que en el silencio de nuestro aliento habita algo que nadie conoce ni podrán conocer jamás. Nos quedan los dulces recuerdos –En este momento La tomo por los hombros y lo sentenció:

— Siempre tendremos Venecia. Aunque... no se compara con Janitzio.

Ella suspira y me mira con sus pupilas dilatadas al máximo; Todavía tengo la duda de si se llama Selene, pero doy la vuelta y sigo por el corredor alejándome de esa chica, parece que está afectada y cada vez que toma café o un poco de aire, se le despereza un pequeño afán de notoriedad, y es complicado porque la vez pasada me confundió con "*Chayane*" y se me hincó en los sanitarios para implorarme que le cantara una canción de esas ¿Se imaginan? ¡Tuve que cantarle todo el recital de dos horas y a mí ni me gustan esas tonadillas insulsas! ¡Deveras! ¡Fue muy molesto! ¡En serio! ¡Lo detesto! ¡Jamás lo volvería a hacer!

Recorro el pasillo, Ahora choco puños con los dos *tetos* de la oficina del jefe, (Estos dos nomás están de adorno, cuando ocurre algún incidente peligroso o importante, simplemente corren con su jefe y se esconden los tres en los baños, esa es su misión) Le comento muy molesto al Comandante —pero sin alzar la voz— que llevo más de diez años en esto, que he patrullado hasta en submarino y que no toleraré salir bajo el mando de un simplón sin ningún talento; A lo que me contesta con parsimonia que *yo* voy al mando el día de hoy; Aún así le reclamo que me enfurece que pongan a un patán improvisado y falto de escrúpulos y categoría, pero que acataré sólo por hoy sus indicaciones y enseguida continúo mi marcha muy digno y saludo con un gesto de cejas al muchacho de limpieza, por otra parte, al fondo, allí está mi carnal el "Fercho", quien está a punto de soltar de carcajadas, camina a mi lado abrazándome:

— ¿Ya tienes todo listo? ¿Qué te dijo la *Selene*? ¿Oye con quién te confundió hoy? ¡Ustedes dos son egresados del mismo manicomio! Traje mis cosas para el Box ¿Si vamos a ir hoy, verdad?

Le respondo con inquietud creciente: "*Mano*, Digo tantas mentiras que a veces cuando hablo conmigo mismo, platico puras patrañas inventadas por otra persona, desde otra dimensión, hasta oigo las voces de *Rick y Morty...*"

— A mí me pasa lo mismo cuando agarro la tabla maldita/¿La ouija?/ No, la de surfear.

Entonces bajo la voz y le comento con aire despreocupado:

— Mira, Conseguí el dato, pero tenemos que esperar hasta mañana, aunque pensándolo mejor, quizás mi informante me traicione y quieran *comernos el mandado...*así que.... lo que haremos será adelantarnos y ¡Vigilar desde hoy! Ya tengo un buen punto para espiarlos, por si acaso intentaran madrugarnos y sacar hoy las cosas a escondidas ¡Así que nada de que *a Chuchita la bolsearon*! ¡Los vamos a atorar y *se los va a cargar el payaso*!

Fercho me comenta como si me estuviera felicitando:

— Voy a enviar a ese par de zopilotes, para que lleguen de avanzada, a ellos no los reconocerán — El Fercho señala con un guiño a dos compañeros a lo lejos; Son *Margarito y Serna*. Esta sugerencia suya me genera dudas, porque esos dos son rebuscados pero certeros, aunque francamente no me caen bien. Fercho, parece leerme la mente y me explica alargando las vocales:

— Sí, si son rebuscados, pero son certeros ¿Está bien?

Apruebo la sugerencia con un chasquido. Aunque le indico algo muy importante:

— Hazles mención que vean lo que vean no se dejen engatusar, la gente del *"Duvalín"* son muy *colmilludos* y les van a querer *jugar el dedo en la boca* ¡Que no se dejen engañar!

— ¿*"Duvalín"*? ¡Ah! ¡Lo dices porque "El Bryan" tiene la cara de varios colores a causa de la jiricua! ¿Crees que les puedan poner un "Cuatro"? ¿Si, verdad? ¿Un señuelo?

— Sí, ya sabes, una treta ¡Y acuérdate también que el *"Duvalín"* tiene un hijo de 7 años y que antes de salir siempre lo manda afuera para que salga a *zorrear todo* alrededor en su triciclo y tiene buena vista para detectar policías! Y diles que aunque parezca chiste ¡Es verdad! Y no olvides el *Incidente Dyatlov*.

Fercho repite "Incidente Dyatlov" y me responde que va a *leerles la cartilla* para que no se entrampen y va hacia ellos. Mi paranoia continúa atisbando porque yo no me siento seguro ni siquiera dentro de nuestro edificio: Para empezar, vienen muchos abogados mañosos con sus clientes mañosos, además hay compañeros que traen detenidos y se les escapan aquí dentro y para colmo Mmmm Ya se me olvidó que más les iba a contar mis astutos lectores... ¡Ah, ya me acordé! Además, ponen de guardias a los agentes más perezosos o los que están castigados, así que cualquiera podría ingresar aquí y armar un buen borlote, yo me siento más seguro desayunando en el sencillo pero caliente bufete del "*París de Noche*" o del "Galeón", sí, ya sé que entran en la categoría de "Burdeles de mala muerte", pero allí al menos sé que todas son cariñosas y todos los concurrentes son delincuentes, en cambio aquí, en la fiscalía, no bajo la guardia nunca porque ¡Andan todos revueltos! Ese Ministerio Público, por ejemplo, está más vendido que un billete de 20.

Sigo escrutando todo a través de mis gafas oscuras, que no me quito ni para dormir. Miro mi teléfono celular, pero no lo abro, porque es un agujero negro que te chupa el alma.

Para no saludar al *J—3*, que viene en mi dirección, *me hago pendejo* (Lo cual no me cuesta mucho trabajo y esto me asusta un poco no crean) Y finjo como que reviso unas carpetas que se hallan desperdigadas sobre un archivero arrumbado en el pasillo ¡Claro que no me quito mis gafas de sol! En eso se acerca de súbito **Lazca,** lo cual me provoca un sustito, me enojo, pero sin mirarme susurra:

— Mira a ese prepotente *timbón* que se acerca. Le apodan el "**Sin dedos**" y también el "Sin sesos", es porque *le ha puesto dedo a mucha gente aquí*, Se trata de un chiste interno. No puedo evitar sonreír al verlo. Todo mundo sabe que la maña le cortó tres dedos de la mano por un desacuerdo y además le mataron a su compañero ¡Le metieron veinte balazos nomás! Aunque hay que reconocer que ese día andaba de suerte, porque, mira ... De esos veinte ... ¡Sólo uno era de muerte!" – Él Mira divertido alrededor y continúa:

— De regreso los jefes le recompensaron y lo ascendieron a comandante. Aquí en Xalisco, como en Suecia ¡Hay que cuidarse de todos! Los últimos tres nombramientos de comandantes fueron recomendados suyos. Pero "¡Ah, todo se paga en esta vida!", dicen los de *Coppel*.

Yo contesto con el mismo aire confidencial sin dirigirle la vista:

— Entonces ha de tener el síndrome del perro agradecido...

— Ni tanto pero ¡Casi, casi! Si en este instante cualquier gato del "Chapo" le tronara los dedos ese "Sin dedos" se bajaría las orejas y correría moviéndole la cola. ¡Nomás para eso sirve! – Comenta y enseguida agrega sin entusiasmo – Están igual que los del *Centro de Control y Confianza*: ¡Son empleados del "Pelón"! O tú ¿Quién crees que les paga para que despidan policías? Ya han corrido a más de la mitad y ese mismo Centro rechaza a todos los postulantes, así que hoy hay menos policías que hace diez años ¿A quién le conviene que corran policías? Pero la gente aplaude ¡Cuánta ingenuidad!

— ¡Está canijo! La Fiscalía se está convirtiendo en una secta, una guerra de sectas. Lo bueno es que todos los Villalobos mueren jóvenes.

— Pero se reproducen precoces – Responde *Lazca* y se retira.

— Ándale, me saludas a tu hermana — digo con gallardía como despedida. Nadie supondría que somos amigos. Y no lo somos. Parecemos dos espías a bordo de un barco ruso ¡Es demasiado ridículo! ¿No es así? ¡Muy cursi!

De pronto veo un artefacto explosivo ¿Qué se debe hacer en estos casos? No me acuerdo. Se halla detrás de aquel escritorio. ¿Qué se corta primero, el cable rojo o el azul? ¿O era el amarillo?

En eso se nos acerca el teniente *Adorno* con un chiquillo, parecen el director de la escuela que trae de las orejas a un mocoso castigado por lento y berrinchudo. Allá a lo lejos, *Durán* me saluda con un destello, otro hermano de la cofradía secreta Tlalocan, si alguien me preguntara Qué es eso le respondería: "No sé de qué hablas".

— Teniente –Dice— necesito que se lleven a trabajar a Willis con ustedes ¡Necesito que lo enseñen a trabajar de deveras! — Me pide con dulzura disimulada este vejete mañoso, mientras miro a mi alrededor pasa Cecy y me sonríe, yo le correspondo con un leve guiño ¡Uy qué chula se ve hoy y qué linda falda! Todavía voltea y me mira mientras se aleja ¡Qué buena vista de sus caderas, su melena contoneándose y su sonrisa resplandeciente, todo al mismo tiempo! ¡Es un ángel, es un regalo! ¿Me estará coqueteando? No, no lo creo.

No respondo. Espero a que repita todo otra vez. *Me cae gordo*. Cuando repite todo:

— ¿Si te doy Cien pesos me lo completas? — Respondo con presteza, buscando mi cartera.

— ¡Jefe otra vez se está burlando de mi estatura, ya no quiero ir con ellos! – Lloriquea el aludido con enfado, por suerte sólo se trata de un *pequeño* enfado.

— ¡Ni tú ni yo *can—can ciller,* que sean $200 por el *chaneque*! ¡Pero lo queremos completo! – Interviene el Fercho jugando al ogro sonriente.

Comienzan a refunfuñar, pero yo Apaciguo al *Mama—yor* de esta forma:

—Yo estoy de tu parte Willys, es más, te diré, te voy a decir algo: ¡No dejes que nadie te diga rata almizclera!

—Pe, pe pero —Tartamudea con incredulidad— Nadie me dice rata almiz—clera.

— ¡Esa es la actitud, exacto! –le felicito en tono casual y le invito de esta forma a nuestro lío: "Te quiero en mi equipo Willys, ve con aquellos dos, hoy va a haber operativo ¡Hoy va a haber mucha acción, golpes, sangre, gritos desesperados, persecuciones y muchos disparos!" —Está tan azorado que parece que quiere renunciar en ese mismo instante, y aunque le tiemblan las patitas, yo lo empujo para que se encamine con los zopilotes y él trastabillea titubeante con patas de gelatina como si no quisiera llegar, Trato de controlar un ataque de risa poderoso, pero... No sé si lo lograré. De pronto escucho una música como la de la película "Tiburón".

Aquel artefacto explosivo sigue allí. De algún modo u otro va a explotar, es un hecho ¡Oh! Allí se acerca uno de intendencia parece que lo va a agarrar...

El sub—*tamal* se asoma y me mira con una especie de curiosidad mezclada con asco y luego se aleja, pero retorna enseguida y me pregunta: "Oye, ayer vi al *Jimmy* y le pedí el informe de la 7426, pero no me dijo nada, nomás pasó y se fue de largo y pues no me lo entregó y hoy ni lo he visto".

Un detenido. Este *Soba—Teniente* nunca ha hecho un detenido. Yo sé que estos rangos como capitán o Teniente no existen en las Fiscalías de México, pero es más rápido que decir: "El bobo compadre del lelo, sobrino del supervisor, ahijado de la madrota" Y como les iba diciendo entonces el *sobateste* no sabe qué cosa es una audiencia de Juicio: ¡Se pasmaría! De imaginarme su espanto absoluto frente a los *lacras* en la sala de juicios, comienzo a temblar, pero no logro contener la risa y estallo en carcajadas. ¡Ay si no fuera por estos momentos y el día de paga! ¡Qué regocijo, deveras!

Pongo cara de extrañeza. Estoy pendiente también de que algunas personas están pasando alrededor, volteo a tiempo para mirar a lo lejos cuando la licenciada Meredith descruza las piernas, gran ardid ¡Caí! ¡Todo bien, todo está muy bien allí abajo! Le inquiero con interés distante al parásitonto:

— ¿Estás bromeando? ¿Cómo dices? ¿Ayer? ¿Y no te contestó? ¿Jimmy? Ese Jimmy que dices, jefe ¿Es una broma? Él... falleció antier.

Estupefacto. El *Sub—Bebiente* está conteniendo el aliento. ¡Cosas más increíbles suceden aquí, simpáticos lectores, ustedes no me creerían! Yo finto que, como que me voy pero giro y le comento: "¡Es broma! Él anda en los juzgados en un interrogatorio judicial por un detenido. ¿Sí sabes a qué me refiero?"

El *Asus—teniente* me mira con una mezcla de curiosidad y de asco, otra vez. Cuando se aleja, Fercho me comenta en un susurro: "No hay problema, en cuanto empiecen los trancazos el willys va a correr a la patrulla a esconderse".

— ¡Ya los escuché se están mofando de mí otra vez! —Se queja el aludido desde el otro extremo del hangar ¡Ha de tener oídos de tísico para escucharnos desde allá, a través del bullicio de los corredores!

— ¡*Aragón* eres de lo peor! — Me suelta Fercho mientras ambos ponemos cara de severidad regañándonos mutuamente *de mentiras* y enseguida me susurra en privado:

— Enviamos a esos tres al *plantón* y mientras nos vamos tú y yo al Box y cuando acabemos los alcanzamos – Otra vez me leyó la mente este granuja... ¿Será un nagual? Si lo parece.

(El Willys es un *soplón del Si—Temiente,* habrá que mandarlo bien lejos de la acción. Cuando estos ineptos pretenden espiarte siempre escogen de secuaces a gente igual de torpe que ellos, un día deberían enviarme a uno que parezca bien *trucha* para que sí me confíe de él, uno que sea como *Humphrey Bogart, Groucho Marx* o Jorge Negrete)

El artefacto sigue allí, pero el de intendencia regresa acompañado de otra persona, dialogan, deciden retirarlo, lo cogen y en eso...

Miro con perplejidad.

No, no explota, aunque al fin se trata sólo de un globo, de esos de color metálico que obsequian en los cumpleaños con un número grande. ¡Ya explotará después en el basurero!

Fercho sabe que vamos a entrenar seguido, pero repite la pregunta porque es su manera de ir preparando su organismo dos horas antes para el ejercicio, así va calentando los motores, va enviando hierro a sus músculos, le recuerda a su mente que en unos minutos estaremos allá en los cuadriláteros echando guantes, si piensas en algo entonces tu organismo casi siempre se prepara ¿No me crees?

Piensa *en Salinas* ¿Verdad que sentiste enfado? Ahora piensa en *Jacqueline* ¿Se te paró el corazón verdad o sólo se te agitó?

Nos dirjimos a los mingitorios, de camino afinamos detalles, comentamos sobre cómo llegar a "**La Zona Cero**", así se le llama al sitio caliente, allí donde te topas con el monstruo del juego. Me pide que le cuente otra vez esa historia de "Claudia en la regadera" Y como somos jóvenes y libidinosos, vacilo un poco.

¿Ustedes que opinan respetabilísimos lectores, prefieren que omitamos los detalles ignominiosos de la escalada erótica? ¡Los aspectos perversos siempre son los mejores!

Está bien, se las voy a compartir, pero en la versión para niños ¡Nada de sexo ni violencia explícita, para que nadie se ofenda! Al cabo es un chisme, sólo un mito, tan falso como aquel del "*Subcomandante Marcos* libertador de las huestes del Sur" ¿Están listos?

<<Sucede que una vez hace un par de años, Entre jadeos y gemidos me comentaba Claudia, ella tan voluptuosa y tan buena contadora, (Y tan parecida a aquella actriz de nombre *Claudia Islas y también a Michelle Monaghan*) Durante esa mañana en que nos metimos a compartir una ducha caliente, mientras el líquido vital se dilataba sobre nuestros

vellos y ella me dijo con su voz gutural en tanto yo tallaba su espalda:

"TÚ Y YO SABEMOS QUE LA POLICÍA SÓLO SIRVE PARA MANTENER EL SISTEMA ECONÓMICO, TÚ SABES QUE LAS LEYES SÓLO LAS CUMPLEN LOS POBRES, QUE LA CÁRCEL Y LOS EMBARGOS SON LÁTIGOS QUE SÓLO LACERAN EL LOMO DE LOS POBRES ¡NO HAY NINGÚN MISTERIO EN ESO, NO ES NADA NUEVO!"

—¿Te refieres a una película de los *hermanos Cohen*?

—Estoy aludiendo a tu trabajo como policía— Me responde ella enfatizando cada sílaba de la palabra "Policía", mientras, se inclina con sutileza con lo que logra que sus caderas se vean ¡*In—con—men—su—ra—bles!* En tanto ella arremete y me acusa de este modo— Este sistema sólo sirve para aplastar a los más débiles en lugar de defenderlos.

(Por cierto, todos aquí ya sabemos, desde el año 2005, que "el *Sub comandante Marcos*" ES *sólo un personaje, un títere interpretado por* un jesuita sobrino del cacique *Salinas* y que todo eso del EZLN era una triste treta distractora, una *cortina de humo* que ilusionó a los más genuinos idealistas un fraude inmenso, por eso fue una guerrilla que no combatía, un grupo "disidente" que nunca fraguó una reforma, una guerrilla estancada durante ¡Veinte años! Lograron tener un espacio, San Cristóbal de las Casas, en el que sólo ha germinado la delincuencia, el narcotráfico, los homicidios y desapariciones relacionados con el despojo de tierras, una zona de criminalidad, como las **FARCs de** Colombia.

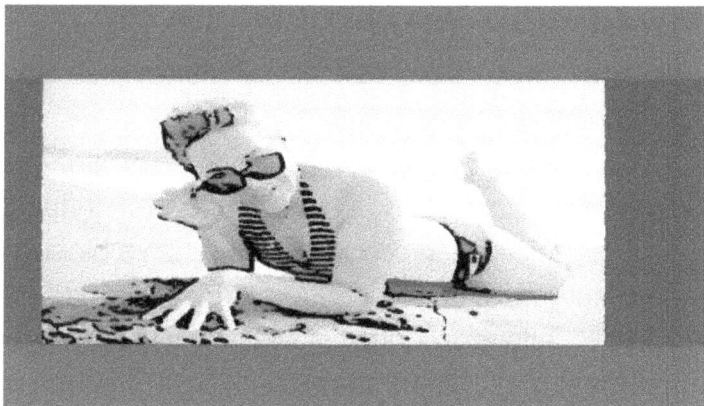

¡Perdón! Aquí iba un gráfico muy importante pero mi secretaria Vanesa se equivocó de imagen, de esta luego les platicaré ¿De acuerdo? Mil disculpas, prosigamos.

Una zona de desmadre, pero ¡Ah eso sí! Muy admirados por intelectuales ingenuos. Por cierto, todo esto fue revelado en el libro "Marcos, la genial impostura" y también por otros brillantes periodistas, como **Julio Sherer**, que incluso interpelaron al tal **sub Marcos** y le mostraron su verdadera identidad y sus verdaderas intenciones y nexos de poder, ante lo cual sólo sonrió el muy sinvergüenza. La gente quiere creer en héroes. La gente quiere héroes para poder cruzarse de brazos y decir: "¡Mejor que lo hagan ellos! ¡Ellos ya están combatiendo!".

Pero los héroes verdaderos nacen de la tierra con aspiraciones y ambiciones terrenales, con sus excesos y sus venganzas, como un Pancho Villa, un Juan de la Barrera, un Morelos y Pavón, un Emiliano Zapata, un Benito Juárez, con abundantes defectos, pero hombres de armas y de decisiones y de planes contundentes como balas.

En cambio, el EZLN, es un ejército inofensivo que no se consolidó en un grupo con influencia política, sólo lanzan proclamas de retórica hippie con pasamontañas, un total entarimado que aún hoy, en el 2024, algunos obtusos todavía defienden, una treta maldita como tantas otras, como *Slim*, que sólo es un testaferro de *Salinas,* aclarado este punto prosigamos)

— ¿Y qué te gustaría? —Contesto yo— ¿Dejarles la ciudad a los narcos? ¿Así como lo hizo Quique, como sucede en Colombia o en Nuevo León? ¿Esa te parece la mejor elección? ¡Miras demasiadas telenovelas! Son sólo apologías. Todas para rendir homenaje a sus socios del negocio, "*Todos narcos ¡Son todos narcos!*" Semblanzas a sus ídolos chakas, los mafiosos galanes y cantores y sicarios muy sabios y simpáticos y generosos y audaces y pederastas, "¡Venga, venga y admire a los narcos!"

— ¿Dijiste chakras? ¡No posees ni una pizca de conciencia, deveras! – murmura ella bramando de lascivia como una loba en celo y contoneándose de placer intenso como una víbora, pareciera que ejecuta una danza ritual de civilizaciones olvidadas no humanas (Sirven para esclavizar a los pobres hombres)

Todo *"Se ha encendido como una sorda hoguera de llamas minerales y oscuras embestidas y alrededor la sombra late, como si fuera las almas de los pozos y el vino difundidas"* Como diría Serrat.

Yo sospecho que ella sólo me insta a que hable porque eso la excita, el hecho de que parezca que yo puedo controlar mis palabras bajo las circunstancias tan conspicuas y concupiscentes en que nos hallamos felizmente ocupados en este fragoroso momento, eso la enardece. Así que le echo más leña al fuego e inicio mi discurso:

—Nena, tú estás hablando de las leyes y de los jueces. ¡Y todo eso es cierto, es un sistema jurídico esclavista!

(Ella enloquece, brama como lo haría una sirena en la tormenta, alternando con pujidos agudos y elegantes como lo haría Adele o una soprano poderosa en "Carmen" pero yo continúo con estoicismo):

—Aunque tú y yo sabemos que con la policía es un poco distinto, opera para ayudar a quien la pide, somos…. ¿Cómo explicártelo? Somos como la Muerte: ¡Atoramos a quien sea! Difícilmente hallarás un servicio público más democrático, nosotros no nos fijamos si eres lento o violento o si estás tosiendo o comiendo; ¡Por eso Nadie nos quiere! A todos les incomodamos: ¡Insatisfacción garantizada!

—Y luego los sueltan. – Me interrumpe ella lanzando una perversa exhalación al más febril estilo de *María Victoria* o *María Sarapova*.

—Mi adorada dulzura, Nosotros los atrapamos y los jueces los liberan: ¡Es el cuento de nunca acabar!

La tengo sujeta por la cintura y puedo admirar cómo las gotas se deslizan traviesas sobre sus desbordantes curvas, parece una criatura hecha de palpitante mercurio, ella parece una estatua de cera derritiéndose con visos de peligro, va cayendo su apariencia humana y se comienza a develar su verdadera forma, su esencia real ¿Cuál era su verdadera identidad? ¿Quién es Claudia? ¿Cómo llegamos hasta aquí? ¿Estoy en un sueño?

Recordé en este momento bajo el fragor del vapor e intentando distinguir con mis manos ansiosas el contorno aterciopelado de su silueta, una peripecia policial que ocurrió no muy lejos de aquí, de este mismo Continente.

ES NUESTRO PRIMER RELATO, Se trató de una intervención policiaca filmada con cámaras de **CCTV**, **C**ircuito **C**errado de **T**ele**V**isión:

En cierta ocasión. — << Atendiendo un reporte de persona sospechosa acudieron dos *Ciclopolicías* (Este video pueden verlo en la página de Facebook "Tácticas policiales")

¿Cómo distinguir al asesino? Probablemente ambos agentes habrían acatado otra manera de actuar si hubiesen visto algo notoriamente sospechoso, algo terriblemente peligroso a simple vista; Pero era Una calle amplia y desolada, sin gente que distrajera al personal, un lugar tan desértico como un *match* en una película del viejo Oeste.

Y ya saben ustedes lo que dicen los viejos policías: "¡Cuando todo está tranquilo es cuando suceden las chingaderas!"

Existen dos cámaras de vigilancia en el exterior del local industrial donde se originó el reporte las cuales graban a dos **Ciclopolicías**, uno masculino y la otra femenina, quienes llegan montados en sus bicicletas hasta el sitio exacto del reporte y allí desmontan y luego caminan juntos hasta la puerta del almacén y parece que preguntan por el reporte a una persona que se halla a unos dos metros en el interior de la puerta.

Ya han tardado más de 9 segundos en el lugar sin prepararse para el evento. Allí cerca, en la acera de enfrente, se hallan varios vehículos estacionados a unos diez metros de distancia.

Ambos agentes están platicando con el empleado y ninguno vigilaba el entorno.

No sabemos qué les responde el sujeto al que entrevistan dentro del local, pero Los policías salen y Súbitamente…. ¡Aparece un sujeto que llega corriendo desde afuera! Salió de uno de los vehículos estacionados afuera del local industrial,

y sin mediar palabra

¡Desenfunda frente a ellos y les dispara en varias ocasiones!!!!

¿¿¿¿   ???????

Les comparto unas imágenes en 3d para ilustrar este evento, son imágenes tan convincentes que parecen fotogramas, pero no lo son. Todos los eventos

aquí narrados son ficticios, al igual que los personajes de los relatos.

La primera policía se derrumba y queda totalmente inerte y entonces el TARGET (El atacante) Le efectúa también disparos al segundo agente, quien tampoco había siquiera desenfundado su arma de fuego, y como le tapaba su otra compañera, ni siquiera vió quién disparaba, entonces el TARGET enseguida escapa del lugar y regresa corriendo al vehículo del que salió, mientras tanto ambos agentes mueren después de una agonía que transcurre durante largos tres minutos y que atestiguamos con tristeza y desesperación a través de la grabación de las cámaras de vigilancia.

El segundo policía pretende avisar por radio, pero no puede, luego intenta sacar su arma, pero no lo logra o desiste o cambia de opinión y luego se dirige tambaleante hacia su bicicleta, intenta montarla, se halla inmerso en la confusión total, luego ve a su compañera muriendo en el suelo, pero no se decide si atenderla o atenderse o llamar por radio para pedir ayuda médica, en realidad está muy enmarañado y vacilante e intenta montarla durante interminables cinco segundos pero cae y queda quieto. Para siempre.>>

Así finaliza este relato. El primer relato de este libro.

Fercho me escucha apoyado con un brazo extendido en la pared y un pie cruzado y se queda reflexionando, parece una esfinge tolteca (Siempre lo parece).

En eso sale de otro baño un tal "*Culises*" Es un bodoque con placa, parece que escuchó el relato y comenta con simpleza: "Yo creo que allí sí no había ni para dónde hacerse ¡Esos dos compañeros ya estaban sentenciados, era su destino!" Le indico con un gesto de magnanimidad que realizo con mi ceja izquierda que se largue y huye despavorido. Disculpen atingentes lectores, semejante abominación, pero es que ¡Aquí ya contratan a cualquiera! No se trata nomás de ser fantoche sino de tener otra cosa más, algo que sólo poseemos uno entre mil, hace falta tener el talento, esa cosa especial, algo como un, el "Factor X".

Ahora, les pregunto a ustedes amables lectores ¿No les pareció que se trata de una historia con un final demasiado repentino? Es que ¡Nadie nos preparó para semejante y terrible desenlace! Es que No hubo una cadena de incidentes o detalles que nos permitieran siquiera sospechar que la vida de esos dos Agentes se hallaba en peligro inminente....

    ¿O acaso

        Si hubo

          muchas pistas

          que prefiguraban

             el

          desastre?

Vayamos a la cancha, con nuestros analistas y examinemos con cuidado todo.

¡Así es, Juanito! Nos hallamos aquí a nivel de cancha, primero reparemos en que es una tragedia, pero no para el *Gober*, ni para la Comisión de los Derechos Humanos ¡Pobrecillos, ellos sufriendo y clamando para recibir más millones de presupuesto! ¡Para poder comprarse pomada para las ampollas del trasero, pobres enfermos, cómo sufren! Pero al aproximarnos podremos quizás entender un poco, qué sucedió y cuáles fueron las causas.

Recuerden que existen **CAUSAS Y EFECTOS**.

Eso es lo que busca una ciencia. Descubrir las causas de los fenómenos. Y estas no siempre son visibles al primer intento. Hay gente de armas que lleva treinta años en esto y todavía no lo entienden, que existen...

Causas y Efectos.

Muchos Jueces, fiscales y Directores de Seguridad, suponen que no existe tal CIENCIA POLICIAL y hasta llegan a opinar así:

"Pues sí se murieron, ya les tocaba" o

"Fue un asunto de vida o muerte ¡Era un volado!",

"Es el destino, esos tres estaban salados ¡A cada rato les pasaban chingaderas!"

"Son situaciones que no puedes prever, es el destino, cuando te toca te toca"

"Es que no estaban bien buzos"

"Es que andaban con la maña y salieron mal"

"Le tocó bailar con la más fea ¿Cómo te escapas de esa emboscada? ¡Es imposible!"

"Ellos querían irse al mar, pero el cielo ordenó: ¡Mejor váyanse a la alberca!"

"Es que no se encomiendan a San Juditas"

"Lo gacho para esos compañeros prietos es que no existen angelitos negros, así que se van a ir todos directo al infierno"

¡Estas son patrañas!

Pero no les podemos exigir más a este tipo de personas, porque ellos no son CIENTÍFICOS y jamás se pronunciarán por investigar a fondo el evento, porque ellos no son CIENTÍFICOS ¿Ya lo había especificado? No lo son, ellos son incapaces de descubrir el tenue velo de Isis; Son sólo recomendados sin ningún mérito.

¡No se crean, amigos lectores! Estoy de broma No existe tal cosa como una …. ¿Qué dije? ¿" CIENCIA POLICIAL"? Eso es un disparate……o quizás no…

Acompáñenme y realicemos la investigación procedente.

A un agente al que conocí le intentaron asesinar una vez y resultó lesionado por los disparos, duró cinco meses en recuperación. Cuando estuvo sano regresó a su trabajo, dos semanas después, mientras se encontraba a bordo de su patrulla estacionada (¿Por qué razón, a quién esperaba?) Y allí sufrió otro atentado, pero esta vez lograron su cometido.

Entonces hay dos causas: La fortuita, que resulta que alguien estaba inconforme con su actuar, quizás en el pasado había detenido a alguien (Esta la descartamos porque nunca detuvo a nadie, él era sólo *un policía turístico* ¡Uno del montón! De esos que sólo salen a pasearse y nunca detienen a nadie —y por eso los ascienden de grado—) El punto es que alguien deseaba asesinarle, eso es el motivo del crimen; Pero la causa científica táctica que nos interesa, la causa operativa fue que este agente no —aplicó **LOS PROTOCOLOS BÁSICOS DE LA ACTUACIÓN POLICIAL….**Porque el debió incrementar las medidas para protegerse después del primer atentado, bueno incluso antes de este; ¡Pero ser víctima dos veces! Discúlpenme ustedes, pero eso, eso se ya llama de otra forma: ¡Eso ya es vicio!

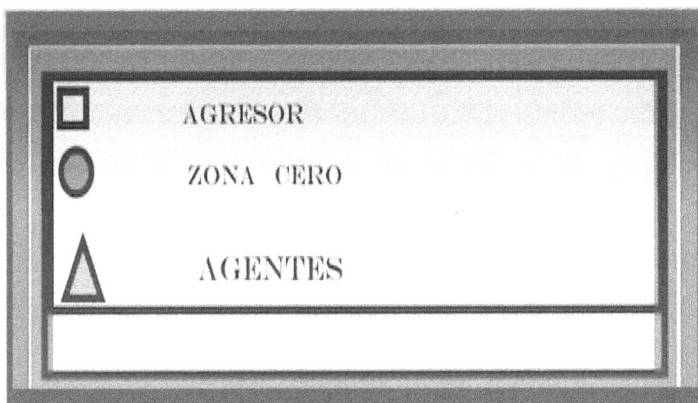

Estos signos los utilizaremos para representar al Target o Agresor, a la Zona Cero y a los Agentes de policía. Los diagramas están dibujados como si observáramos el panorama desde el aire, desde la parte superior, como en un mapa.

A usted quizás le tomó dos minutos leerlo ¡Pero el evento transcurrió durante menos de 15 segundos! En 15 segundos se decidió el destino de las vidas de Tina y Mario, el destino final.

¿Acaso era la Tina, esa que planeaba estudiar Enfermería? Ella ya llevaba tres años en el servicio, y se consideraba una experta, Mario era un tipo duro

¿no? Un fisiculturista creo ¿No es así? Él era novio de una secretaria de la Dirección, según me platicó ella. Me parece recordar una vez en que me los encontré en un mercado, ella era muy simpática y hablaba con mucha propiedad como si fuera una abogada, era muy letrada. Pero no divaguemos, vamos a continuar con el análisis:

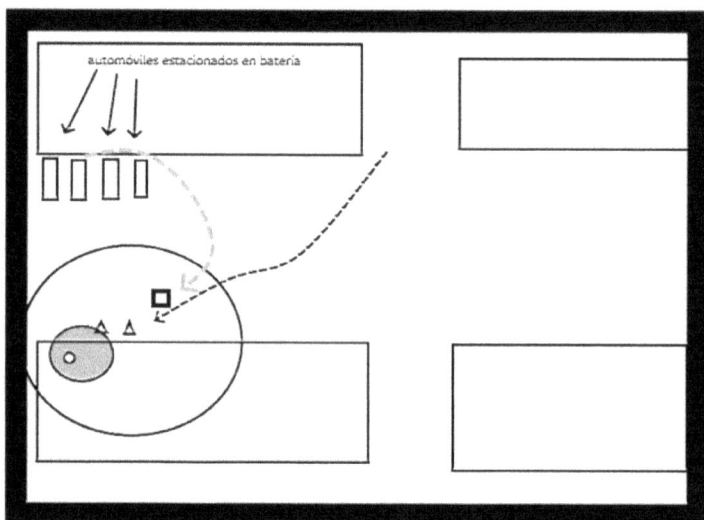

¿Alguna vez han escuchado del "*Incidente Dyatlov*"? Fue una excursión conformada por expertos armados que fue sacudida hasta su fatal destino en circunstancias totalmente desconocidas, perecieron en medio del terror más inaudito.

Prosigamos con nuestra reflexión. En este diagrama observamos la ruta que hizo el atacante, saliendo de uno de los autos estacionados frente al sitio del reporte, la coloreamos en tono sepia.

¿Saben una cosa? Hay demasiados factores que inciden en este evento (Y en la mayoría, generalmente se incurre en infinidad de errores, confluyen decenas de MOTIVOS TÁCTICOS) Y no podemos comenzar a interpretar sus signos sin ir especificando algunos de ellos. Por ejemplo:

El Sentido Espacial, se podría definir como la capacidad de una persona para saber exactamente en qué parte de un espacio se encuentra, si se halla de espaldas al borde de un precipicio o si hay una ventana a tres metros a tu izquierda o si acaso existe una puerta detrás del Target; Este sentido es un talento que distingue a los acróbatas, las gimnastas, los jugadores de Futbol americano, a *Jakie Chan*, ellos pueden correr entre la muchedumbre y pegar, esquivar, saltar y bloquear a cualquiera de los que corren a su alrededor, como si todo sucediera en cámara lenta, no olvidemos a los especialistas: A los gatos, que son expertos en caminar por un borde angostísimo y brincar a la orilla de otra barda sin siquiera titubear, ¿Usted debería poder cerrar los ojos en este instante y recordar exactamente qué objetos o **personas** hay a su alrededor, las ventanas, la puerta, esa mesa? Es un ejercicio que le será muy útil cuando de pronto un

Target se avalance sobre usted con un hacha empuñada y con la decidida actitud de cortarle en dos ¿Recuerda qué había sobre la mesa? ¿Unas plumas y una caja? Y…¿Cuántas plumas, de qué era la caja?

Entonces usted tendrá que actuar instantáneamente y utilizar aquella mesa o defenderse utilizando ese palo de golf que se hallaba en el suelo, pegado a la pared y enseguida saltar por aquella ventana.

Sucede que ambos policías están parados juntos uno detrás del otro, <u>así que el segundo policía apenas escucha los disparos, pero no visualiza lo que ocurre frente a él</u>. Los disparos impactan a la policía femenina y quizás la traspasan y así consiguen lesionar también al segundo policía.

Observe en el gráfico cómo los Agentes se aproximan en fila hacia el Target. A este mal hábito —amontonarse— Y no tanto al cigarro, se deben gran cantidad de defunciones entre personas que se desempeñan como escoltas, custodios de valores, policías y soldados.

El universo inconmensurable nos depara una infinidad de islas desconocidas y paraísos inexplorados, mujeres sin sostén, animales mitológicos y aventuras indescriptibles, así que si te pones las botas podrás acompañarnos a revelar todos esos misterios que sólo se muestran al que se esfuerza y se desvela.

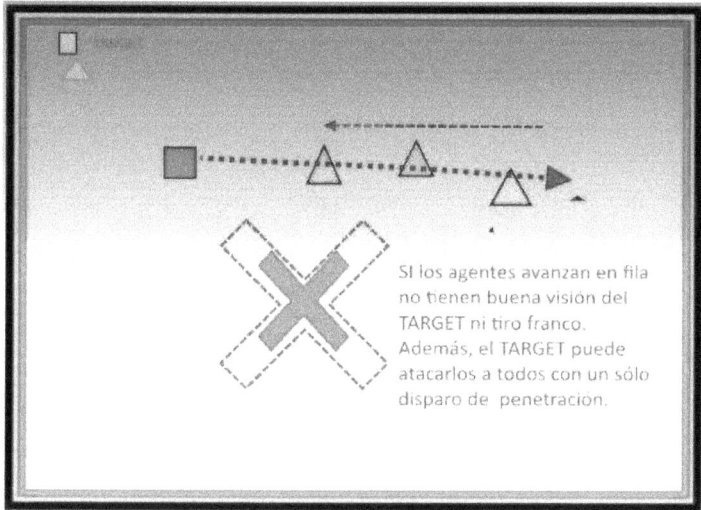

Si los agentes avanzan en fila no tienen buena visión del TARGET ni tiro franco. Además, el TARGET puede atacarlos a todos con un sólo disparo de penetración.

Existen personas que no están conscientes de su entorno nunca. No tienen conciencia espacial. Siempre están parados allí, estorbando, en medio del pasillo, se estacionan en mitad de la calle, tropiezan con las paredes, chocan con los árboles.

¿POR QUÉ RAZÓN OCURRIÓ ESTA TRAGEDIA?

Si le ofreciéramos esta pregunta al gobernador quizás nos respondería con tono piadoso:

"Son cosas que pasan, los policías son asesinados, así es su trabajo, no se puede evitar, es una profesión peligrosa, es su obligación morirse o casi ¡Sírvanme más de comer, otros dos cerdos, rápido!".

Fig. 1 Aquí hay igualdad. Pero en la fig. 2 se crea una ventaja.

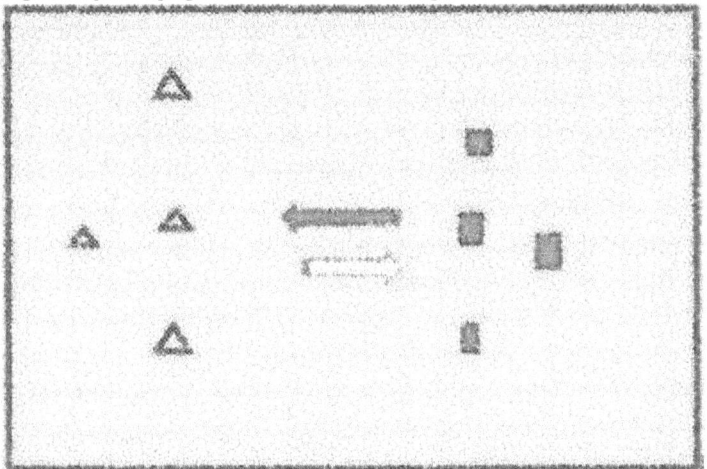

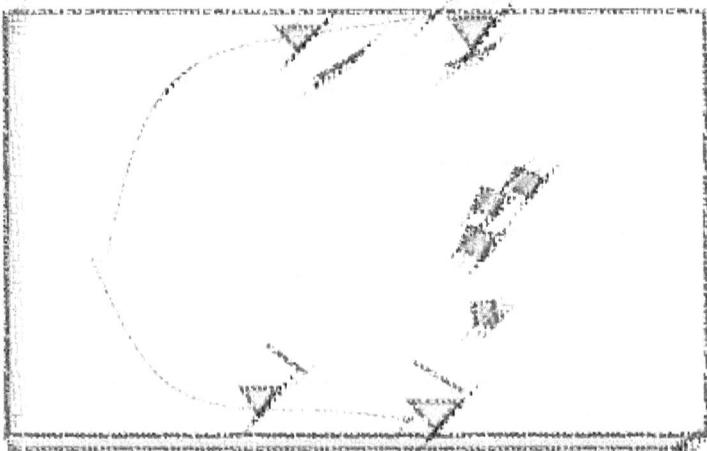

Fig. 2 Pero si se despliegan, entonces pueden conseguir una ventaja posicional evidente. Este truco tan simple es el que le ha dado el triunfo a los rateros en cada asalto a

camiones blindados, *ni Segurgitec ni Armstrong*, ni nadie entiende esto tan sencillo.

Don Julián (Que es un policía viejo) Me contaba una vez: "Hubo un gobernador tan mediocre que el evento más importante que él presidió durante su mandato no fue una inauguración de un gran hospital o de una carretera sino un evento funerario para "homenajear" a ¡22 policías! Que habían sido sacrificados durante una emboscada ¡Ese fue su mejor momento! Hasta mandó instalar fotos de tres metros de altura de cada uno de aquellos infortunados compañeros, las viudas y huérfanos llorando: Fue como un ritual satánico." <<Pero Don Julián>>— le interrumpí...Aunque él me calmó: "¡Cállate y analiza lo que te digo, si en algo valoras tu vida jamás te pares en el seguro social! Y si quieres vivir muchos años hazme caso, practica karate y no veas televisión".

Claro que algún   instructor novel apostaría a que fallaron en la aplicación de algunos motivos tácticos y quizás señalaría este: "Siempre debes estar atento" Y estaría muy acertado ¿Ustedes me creerían si les contara que nuestro equipo de autores hemos descubierto y analizado más de ...... ¡Setenta factores tácticos!?

¡Así es!   Un funcionario de la fiscalía no lograría balbucear ni tres factores, pero nosotros, tercos y m4mones como somos, hemos escarbado duro y nos hemos sumergido por largo tiempo.

Todos estos setenta factores son el esqueleto invisible sobre el cual hemos ido plasmando todas las anécdotas que conforman este sorprendente Compendio que abarca 4 volúmenes.

Si logran despertar su interés, haremos juntos este recorrido y los platicaremos todos a lo largo de estos cuatro tomos.

Porque nosotros pretendemos estudiar esta clase de sucesos y buscar las soluciones, hallar los hilos y aprender a estirarlos con maestría.

El tiempo que transcurre desde que los agentes llegan a la zona Cero hasta que aparece el TARGET psicópata son **once segundos**.

El lapso de tiempo que transcurre desde que el TARGET salió del vehículo empuñando su pistola, corre hacia los agentes y les aplica el primer disparo es casi de
 TRES segundos.
 Un agente puede desenfundar y aplicar el primer disparo en
1.2 segundos. y los siguientes disparos jalando el gatillo cada .40 centésimas de segundo, así que Si el agente hubiera llevado el arma ya empuñada desde que se acercaron al sitio habría podido impactar hasta en diez ocasiones al Target antes que atacara.

Si uno de los dos policías hubiese estado siempre vigilando el perímetro con su arma ya empuñada, entonces hubiese podido disparar varias veces antes que el sujeto se acercara y evitar todo el ruinoso final.

Me queda suponer que aquel sanguinario psicópata del video no era mala persona, hasta puedo aventurar la hipótesis de que él estaba siempre rodeado de personas muy entusiastas, aunque claro, entusiastas de matar.

Entendamos que este trabajo transcurre en la calma más disoluta dos horas, cinco, diez…. y de pronto, cuando ya te faltan 5 minutos para terminar el turno ¡Se suelta el chamuco! Empiezan los cañonazos y silban las balas por doquier, pero uno debe estar preparado para responder a ese instante cuando las bestias rabiosas se lanzan a atacarnos en el momento más inoportuno. ¡Parecería que el universo es un caos! ¡Que cualquiera puede morirse en cualquier instante! Pero eso no es cierto.

El caos es aquello que no logramos descifrar…todavía.

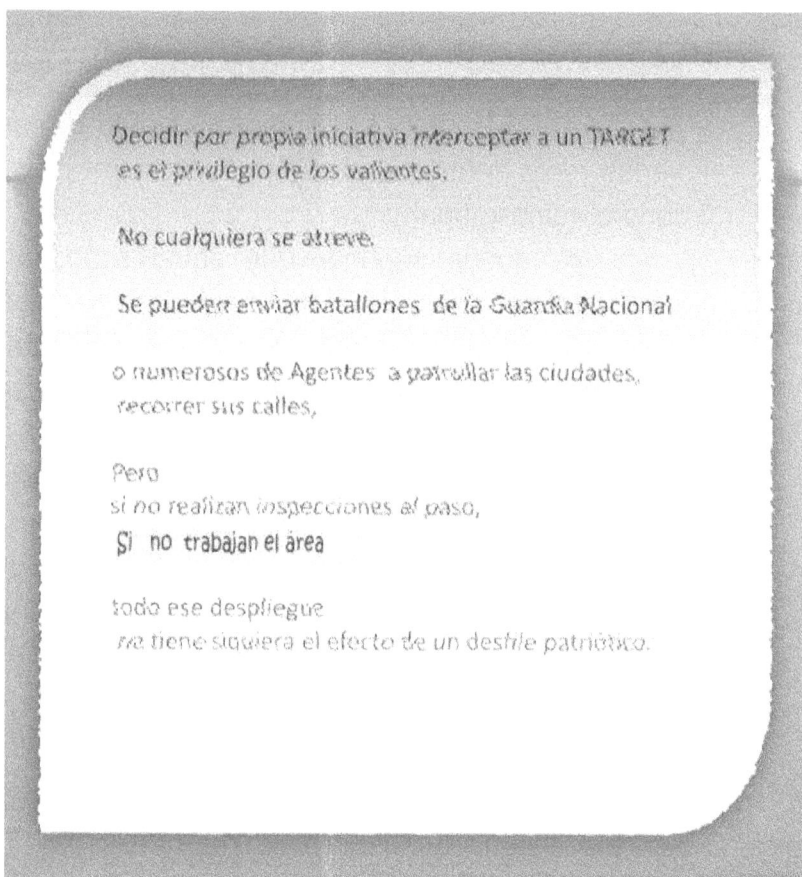

Decidir por propia iniciativa *interceptar* a un TARGET
es el privilegio de los valientes.

No cualquiera se atreve.

Se pueden enviar batallones de la Guardia Nacional

o numerosos de Agentes a patrullar las ciudades,
recorrer sus calles,

Pero
si no realizan inspecciones al paso,
Si no trabajan el área

todo ese despliegue
no tiene siquiera el efecto de un desfile patriótico.

Esta imagen que sigue la vi en el fondo de una piscina, por eso se ve difusa, si no logran entenderla sólo esperen unos segundos, quédense inmóviles y aguarden a que se aquiete el agua ¿De acuerdo? ¡No RESPIREN!

Podría comenzar diciendo que quizás <u>existen dos categorías de intervención</u>:

Una, cuando le reportan a usted vía radio o al paso, algún parroquiano, que está ocurriendo un Evento y la

Otra, cuando usted decide interceptar a una persona por Flagrancia o por presentar una actitud sospechosa.

Y también, cuando te topas con el asaltante así de pronto y comienza la guerra.

En las dos primeras tú casi puedes elegir si vas o si tomas el camino más largo y huyes, como lo han hecho muchos. Pero, en la última, allí es donde se forjan los héroes, cuando te enfrentas al Kraken.

El primer relato que les hemos contado, tiene por objeto dos cosas, adentrarnos al mundillo donde circulan los criminales, cómo se mueven, qué claves usan para platicar entre ellos, cómo perpetran sus fechorías, con quién hacen sus finanzas, cómo se ven cuando pasean por las calles y; Además Comentarles que existen dos tipos de personas:

El **Primer grupo**: Aquellas que buscan entender los sucesos que les ocurren, los fenómenos que les acontecen a través de un ejercicio de Reflexión. Pero existen otro tipo de personas, este

El **Segundo** Grupo está integrado por aquellas personas que perciben las aventuras o desventuras en que se ven inmiscuidos a través de sus glándulas, de sus emociones y sentimientos. Entonces, mi hipótesis es que existen personas que perciben el mundo principalmente a través de su mente, de manera general, mientras que hay otra categoría de personas que enfrentan al mundo a través de sus emociones, de su miedo, su furia, su decepción, su coraje, de sus glándulas digamos.

Existen dos formas de afrontar la realidad: Los cerebrales y los emocionales.

Los primeros entienden un evento y luego intentan corregirlo. Los segundos "Sienten" un suceso, pero no lo entienden y tristemente lo repiten siempre (Para volver a sentir el mismo terror, la misma angustia, el mismo intenso sabor de la adrenalina)

Por un lado "karate Kid", donde el asunto es: "¿Ah te pegaron? Entonces vamos a resolverlo, vamos a entrenar, vamos a pactar una tregua y con esfuerzo y muchas galletas lograremos componer este feo problema y conservar a la chica bonita, a esa tal *Elizabeth Shue*"; Y por el otro lado está, digamos, "*La rosa de Guadalupe*" Donde todo se trata de angustiarse y sufrir cíclicamente.

Conozco unas cajeras de cierta empresa, a las cuales todos los días les reclama algún cliente por fallas en el servicio y quedan "*Como palo de gallinero*", y cuando el cliente enfadado se va ellas lo platican acongojadas y al otro día pasa lo mismo y así todos los días ¡Viven la misma pesadilla cada día! ¡Qué aguante!

¡Otro liguero, perdón, ligero desliz de mil adorable Vanesa! Pero yo todo le perdono, porque es encantadora y además ¡Ella me ha enseñado tanto! Esta foto es suya, por cierto.

Ellas piensan que discutir es competir a ver quién grita más fuerte. Pero nunca reflexionan al respecto la estrategia, el truco para mejorar esa categoría de eventos en la atención al cliente, ellas sufren un desgaste emocional, pero nunca buscan una solución de fondo. Ellas son del grupo emocional; En cambio he visto empleadas de una boutique o de un banco, que se plantean resolver los eventos de manera categórica: Son cerebrales, porque utilizan un esquema de soluciones para manejar este tipo de situaciones y ya poseen el "callo", la pericia para manejar los asuntos y resolverlos o deslindarlos o tranquilizar al cliente, porque muchas veces la solución no es inmediata pero un simple:

"Haré todo lo posible por darle seguimiento hasta su solución a su problema y créame, juntos llegaremos hasta el final, yo estoy de su parte y le entiendo, yo no puedo resolverlo, pero voy a hacer la gestión con las personas que pueden ayudarnos ¿Está conmigo?" Puede apaciguar cualquier tormenta y si no da resultado, entonces sí: ¡*Smithers,* suelte a los doberman y que se los traguen!

LA DIFERENCIA ES LA TÉCNICA. En ventas le llaman:

"hacer *mirroring*" que es lo mismo a "Mostrar empatía",

"Entablar una comunicación efectiva",

PNL Programación Neurolingüística. Son trucos para mejorar la comunicación, que te ayudan a manejar situaciones de ventas, quejas y en nuestro trabajo policial son herramientas útiles para atención a víctimas, crear un vínculo efectivo con testigos y hasta――― conseguir una confesión.

Estas técnicas las explicaremos con más detenimiento en los tomos siguientes ¿De acuerdo? Cuando abordemos la investigación criminal. Pero les comparto un pequeño esquema para que se den una idea, a continuación.   Porque quisiera aclarar algo muy importante: Nunca tuve un affaire con Susana Zabaleta y no sé cómo llegó su brasier de seda verde hasta mi estuche del rifle; ¡No! Quise decir que: **Toda investigación criminal se desarrolla gracias al trabajo policial de campo, nunca por el de los criminólogos, eso es un mito, incluso tiene un término que lo identifica: "Efecto NCIS" que ocurre cuando el público se cree lo que pasa en la tele, que dizque los que descubren al asesino son los laboratoristas y esto además de ser ridículo es falso**.

Así que si no salimos del *mundillo emocional*, del segundo grupo, simplemente repetimos los mismos dramas, sumidos *en la rueda del samsahara*, del eterno retorno, necesitamos estudiar y estar siempre un paso adelante.

Si usted pertenece al **segundo** grupo puede dejar este libro sobre la barda y proseguir con sus afanes.

Existen viajes que no son para cualquiera.

Yo conocí a *Hugo Sánchez*, aquel salvaje goleador del equipo Real Madrid, cuando finalizaba el entrenamiento, él se quedaba pateando, solo, entrenando, él y cincuenta balones. Rafa Márquez finalizaba un partido y se quedaba entrenando en la cancha otros treinta minutos, era un corredor incansable e implacable en el Barcelona, con mucho fuelle y gran potencia. Cuando buscas lo óptimo sabes que las dudas se vencen con trabajo o con ideas, pero nunca haciéndote la víctima.

— **¿Cuál es la cuestión esencial de una ciencia?**

— Que todo fenómeno es causado por una acción. Siempre existe una relación CAUSA—EFECTO.

— **¿Cómo se desarrolla una ciencia?**

— A partir de la observación y el análisis, luego emites una hipótesis, en la cual predices el resultado a partir de ciertas premisas. Enseguida experimentas y compruebas tu tesis.

— ¿Acaso Es Eso suficiente para ser eficiente en esta profesión?

— No, porque falta saber aplicar las maniobras. No es lo mismo conocerlas que "Saber" aplicarlas, aquí la connotación "Saber" se aplica a ser un experto en su ejecución.

— ¿Cómo se desarrolla una Técnica?

— A través de la práctica obsesiva.

La ciencia policial constituye un conocimiento secreto, porque nadie lo conoce, es una especie de acervo esotérico, reservado para los iniciados, pero nosotros los autores somos compas y les vamos a explicar todo lo relativo a esta hermosa Ciencia. Muchos pelotudos de corbata dictan conferencias y redactan leyes pero pocos, muy pocos saben cómo acercarse a la esfinge sin ser detectados, cómo controlar la zona, cómo atrapar al culpable.

Nuestra materia de análisis son los comportamientos de las personas, sus maniobras y desplazamientos y también sus decisiones. Nosotros los autores y ustedes, gentiles lectores, debemos acometer el examen de este vertiginoso acertijo, descubrir los errores, generar un modelo y así intentar ejecutar maniobras que logren imponer el máximo grado de control total posible durante cada momento de cada evento en que participemos, con el propósito de que logremos dominar o anular el factor de peligro.

Se podría argumentar que si sabes ubicarte en la mejor posición estratégica ya has hecho la mitad del trabajo ¡Imagínate! Tú en las espaldas del agresor ¡Tú tendido, invisible, sobre una azotea, apuntando a los atacantes que no saben ni de dónde les estás disparando!

Prosigamos con el análisis. Obtenemos la deducción de que desde que llegaron a la zona cero, ambos policías sólo pensaban en regresar a pedalear y seguir paseando, quisieron pensar que no pasaba nada porque no querían enfrentar nada.

La Clave de Sol. Tú debes estar en lo que estás. Un asesino va pensando en matar, en contraparte un policía debe ir pensando en ¿Quién es el asesino? De entre la multitud que pasa en las calles y sopesar ¿Cómo descubrirle? Cómo, De qué manera lo va a someter y aplastar contra el suelo. ¡Siempre, a cada instante!

Como ejemplo de esto último les mencionaré otro hecho real (Recalco aquí, que es real pero en mi mente, porque nunca sucedió, igual que todos los demás

A
N
Á
L
I
S
I
S

relatos de este volumen) Yo presencié la muerte de un maleante, al que se le abatió a balazos durante un enfrentamiento, tardó más de diez minutos en morir, pero nosotros somos muy pacientes; Fíjense ustedes que antes de fallecer y descender a los infiernos, ese criminal quedó sentado en la banqueta durante unos minutos y tenía la estructura craneal partida a la mitad, la mitad de la cara separada y abierta como una exótica flor ensangrentada, expuesta su apestosa masa encefálica y no obstante nos apuntaba a la cabeza y apretaba su dedo índice, como si nos disparara, aunque su pistola había caído de su mano 10 minutos antes cuando le impactamos durante la confrontación seis disparos en cabeza y tórax, aunque todavía tenía el reflejo de matar, de asesinar, ya no podía levantarse ni hablar, pero jalaba un gatillo imaginario mientras su cerebro moría. No así los policías del relato, quienes tenían el reflejo de subir a su bicicleta. ¡No iban concentrados, es todo!

¿No han visto alguna vez un combate de Artes marciales mixtas donde un tipo queda noqueado, pero allí en la lona, sigue tirando golpes y todavía pretende sujetar la pierna del réferi? Son sus reflejos, su reflejo de lucha, él está inconsciente, pero su sistema está en **Modo de combate.**

(Mientras duerme o en la noche, su esposa ha de tener prohibido abrazarle por detrás, me supongo)

Si usted entrena suficiente, si usted logra concentrarse, podría realizar funciones un tanto complejas de forma automática. Como conducir el automóvil que en muchos expertos es una habilidad automática.

Hay personas que ingresan al servicio como pasatiempo, pero esta profesión es exigente y apasionada como *Natalia Lafourcade* cuando pasa a buscarme a mi oficina durante las más frías noches de guardia y me dice en un susurro: "Lo necesito ¡Lo necesito ya, dámelo, dámelo todo, dámelo ya, no te guardes nada, dámelo cielo!".

A continuación les muestro la imagen, no de *Natalia*, (¡Ingenuos!) Sino del maleante, es una imagen muy fuerte, se recomienda mucho criterio:

Aquí podemos continuar con nuestro juego. ¿Cómo podemos asumir que esta profesión recibe menos salario que un futbolista o un médico o incluso menos que un diputado?   Mejor Iniciemos con un **ACERTIJO** ¿Quieren hacer un ejercicio?:

Es que ¿Saben una cosa? Creo que Antes de continuar sería mejor que ejercitemos nuestro talento policial, las **INSTRUCCIONES** son muy simples: Les pido que se aparten del libro y que procedan ustedes, gentiles lectores a escribir de qué manera debió realizarse este operativo fallido ¡Tu misión es salvar a Tina y a Mario! Paso a paso, utiliza los principios de la intervención, recuerda:

La finalidad de este ejercicio es muy obvia: Aprender a imaginar situaciones y resolverlas sin necesidad de estar en el mundo real constreñido por las leyes del tiempo. Podemos imaginar las posibilidades tangenciales. Confeccionar un plan y resolver este caso de manera exitosa. Resolverlo con éxito, ¿De acuerdo?   Altera el tiempo, modifica el resultado, evoluciona la realidad. ¿Ya lo resolviste? Aquí no tenemos prisa, quiero que salves a ambos policías y quede abatido el TARGET o detenlo, ahora añade alguna dificultad o eventualidad y vuelve a realizarlo. Imagínalo y vuelve a repetirlo. Si estás en tu casa o en la de tu novia hasta podrías actuarlo

¡Hazlo, actúalo! Y repítelo hasta que resuelvas el evento con completo éxito; Incluso puedes ayudarte garabateando un diagrama y nos vemos en unos minutos (Unas páginas más adelante comentaremos las posibles soluciones y tú puedes comparar tu propuesta con las nuestras) Mientras tanto, pasemos al siguiente episodio.

El secreto Para lograr El talento de la anticipación, consiste sencillamente en ejercitarse ANTES de que ocurra el evento.

2.— ¿CUÁLES SON ESOS PRINCIPIOS BÁSICOS DE LA ACTUACIÓN POLICIAL? /Es fácil ser Batman

A) Control de la zona detención/ Agente de Contacto y Agente de Apoyo,

B) Sentido Espacial

C) El lenguaje como poder

D) El conocido epitafio que comienza con la expresión: Exceso de Confianza.

E) Todo lo que pasa en la calle le incumbe a la policía

F) Ventaja numérica y ventaja táctica/ Binomio y Trinomio policial

G) Técnicas para Inspección a personas, vehículos e inmuebles

H) Nombres, Claves operativa y apodos/ desplazamiento y aviso a Radio

I) Cómo llegar a la Zona Cero. El arte de acercarte al enemigo.

J) Defensa Legítima y Uso de la fuerza

K) Planeación y conocimiento geográfico

L) Cualquier objeto es un arma

M) Posición de ventaja táctica y cómo Establecer un perímetro de seguridad

N) Suponga siempre Amenazas ocultas multiplicadas

Ñ) Asegure su arma. La mano diestra siempre va libre.

O) Maniobras para la detención de personas

P) Embarque y descenso de vehículos

Q) Fallas y errores comunes en el trabajo policial

R) Tácticas especiales

S) Eventos no tan singulares (Emboscadas, defensa contra varios atacantes Amenaza de aparatos explosivos,)

T) Vocación del policía

U) Lenguaje verbal óptimo y lenguaje corporal, Cómo aplicarlo, cómo detectarlo.

V) Artes marciales y el trabajo policial. — ¿Cuál es la mejor opción?

W) Concentración vs Visión de Túnel

Y) No te agrupes ¡Desplegarte es la mejor opción!

Z) El secreto gremial/ Consejos de un policía viejo.
Estos y otros factores que iremos descubriendo, son los que inciden en la forma c+omo se desarrolla y c+omo finaliza cada Evento policial.

Incluso en su vida diaria, aunque usted no sea policía, también existen muchos momentos donde usted puede distinguir el peligro que se avecina, ya lo iremos platicando.

No existe lugar para la suerte. No tiene cabida. No mucha.

ENTREVISTA A UN ASESINO
Tengo 15 años y no soy un asesino, soy una víctima. Mi tío era muy cruel conmigo, de todo se enojaba, siempre me estaba criticando y señalándome mis defectos, si yo no me bañaba, si me reprobaban en la escuela, si fumaba marihuana ¡Todo le molestaba! ¡Nada lo tenía conforme!

Cierto, sí, él fue quien me recogió cuando fallecieron mis padres. Ellos no me dejaron nada, mi tío ganaba muy bien y me llevó a su casa, pero siempre me trataba como si yo fuera un empleado: "¡Haz esto!" ¡Haz lo otro!" "¡Lava los trastes!" "¡Estudia!" "¡Compórtate!" Y no me dejaba vivir mi vida.

Un día me enteré que la nicotina es un veneno y yo pensé: "¡Ojalá mi tío se muriera de tanto fumar!" Pero me dijeron mis amigos que eso podía tardar años, muchos años, aunque todo dependía de la dosis, que si ingería una gran cantidad de nicotina de una sentada él podría morirse al instante y la policía pensaría que fue por fumar.

Así que platicando con mis amigos de la esquina me dijeron que ellos conocían alguien que podría sintetizar la nicotina y así podría ingerir mi tío una dosis letal. Con lo que me daba mi tío para mis gastos le pagué a esa persona. Puse esa sustancia en el vaso de noche de mi tío y falleció, pero se revolcó de dolor y gritó implorando ayuda varios minutos, aunque yo me puse los audífonos y le subí al volumen.

Al día siguiente me asomé y llamé a las emergencias.

Vinieron los paramédicos en una ambulancia.

La policía me detuvo en ese mismo momento.

La sustancia me costó muy cara y no era nicotina. Ya le expliqué llorando al juez del tribunal juvenil que la culpa no es mía, sino de la persona que me vendió ese veneno para ratas.

✳✳✳

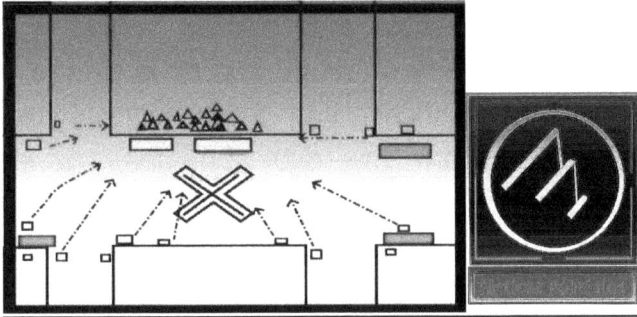

3.— MI PRIMER VIAJE AL TRIÁNGULO DE LAS BERMUDAS/ "EL CEREBRO ES MI SEGUNDO ÓRGANO FAVORITO".—En este mundo falso y engañoso, donde existen criaturas fascinantes, inteligentes y arrebatadoras como la licenciada Karla Diana, Acabo de recordar que tengo algo pendiente, me permito asomarme a la alfombra donde se halla recostada en la otra habitación, como una diosa de mármol tendida, tapada con un atrevido vestido transparente de licra en color morado, esperando mi participación en un juego letal pero indispensable. Sus desbordantes curvas y su piel volcánica son una combinación perfecta que mata mi aburrimiento.

Ella había llegado anoche, al abrir la puerta de mi casa, ella estaba allí, con un sombrerito de enfermera y usando unas enormes gafas falsas y vestía una capa roja, la cual abrió y me di cuenta que sólo llevaba puestas unas medias negras y sus zapatos de aguja, y un moño rojo en la cintura que no supe qué significaba y un listón negro al cuello; Ante mi asombro me dijo con una voz muy profesional y cariñosa que venía para ser mi enfermera y que iba a cuidarme con el más cándido esmero para darme todo lo que yo necesitara, apapacharme y hacerme sentir bien hasta que me recuperara completamente, que ella sería mi esclava y mi hada y que me cumpliría todos mis deseos.

Yo iba a responder que no necesitaba una enfermera, pero... ¿Para qué iba yo a decepcionarla?

PAUSA. Largo y esmerado cunnilingus. Maniobras al punto "G", con mucho cariño y admiración y siempre con el más caballeroso respeto. Lengua, succión, frotamiento, apretar esto, rozar aquello, labios, dedos. Existen caricias que se dan con los labios. Se pueden dar mordidas con los puros labios. Caricias interminables, clítoris, besos, labios mayores, vulva, más besos. 50 minutos. Me seco el sudor. Ella ha dejado un charquito que me enorgullece. Bebo un gran sorbo de agua, luego otros tres. Me gusta que se deje un pequeño triángulo de vello muy recortado. Ella bosteza y eso ¡Es la señal del segundo round! Variadas posiciones, arriba, abajo, de lado, de cabeza, flotando, montar las olas, restregarle mi afecto entre sus glándulas, por su espalda, entre su pelo, en su cara, en sus pies. Luego fase trepidante, cabalgata furiosa, al mismo tiempo succión científica a sus glándulas mamarias, eso las halaga, otra vez fase intensa, acariciando su espalda como si fuera indispensable, las ráfagas se escuchan como aplausos ¡Y claro que merecemos una ovación! Otros 70 minutos. Que no se derrame ni una gota. Me acabo mi bote de jugo de naranja. Le doy una nalgada de cariño. Parece que duerme ¡Pero así son más peligrosas estas criaturas, no se confíen! Mírenla allí: Indecente y feliz. Suspiro contemplándola ¡Hay que regresar al trabajo! Antes le tomo el pulso, no vaya a ser que me haya sobrepasado, pero… ¡Sí! ¡Está viva! ¡Está viva! *¡She´s alive!* ¿Debería ir por el tercer round? La dejaré reposar mientras sigo escribiendo y mirarla me inspira un poco ¡Claro! ¡Otra operación exitosa, prosigamos!

Habiendo regresado seremos muy breves en lo que respecta a este intrigante tema. Cojo mi tazón de nueces y las revuelvo pretencioso. ¿De qué estábamos hablando? ¿Ya ven que no ponen atención? ¡Es broma, mis avezados lectores! Sí, era de esto miren:

COMENZARÉ CONTÁNDOLES CUANDO FUI UN RECLUTA; Mejor les platicaré desde un principio para que me entiendan ¿De acuerdo?

Sucede que cuando fui un gameto, llevaba apenas dos semanas de haber sido concebido, cuando gané aquella épica carrera hacia el óvulo sagrado, estaba yo viajando contento a bordo del vientre bendito de mi madre quien rezaba para que yo no acabara de policía o algo peor y soñaba con que me convirtiera en alguien de provecho: Un estadista y arquitecto, como *Netzahualcóyotl, como Fray Antonio Alcalde, o de menos un Beethoven* o alguien como *Dante*, pero mi sordera es sólo un pretexto para evitar a viejos amigos inoportunos y sí es cierto que he viajado al infierno varias veces, pero me han expulsado siempre, por mi falta de constancia al Mal.

Esperen, esto es demasiado remoto.

MEJOR HABLEMOS DEL PASADO RECIENTE, CUANDO INGRESÉ A LA POLICÍA: Verán ustedes, allá por la década de los 90's Yo llevaba trabajando mis primeros siete meses en la policía municipal, cuando me asignaron ser la tripulación del capitán Ulloa, su chofer se había enfermado. No existía simpatía entre nosotros, es más, creo que nos inspirábamos un muy sincero desprecio mutuo. Ese mismo día escuchamos un reporte radial de un Evento de "Problemas domésticos" en un domicilio, lo cual supuse se trataba de un señor y una señora golpeándose con sartenes y es así que nos dirigimos hacia el lugar del evento, cuando faltaban cincuenta metros, me dijo como un padre que sorprende a su hijo cometiendo un inocente error: "Ya vi que abriste la puerta ¿A dónde vas?"

Yo estaba acostumbrado a llegar corriendo a cada reporte, junto con los demás compañeros como si fuéramos chivas locas ¡Todos a galope tendido! Pero el capitán continuó explicándome:

"Mira, No se trata de jugar unas carreras, a ver quién llega primero; ¡Advierte que no sabemos qué tipo de situación esté sucediendo! Podría haber sujetos armados ¡Y podrían ser muchos! Así que no cometamos errores, te diré lo que haremos: Vamos a descender aquí, a una cuadra de distancia del lugar del reporte y no quiero que corras ni que vayas delante de mí. Quiero que camines muy atento a todo el entorno exterior y que siempre vayas a unos cinco o diez metros de distancia de mi, pero a un lado, no te me juntes, podría ser que nos topemos con los maleantes huyendo; Además, desenfunda antes de que descendamos de la patrulla, ponte atento, si alguien me pretendiera atacar tú le disparas y si yo veo a alguien que intente atacarte yo le tiro todo el plomo ¿Estás listo?"

(A mí lo que dijo no me pareció peligroso, indigno ni absurdo. Y por eso

Decidí acatar esas indicaciones. Incluso con el tiempo fui agregando más aspectos, más mañas. Me fui dando cuenta que   1.— Cada vez que Tú te diriges a un Banco, digamos, los maleantes podrían venir ya escapando y chocar contigo 2.— Tú podrías llegar directo al punto y ser recibido por una flaca con guadaña 3.— Tú no eres de las pizzas, eres policía, así que nunca llegues directo a la puerta 4.— Si te reportan "Problemas domésticos" Significa no que son dos esposos discutiendo a gritos, sino que alguien llamó a la policía y reportó que se escuchaban escándalo; Pero eso no te garantiza que llegues a un evento "tranquilo" Porque ese alboroto podrían ser la discusión entre secuestradores armados que están inconformes con el reparto del botín y a punto de comenzar la balacera, como una vez me tocó. Todo es posible, una vez llegué a un reporte de esta categoría y me hallé con que un sujeto ¡Estaba acuchillando a su propio progenitor! Entonces un reporte puede ser algo cien veces más peligroso de lo que se anuncia.)

Yo asentí mientras desenfundaba mi arma de fuego y nos aproximamos sigilosos hacia el lugar del servicio. Yo había tenido buenos instructores, pero esto que me dijo Ulloa fue la lección más importante que he recibido, un auténtico coaching, un "Camp Training", que significa "Entrenamiento en el campo de guerra" y es como tener una esquina aconsejándote a cada momento mientras boxeas a tu adversario.

Desplegarse significa que vayas retirado de tus demás compañeros, pero no aislado, así tienes espacio para maniobrar en caso de que necesites brincar y ocultarte o patear a un Target o disparar, porque si vas **agrupado** no tienes buena visibilidad del entorno y de las personas porque te estorban tus compañeros. Además, agrupado proyectas la imagen de que estás atemorizado, en cambio desplegado se mira imponente, abarcas más terreno, controlas mejor todo el perímetro, encapsulas a tus enemigos. Esto es crucial siempre.

Es más fácil instruirse imitando, es el mejor método para aprender. Yo asimilé los secretos artilugios del oficio a través del arte de copiar a gente como *Roberto "El Hare", El "Negro" Rangel, Fermín el "Meteorito", Raygoza "El síndrome"* entre otros. Agentes experimentados y sagaces que me compartían su sapiencia en pleno servicio, como si se tratara de un tutorial "Hazle así" "¡Bárrelo para que no se mueva!" Quienes incluso frente a los **Targets** me iban explicando "Mira, Sujétalo de la espalda, apóyate en él para que no pueda voltearse, aquí está escondiendo algo ¿Si te fijaste? Ahora le voy a poner un guamazo porque intentó pasarse de listo conmigo, fíjate cómo" ¡PAS! "¡A ver! ¡Ahora hazlo tú!"

Y a partir de eso, lo que sigue luego es persistir, practicar y mejorar. **Un aspecto crucial para cualquier profesional es cultivar <u>el sano hábito de la Autocrítica</u>** y estar dispuesto siempre a mejorar, reconocer tus propios errores y enmendarlos, porque la vida no retoña. El herpes sí.

Muchos policías ingresaron a partir del 2010 y fueron recibidos por otros muchachos inexpertos igual que ellos, así que aprenden a no patrullar, sólo les enseñan a maquillarse y sacarse las cejas, hacerse tatuajes ¡Aprendieron de los que no saben nada!

Volviendo a lo de Ulloa, por si ustedes se preguntan qué pasó después, les diré que no nos hicimos amigos; Cuando regresó de su enfermedad su chofer, un total granuja de apellido Naranjo, el capitán me pidió que siguiera formando parte de su tripulación y trabajamos juntos los tres durante más de Un año. Nunca dudábamos en acudir a un reporte o para apoyar a compañeros que pedían auxilio, realizamos buenos servicios al paso, muchas detenciones y nunca nos ocasionaron ni un solo rasguño.

"Sólo el que se sube a la moto se cae, así que mientras sigas cabalgando seguirás cometiendo errores, no te aflijas por eso, pero ¡Corrígelos!" Claro que sigues aprendiendo, sigues cometiendo deslices, otros distintos, en situaciones diferentes pero debes aprender a acoplarte a las circunstancias porque a veces cada lío es incomparable y totalmente nuevo para ti y con harta frecuencia tus compañeros son totalmente abyectos o cobardes o soberbios y no cooperan para la misión. Pero aprendes, corriges y persistes.

Con el trabajo continuo, el fogueo en el campo de guerra, realizando al menos diez revisiones a persona en cada turno, en la forja de los cíclopes ¡Sólo de esta forma se templa la espada de Longines!

El punto es: Nunca debes llegar sin un plan, nunca te acerques sin una estrategia.

A los policías no nos gustan las sorpresas (La única sorpresa que me gusta es cuando me llaman Joaquín Sabina, Depeche Mode o Las Flans por teléfono para invitarme a su backstage) Uno va siempre preparado para cualquier evento, observando en todo momento las variantes y los riesgos, sin alardear, sin retar a nadie, con un espíritu positivo y optimista pero con el ánimo tenso y rumiando la eterna suspicacia, controlando la impetuosa muerte en mi pistola, que siempre quiere disparar, siempre sedienta de sangre de psicópatas (Hosca e insistente siempre me pide su ración de sangre de criminales).

Una vez llegamos hasta un portal gótico persiguiendo unas sombras, sobre el dintel estaban escritas unas letras ilegibles, algo como "*Me   ta trón*", dos centinelas infranqueables nos miraban con solemnidad, entonces de repente, Naranjo balbuceó a voz de sorna, apuntando a todo el que se acercaba:

"Mira novato, Uno debe hacerse visible intempestivamente y caer encima de la presa ¡Que se muera del puro susto! Actuar, atisbar como un fantasma, caminar invisible y aparecer en el sitio donde tu enemigo menos lo espera y dónde él es más vulnerable. Los policías NO asistimos a un evento inesperado: ¡Nosotros aterrizamos como un rayo y aplastamos cualquier oposición!

Nosotros no morimos por accidente, nosotros arrojamos la carnada y sorprendemos al tiburón con un arpón ¡Así se hace el trabajo! ¿Tú eres el señuelo o el arponero? Si no eres ninguno entonces ya estás muerto o pronto lo estarás" — Me comentaba guiñando con simpatía y brillantez.

Casi todas las técnicas que explicaremos aquí se ejecutan antes de llegar a la Zona Cero y claro hay que mantenerlas durante el resto del Evento, pero es primordial entender que la primera cuestión es entender este punto: Pensar antes de avanzar, aplicar antes de que algo pase.

"Llegar a la zona cero requiere pericias y maniobras latentes forjadas en el temple de la paciencia y el entrenamiento sagaz, Esto lo entrenaron y lo entendieron los samuráis, los caballeros águila e incluso el súper agente 86 y los *hermanos Marx*."

Tiras de tiras

Salimos mis compañeros y yo a comprar la cena y dejamos en el cuartelito al compañero "Goyo" custodiando al detenido, esa escoria astuta al que apodaban "La Colorina". Eran como las 11 de la noche y cuando llevábamos dos cuadras de camino me acordé de algo y regresé casi corriendo.

Subí los escalones con prisa y luego empujé la puerta como un huracán, pero choqué contra algo muy pesado, sonó un golpe bien fuerte, al entrar luego, luego allí en el suelo estaba "La Colorina", sin saber por qué le puse dos patines en la cara, entonces le ví que traía empuñada el arma del Goyo, se la arrebaté y mientras lo seguía pateando con regocijo volteé a ver al Goyo que venía corriendo hacia mí, traía el hocico roto y las esposas puestas.

Me dijo que estaba muy agradecido conmigo, que estaba bien asustado de que lo fueran a detener por la fuga del secuestrador y mientras se quitaba las esposas y se las ponía otra vez a *la Colorina,* me platicó que le quitó los grilletes al detenido para llevarle al baño y entonces este lo golpeó en la cara y lo desarmó, entonces pretendió escapar y fue cuando yo llegué.

Yo fui al escritorio y cogí algo, pasé con el detenido y le puse otra patada a la cara y luego me retiré para alcanzar a mis demás compañeros.

El Goyo me agradeció otra vez por haberme regresado a salvarlo.

¡Achis, achis! ¡Pos ora resulta que hasta soy un héroe!

Cerré la puerta de las oficinas y ya iba a bajar la escalera con orgullo, pero, algo no cuadraba.

Entonces me senté en los escalones porque me sentía incómodo, Pero ¿Qué era? ¿Cómo fue que mi compañero le quitó las esposas al detenido? ¿Por qué lo hizo cuando se hallaba solo?

Marqué por celular al resto del equipo y les avisé que volvieran rápido.

A los pocos minutos llegaron, esperamos en silencio para ver si el Goyo dejaba escapar otra vez a la Colorina...

Ni modo que les diga que yo sólo me regresé por mi gansito.

Yo lo único que quería era mi *gansito*.

* * *

4— TÉRMINOS Y VOCABLOS UTLIZADOS EN ESTE VOLUMEN. EL LENGUAJE ES UN PODER. - Antes de continuar este recorrido casual por la selva, hay que aclarar algunos términos y expresiones que utilizamos en este catálogo, con el fin de que nos vayamos entendiendo.

Para que dos personas se entiendan debemos hablar el mismo lenguaje, utilizar los mismos significados, a continuación les definimos los conceptos que manejamos en este Compendio:

TARGET. — Utilizamos este término para referirnos al sujeto al que pretendemos contactar, detener y registrar, (O eliminar, porque no todo se arregla con palabras en esta vida) Para no usar términos ambiguos como "Blanco", "Asesino", "Agresor", "Objetivo", "sospechoso", etc. A veces, desciendes de la patrulla y hay muchas personas ¿Cómo saber quién es el Target? Usted se acerca a una negociación, digamos una gasolinera, un sujeto le recibe, pero ¿Cómo puede usted asegurar que ese es el empleado y no un ratero que simula mientras sus cómplices tienen amordazados a los demás empleados en la bodega? ¿De qué forma podemos deducir o adivinar quién es el **Target** entre la multitud que deambula por la calle?

AGENTE. — Este término lo utilizamos en este volumen para referirnos a quien sea que realiza la intervención policial, ya sea militar, marino, Guardia Nacional, policía municipal o Estatal, Federal o Investigador. Es claro que algunas técnicas deben adaptarse porque nos referimos al sigilo o sorpresa, sopesando que en algunas circunstancias puede suceder que un agente uniformado se camufle mejor en el entorno, mientras que podría ocurrir que un Agente investigador podría delatarse por utilizar atavíos convencionales o institucionales; así que depende de las circunstancias y del fragor de la batalla o la oportunidad de cada ocasión el aplicar las técnicas aquí descritas para contribuir a lograr las mejores oportunidades de éxito.

CACHEO. — Consiste en una Exploración básica al TARGET, es un acto en el que aplicamos todos nuestros sentidos: Observar, oler, escuchar, palpar y apretar la vestimenta y pertenencias; primero se debe aplicar el CACHEO DE SEGURIDAD que sólo busca armas con las que el TARGET pudiera causar daño a los agentes o a terceros y enseguida el CACHEO TOTAL, más detallado en busca de objetos o porciones pequeñas; Existen procedimientos para cada uno que explicaremos más adelante.

KARATE. — La connotación que damos a este término es para referirnos a cualquier arte marcial. Karate significa combate con mano abierta, así que buscamos simplificar usando este vocablo para generalizar cualquier técnica para defenderse sin utilizar armas de fuego, aunque en un episodio comentamos con deleite y escrupulosidad la pertinencia de cada arte marcial en la intervención policial y también sobre maniobras utilizando simultáneamente el arma de fuego y técnicas de karate.

CONTACTO o   INTERCEPCIÓN. Cuando el agente se aproxima al TARGET debe considerar el peligro potencial al que se expone, prever todos los aspectos emergentes que podrían suceder. **Esta es la clave de toda la actividad policial**, el momento en que nos aproximamos al peligro exponencial de un sujeto desconocido que transita por la calle, por eso existen miles de policías que jamás interceptan, jamás contactan, ellos pueden pasearse así 30 años esquivando al lobo... Hasta que el lobo los atrapa.

¿Quiénes son los criminales, cómo caminan, que hábitos tienen? ¿De dónde viene? ¿De Matar a alguien? O ¿Se dirige a emboscar a su víctima, a deshacerse del cuerpo, va a comprar los químicos para desintegrar el cadáver de una niña? O quizás se trata solamente de un peligroso secuestrador que camina tranquilamente por la acera y que disparará sin ningún remordimiento sobre cualquier policía que se le acerque o tan siquiera le mire.

Miren, una vez una bellísima mujer que se desempeñaba como flamantísima Agente del Ministerio público federal me contó cómo cuando le trajeron a un criminal detenido para que le tomara su declaración, todos, todos sus compañeros estaban horrorizados ante la presencia de semejante bestia, esto ocurre porque la habilidad para confrontar a este tipo de psicópatas no la tienen todos, contactar a un asesino no es para cualquiera.

Existe la creencia disparatada de que a los criminales se les atrapa gracias a los peritos de laboratorio, dicho mito es sólo una fábula ingenua, es el "*Efecto NCIS*" pero Dicen **los sheriffs de Texas que el 95% de los asuntos se resuelven como producto de la investigación policial,** del arte de la entrevista. Yo difiero un poco; ¡En realidad es el 100%!

"¿Ay por qué los policías revisan a la gente?" – Dice doña metiche, madre orgullosa de cinco vástagos profesionales de la fechoría.   ¿Por qué? Porque el contacto te produce el 70% de todas las detenciones en nuestro país   (El otro 30% la investigación criminal).

<u>Aquí en México el 100% de los asuntos se resuelven</u> con mucho trabajo policial de campo, vigilancias, inspecciones, consulta de registros y archivos, entrevistas, reflexiones, análisis, cruce de información, elaboración de matrices de vínculos criminales. En mi caso personal, logré más de 300 detenciones de criminales y ninguna se debió a la participación siquiera de un criminalista o criminólogo. ¿Por qué? Porque para realizar una investigación científica no puedes estar escondido en un laboratorio.

Una vez resolví un robo que tenía más de un año de haberse perpetrado, cuando inspeccioné el lugar, una tienda de artículos de plástico, recorrí el sitio acompañado solamente de la hija del dueño, cuyo corazón también era de puro plástico, y entonces subí hasta las azoteas, compartidas con otras casas, las recorrí y allí encontré al culpable. Sólo se necesitaba algo que nadie había hecho hasta ese momento: Recorrer atento el lugar.

ZONA CERO. — <u>Así se le dice a la zona donde está sucediendo el evento</u>, cualquier evento que requiere la presencia policial. O pongamos que usted va llegando con su esposa a una refaccionaria automotriz, pero no hay nadie en el mostrador y se pregunta ¿Dónde están todos? (Cualquier lugar donde nos hallemos es la Zona Cero, esto lo entenderán al final de este volumen) Los mediocres instructores actuales le inculcan a los pobres reclutas que la *Zona Cero* es el lugar donde sucedió el evento, que es "El lugar de los indicios", que el evento sucedió en el PASADO, hace varias horas o días ¡Pero esto es FALSO! Usted, en la intervención policial debe asumir que el Fenómeno está sucediendo, en el PRESENTE que está en proceso, que el peligro está allí Activo y Latente, porque le va la vida en ello, no a esos instructores de pacotilla que están a salvo en sus aulas con horarios de oficina.

PROCUSTO. — Padecimiento muy inaudito, muy, pero muy raro, Cuando los mediocres atacan a los que desarrollan su propio talento. Ligeramente amagado a la entropía. En una comisaría alguien contrata a puros lambiscones sin talento ni vocación para la policía, pensando que no repercutirá en nada, pero cada uno de estos zánganos va a repeler a cada postulante que posea una pizca, una sola pizca de talento policial ¿El resultado? Cada vez hay más ineptos en la Dependencia que parece una agencia de colocaciones para payasos y la ciudad es botín de maleantes. **En Jalisco cada mes en promedio es asesinado un policía y lesionan a 2; Y cada dos meses es secuestrado—desaparecido uno: Saque usted las cuentas!** ¿Usted supone que si coloca a un ahijado inepto este intentará superarse y estudiar? ¡Claro que no! Más bien se dedicará a rechazar y agobiar a todos los que posean alguna mínima habilidad, porque los verá como una amenaza de que lo reemplacen y contratará a los más imbéciles. Es lógica puta. Perdón, pura.

PISTOLA. — Existen discusiones bizantinas sobre términos como indicio y prueba. Aquí abreviamos el tema y denominamos pistola a cualquier arma de fuego corta o larga. La misma postura asumimos para llamar **bala** a la ojiva o proyectil que es la parte del cartucho que sale disparada de un arma de fuego, no admitimos rivalidades ni divagaciones, seamos sencillos. Y mencionamos con la palabra **cuchillo** cualquier objeto punzo—cortante, punzo—contundente, contundente, etc. Todas son armas. Cualquier arma asesina. En las manos correctas, en la mente de alguien en específico. "Cada arma sueña con esas manos, silenciosamente, con infinita paciencia, espera que lleguen esas manos y cumplan su destino de sangre" (Ese es Borges, un amigo viejo, asustando gente)

ASALTO. — Este, al igual que otros términos, generan muchas discusiones entre gente que no tiene nada que hacer. Aquí somos directos, Asalto es como denominamos a cualquier Ataque sorpresivo o robo con violencia sobre las personas, y denominamos Asaltante a cualquier sujeto que ataca o amaga con Cualquier tipo de objeto a otra persona, ya sea una pistola, cuchillo o palo de golf o una raqueta, cualquiera que sorprende a otro. También denominamos psicópata a cualquier persona que ataca a otra y más si se trata de un Agente de la ley, para nosotros y para usted, la diferencia no es gramatical sino determinante: Un delincuente es cualquier persona, pero un psicópata ya no tiene el rango de humano; Para efecto de operaciones de vida o muerte, donde la vida de una persona de bien para la sociedad está en riesgo, no hay motivo para disertaciones, se mata al perro que tiene rabia y así salvamos a los demás parroquianos. Ojo: Establezcamos que en un libro de Derecho o en un código, se define a un asaltante como aquel sujeto que "Amaga en despoblado y a altas horas de la noche blablablá..." Es más simple denotarle de esta forma porque ninguno de esos legisladores va a resolver una situación en dos segundos, ellos pueden dilatarse años en discutir y explicar un concepto... Hasta que lo vuelven más confuso.

SOMETER/DOMINAR.—Utilizamos esta palabra para referirnos al acto de hacer uso de la fuerza para remediar una situación.

Justamente en la legislación se esgrime la noción de que el Estado impondrá el orden a través de la Fuerza, si fuese necesario y esta función está delegada a la Policía.

Esto significa que a usted no le contrataron para platicar y convencer: **Lo contrataron porque existen muchas situaciones que no se pueden resolver con palabras.**

En nuestra legislación se impuso el término "Minimizar" Para definir ese momento en que el policía inmoviliza a un sujeto agresivo y esto es totalmente inadmisible porque la palabra minimizar tiene la connotación de que despreciamos o menospreciamos un fenómeno, es decir "Minimizar" Equivale a suponer de antemano que una amenaza no es ni tan peligrosa ni tan letal ni tan gravosa ni tan urgente, lo que se puede inspirar un falso sentimiento de seguridad; **Y esto es la peor trampa en que puede caer un Agente de policía**: El Exceso de confianza; Uno debe confiar en sus propias destrezas (Si es que usted las tiene) Pero nunca en las personas ni en sus intenciones ocultas.

Para nosotros, los autores de este libro, a un sujeto violento que esgrime un machete no se le "Pacifica" ni se le "Minimiza", minimizar da la impresión de que uno desprecia algún peligro, que uno demerita la capacidad destructiva de un artefacto o una agresión, "Minimizar" es un término ambiguo que les funciona a los políticos en sus discursos y quizás deba usted utilizar frente a una audiencia oficial, porque es un vocablo políticamente correcto, sin embargo en la calle frente al león, su cerebro y sus extremidades obedecen a comandos directos y con claridad específica; NO los confunda, no se confunda a usted mismo con términos que ofuscan su respuesta inmediata. Tampoco nos parece válido el vocablo "Disminuir" porque no vamos a decirle a un carnicero "Psicopatita" ni "Canibalito". Además un policía (Ni ninguna otra persona de buen juicio) Debe nunca demeritar el peligro, al contrario: NO "Minimizamos" el peligro sino que Lo detectamos y lo resolvemos, pero no cerramos los ojos ni volteamos hacia otro lado como si no existiera; Nosotros llegamos a controlar la situación, Nosotros llegamos a dominar a los agresores.

Tampoco nos gusta el término "Neutralizar", porque la policía no neutraliza a un agresor, neutralizar semeja igualar y nosotros no buscamos la igualdad, ni el empate, buscamos el control Total para proteger a las víctimas ¡Usted no puede neutralizar a un impredecible oso Grizzli ni a un gigante, veloz y peligroso Casuario! A la fuerza pública no se le requiere para neutralizar sino para someter a la potestad del Estado, como Gobierno de la ciudad, a cualquiera que violenta el estado de paz y el libre ejercicio de los derechos de las personas.

El gobierno nunca es igual a las personas, al contrario, es un Poder por encima de las personas, ellas lo eligieron para que se encumbre con superioridad siempre y haga cumplir las reglas de convivencia que hemos aceptado cumplir todos.

(¡Vaya, vaya, soné bastante   cantinflesco!)

Así que si usted presencia que un tipo golpea a un anciano a quien ya derribó y yace indefenso en el suelo, usted debería pensar así:

"Agresión, Impedir Agresión, proteger a la víctima; Inmovilizar al agresor, someterlo por la fuerza, impedir que continúe dañando" Y **Actuar** de Inmediato.

(¿Acaso escuché una voz cibernética? ¿Parecen los comandos del *Terminator modelo T—300* verdad?) El Estado impone por la fuerza el orden;
Si todos los que infringen la ley
                    Entendieran con palabras bonitas
            Entonces los policías no llevarían armas de fuego
  Ni PR—24, ni escudos o chalecos balísticos;
    Y mejor se contratarían a edecanes

Con bonitas piernas o a merolicos de la feria para que convenzan a los criminales carniceros.

Uno llega para Dominar al Agresor, suponiendo que si este intenta agredirle o se resiste a la detención, usted lo someterá por la fuerza, porque siempre debemos considerar que la fuerza es sólo una más de las alternativas que podemos escoger según las circunstancias. Controlar, Inmovilizar, someter, representan niveles de uso de fuerza, pero recuerde que en la calle no se trata de una escala sino de sucesos reales y que

Una persona con cuchillo recorre siete metros en 1.4 segundos,

Un perro corre a 60 kilómetros por hora y

Que una bala vuela a 400 metros por segundo; Por tanto, Usted acude para someter y depende del Delincuente el nivel de persuasión que usted deberá aplicarle y **usted deberá resolver y Aplicar la maniobra exacta EN MENOS DE 1.4 SEGUNDOS.**

Ahora que estamos comentando lo relativo al lenguaje oral, permítanme recordarles que el 90% de la comunicación es a través de nuestro cuerpo, nuestros ademanes y gestos, el tono y la cadencia de las palabras...Y lo analizaremos con más calma en otro episodio.

Por cierto, si alguno de ustedes apreciables y eruditos lectores desea hacernos llegar sus comentarios, por favor deslicen su misiva a través de la rendija virtual que se halla aquí enseguida y nosotros la leeremos con suma confusión.

RELATOS DE CIVILES

Soy una mujer de 40 años, iba yo llegando a mi domicilio a   bordo de mi automóvil, eran por ahí de las 8 de la noche, en la difusa luz noté que estaba estacionado cerca de mi casa un automóvil que no reconocí, pensé que quizás se trataría de alguna visita, pero el tripulante era una persona desconocida, de pronto sentí un poco de aprensión y decidí no detenerme. Miren, yo no soy muy pudiente, vivo honradamente, aunque hay que decirlo, lo que para uno es modesto para otros podría ser un lujo, algo que despierte la codicia de algún delincuente.

Proseguí y ví a una persona allí, como deambulando en la banqueta a unos 20 metros de mi domicilio y del vehículo que había llamado mi atención. Yo no soy tan perspicaz, pero algo me dio la corazonada de que no debería detenerme, la calle estaba vacía, había otros automóviles estacionados y otros que pasaban esporádicamente pero no había gente en la calle o algún vecino que me sirviera de apoyo y como soy mujer decidí no arriesgarme, seguí de largo, doblé a la derecha y me estacioné.

En ese instante pensé que no sería mala idea llamar a la policía y pedirles que vinieran a revisar a esas dos personas para sentirme segura de poder ingresar a mi domicilio, de modo que llamé por teléfono al número de emergencias y esperé a ser atendida, así pasaron más de diez minutos ¡Diez minutos! ¿Qué hubiera pasado si yo hubiese necesitado la asistencia de la policía? ¡En diez minutos ya estaría yo encajuelada! Pues todavía nadie me respondía. Yo miraba que pasaban autos provenientes del rumbo de mi casa, pero no ví ninguna patrulla tampoco.

Como la operadora de emergencias no me contestaba decidí dar la vuelta a la manzana y entrar a mi domicilio y me sentí un poco culpable o un poco ridícula por ser tan miedosa. Cuando fui acercándome a mi casa muy despacio noté que ya no se hallaban ni el vehículo ni la persona que me provocaron el susto, detuve mi automóvil y luego todavía me mantuve muy atenta alrededor que no hubiera personas y me metí a mi casa.

Soy una mujer de bien y no tengo enemigos, deveras no entiendo por qué razón me sentí tan asustada por el evento. Cené y luego salí al balcón a tomar un café mirando a la calle. Entonces me puse a reflexionar sobre estos últimos minutos ¡Primero me había sentido paranoica y luego hasta quise llamar a la policía! y ¡Finalmente llegué a mi domicilio sin ningún contratiempo! Supuse que tal vez se debía al estrés del trabajo o algo parecido, traté de analizar mis experiencias de trabajo de los últimos días, pero no logré distinguir qué me estaba alterando así.

Mientras seguía analizando y tomando mi café, serían las diez y media de la noche cuando me envió un mensaje por *WhatsApp* mi amiga Lorena, ella vive a una cuadra de la mía. ¡Cuál no sería mi sorpresa cuando me contó la noticia!

¡Esos dos tipos habían asaltado a una vecina mía!

Sucede que, al ir llegando, Ivette se estacionó y antes de bajar un sujeto la amagó con una pistola, la despojó de sus pertenencias, de todo lo que traía a la mano y en su bolso, también le quitó las llaves de su camioneta y después huyó de allí llevándose su vehículo. ¡Todo eso ocurrió más o menos en la hora en que yo me había estacionado a la vuelta y mientras trataba de llamar a la policía! Estoy segura de que fueron esos dos tipos que me inspiraron miedo.

Bueno, no sé por qué sentí una como advertencia y no me quise detener. ¡Pude haber sido yo la víctima! No sé si la esperaban a ella precisamente o si sólo esperaban asaltar a alguna persona distraída al azar, ella no alcanzó a distinguir nada, ni al ratero ni otro automóvil, pero yo estoy segura de que fueron ellos y que *me salvé por un pelito.* Este es mi relato.

✱✱✱

5.— EXISTE UN ENIGMÁTICO RELATO BREVE DEL MAESTRO STEPHEN KING. — En el que nos cuenta sobre un policía que sale a patrullar su condado, como todos los días, camina por las calles y el vecindario que él ya conoce de años. Pero algo cambió. El pueblo, su gente, son diametralmente distintos. Cada persona del pueblo es ahora diferente.

Ahora Todos tienen oscuros propósitos.

Ellos procuran tratar al Alguacil como siempre, todos ellos pretenden ser los mismos, pero ahora actúan bajo una oculta conspiración en la que el *Sheriff* no está incluido. El comisario se mueve entre pobladores que él cree conocer, pero ellos ya no son la misma COSA que él conocía.

Las circunstancias se han transformado radicalmente, cada hombre, mujer y niño del pueblo simulan frente al Sheriff, pero a sus espaldas guardan secretas intenciones.

De alguna manera, mientras avanzamos la lectura, vamos entendiendo que si el Comisario llegara a sospechar lo que sucede, le ocurriría algo siniestro y aterrador, y claro, comenzamos a desear secretamente que él no se percate de nada.

Algo indescriptiblemente funesto se cierne a todas partes sobre el sheriff en su comunidad, algo está a punto de detonarse, como si se tratara de una enorme nube negra de adversos augurios que sólo nosotros podemos ver, pero el sheriff, que es la víctima, no se percata de tal ignoto acoso. Pero ¿Qué es eso? El lector sigue al comisario en ese día, sabemos que todo le es hostil, que no tiene oportunidad. Desde las oficinas de gobierno, las escuelas, las calles, los negocios, la cafetería donde acude a desayunar, incluso su propio hogar. **¿En serio intentaste meter tu cartita en la rendija virtual?**

Conforme avanza el relato, intuimos que Esas pequeñas fallas de la gente, ese imperceptible y celular deterioro en las personas ha sido detectado por el Policía... Desde el primer momento. Él sabe que hay algo hostil y colmenar e invencible, pero entendemos que...

Ha decidido aparentar hasta tener su oportunidad de comprenderlo. El Sheriff sabe que se mueve entre enemigos y disimula buscando algo, pistas o aliados o alguna leve, levísima oportunidad de escape.

El desenlace ya lo leerán ustedes en su oportunidad. Cuando compren el libro. Pero la figura es tremendamente evocativa. Continuemos. (Está bien, está bien, no lloren, el desenlace lo prefiguramos a continuación)

Aunque antes, permítanme hacer la siguiente acotación, en realidad dos.

Primera: Este bosquejo nos muestra cómo es la vida de un policía. Nadie los quiere, todos los detestan, algunos los envidian, además. Todos los chiquillos quisieran patrullar la ciudad, y defender a los débiles; Pero lamentablemente pocos, muy pocos, tienen el tesón para dedicarse a esto, y la verdad, 9 de cada 10 muchachitos no soportarían una jornada de sol a sol en las calles, esto no es para cualquiera.

Segunda: Este cuento no existe, yo admiro a *Esteban Reyes* y espero que tome mi idea y la desarrolle para que se convierta en una historia terrorífica gracias a su brillante talento. No obstante, es intrigante esta perspectiva ¿No creen?

Yo he conocido infinidad de personas generosas que me han obsequiado con una amistad y un compañerismo riguroso y sincero a través de afables tratos hacia mí, pero. Pero ellos son la excepción a la regla, porque en algunas partes como Alaska y la pintoresca localidad costera de Apecusco y también en un pueblito lejano de Tailandia, existe una hostilidad casi generalizada en contra de la policía. Y es mejor manejarse bajo el esquema de este hermoso relato cuando cabalgues a través de las estepas citadinas. Cualquiera podría ser el asesino.

ENTREVISTA A UN ASESINO

El primer crimen que cometí sucedió por accidente, yo iba a perpetrar un robo y el asesinato fue como una sorpresa en el camino. Pensándolo bien, mi primera víctima fue muchos años antes, fue un niño de ocho años, cuando yo aún cursaba la primaria, pero eso fue cosas de niños ¿Quién iba a imaginar que un niño de ocho años iba a vengarse con un cuchillo?

Así que ese no cuenta, mi primer asesinato fue este que les platicaré, ocurrió cuando yo ya tenía unos veinticinco años y me dirigía muy nervioso a perpetrar un robo a una joyería, yo lo había planeado para iniciar mi carrera delincuencial clandestina. Se trataba de llegar en la madrugada, después de la medianoche, meter el brazo por el enrejado de la cortina metálica, romper el aparador de cristal, utilizando un corta vidrios y luego sacar dos mostradores que contenían unos treinta anillos de oro. La alarma sonaría, por eso sólo me llevaría dos exhibidores y me daría suficiente tiempo para perderme en la noche del centro de la ciudad. Ese dinero bastaría para comprar un automóvil para poder realizar robos más elaborados, un banco o una estética.

El caso es que mi plan consistía en meterme al cine a la función de la medianoche y al salir, a las 2 de la madrugada, caminar hasta la joyería, unas diez cuadras desiertas y ya todo estaba hecho. Pero no sucedió así.

Llegué al cine muy excitado. En la película un tipo atacaba a otro con un cuchillo, pero no se lo clavó en el corazón como yo lo hice con Javier, sino que le dio un corte en el cuello y la víctima alcanzó a decir unas palabras de elogio ante esa muerte tan rápida y sin sufrimiento, porque así es el cine.

La cosa es que salí de la sala cinematográfica, tal como lo había planeado y mientras caminaba rumbo a la joyería un tipo descendió de un taxi, se dirigió hacia a mí, gritándome palabras ofensivas y cuando se acercó demasiado, le tiré un tajo al cuello con mi corta vidrios. Yo ni lo conocía, él me insultó, yo pensé que venía a agredirme, quizás sólo se acercó como cualquier borracho a ofender a un extraño que parece vulnerable, alguien contra quien desquitarse, no lo sé. Eso fue todo. De inmediato saltó un chorro de sangre, entonces él se asustó con los borbotones rojos, gritó y luego intentó taparse la hemorragia, quiso correr sobre mí, corrió unos pasos como un zombi correteándome y gritando balbuceos, pero se desplomó.

Después de eso me alejé de allí y ya no pude acudir a mi cita con la joyería, anduve caminando y ocultándome en las sombras como un gato, recorriendo la ciudad sigilosamente para poder llegar a mi domicilio.

***

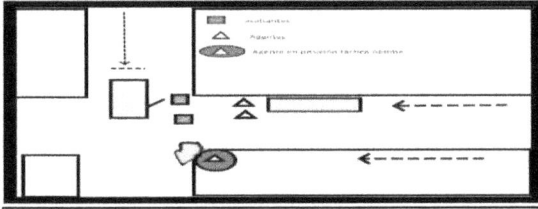

6.— TRES RAZONES PARA AMAR LA GUERRA/ HAY UN TIBURÓN EN MI VASO/ EL RIVAL MÁS DÉBIL. — Contaba yo con 11 años, acudía a una prestigiosa secundaria federal y me hallaba en el taller de Electricidad, el profesor había salido del salón como siempre, nomás a holgazanear, y mientras, de repente comencé a forcejear con otro alumno, se armó el mitote y ya estaba todo el grupo alrededor de nosotros gritándonos para que iniciara la pelea. Este alumno se llamaba Tranquilino y era más grande que yo y más viejo, porque tenía 13 años y además era más alto y robusto, la verdad hasta yo hubiera apostado a favor del viejillo Tranquilino.

Uno de los chiquillos que se juntaba con él, de apodo "Ródak", se colocó al lado mío y comenzó a gritarme insultos para instigarme a que yo me atreviera a continuar la pelea. Este Tranquilino no era nada apacible y su cuadrilla estaba allí vitoreándolo, me percaté que aquel chiquillo "Ródak" que me increpaba era el más débil de su jauría, pensé en hacérmelo amigo rápidamente y evitar la paliza.

¡Fuzz! Caí al suelo, ni siquiera vi el primer golpe, Tranquilino pudo haberse subido encima de mí y acabar la pelea ya mismo o simplemente decidir dignamente que él era el absoluto vencedor, pero ese adolescente no era ni digno ni tenía piedad, él quería pavonearse y humillarme y me ordenó que me levantara. Se limpió el bigote y comenzó a brincotear como boxeador. ¿De qué manera podría yo superar a este señor que ya tenía hasta bigotes?

Si algo podía definirme en esa época era mi extraordinario peinado... y una fe inquebrantable en mantenerme con vida, así que...

Me puse de pie, levanté los puños con dignidad, aunque con nula técnica y me preparé. En eso se me acercó Arturo, quien era el más alto de mi grupo y también era bigotón, quizás ambos rondaban los quince años ya, y me dijo:

"Yo estoy de tu lado, yo te voy a defender ¿De acuerdo?"— Yo dije que sí, ilusionado pensando que él tomaría mi lugar y se enfrentaría a mi enemigo, ya que ambos eran igual de viejos, peludos y jorobados, hasta podrían ponerse a platicar de sus hijos, pero entonces Arturo dijo en voz alta:

"¡Nadie se meta, esto es entre ellos dos nada más!"

¡En ese instante sentí como si me hallara frente a un pelotón de fusilamiento! ¿Ese menso de Arturo se estaba burlando de mi o sólo buscaba darme ánimo para que me acribillaran allí mismo? Yo creo que las dos cosas.

¡Así que ya estaba todo perdido! Todos seguían azuzando, incluso el tal "Ródak", entonces le dije a este último un chiste, pero no se rió, le dije otra frase jocosa para hacérmelo amigo, pero en lugar de aceptar mi desesperado intento de supervivencia me gritó con palabras insultantes y soeces que yo era un cobarde y me regañó para que yo mostrara hombría y me batiera a golpes, se acercó para empujarme y en ese instante lo entendí.

¡Fuzz! Le di un golpe en el pecho a "Ródak", y luego otros dos, pero no cayó, al contrario, comenzó a brincotear como boxeador chapulín y me empezó a colocar una seguidilla de puñetazos a la nariz tan rápidos que yo no alcanzaba ni a cubrirme o asestarle uno solo, entonces le cogí de la camisa y lo arrojé al piso, volteé a ver a Tranquilino, y Arturo me dijo: "Nadie se va a meter".

El "Ródak" no era una blanca palomita, él no era inocente. Él era el achichincle del abusón y deseaba que me molieran a golpes, él actuaba alevoso junto con su gavilla de truhanes, ahora le tocaba mostrar su valentía a él, contra mí:

La cosa es que él era una víctima a modo. Además, él sí era de mi talla. ¡ Y Además él comenzó! Él había empezado a insultarme ¿Si no quería que le rompiera el hocico para que me ofendía? ¿Qué si estaba atenido a sus amigos? ¡Claro! Aunque ese no era mi problema.

Entendí que si yo interrumpía mi ataque entonces la pelea seguiría contra Tranquilino, así que mi única oportunidad de supervivencia era continuar la riña contra "Ródak", de manera que cuando cayó le di oportunidad para que se levantara.

Volteé con Tranquilino y le pregunté envalentonado: "¿Tú te vas a vengar? Porque esto es entre él y yo"

A lo que el aludido respondió que él no iba a intervenir en "nuestro" pleito". Eso, eso amigos ¡Era como mi salvación! Pero para salvarme tenía que seguir reventándole la cara al Ródak. Y... con toda la pena...¡Eso fue lo que hice! Él era muy ágil y comenzó a brincotear, pero lo cogí del suéter otra vez y lo arrojé al piso otra vez donde le apliqué unos cuantos sopapos.

"Ródak" se rindió como todo un valiente, hasta que comenzó a moquear sangre, la bolita se deshizo, alguien le chismeó al pachorrudo de nuestro profesor quien llegó unos minutos después, me expuso una severa reprimenda y me expulsó del salón ¡Todo había salido perfecto!

Salvé el pellejo. Quico dice que hay peleas que no debes aceptar. ¿Si conocen a Quico? Se llama Federico, *Federico Nietzsche*, es del 3ero "A", él dice que existen batallas que no están a tu altura y entonces debes... Pasar de largo.

Y ciertamente ese tal Tranquilino no estaba a mi altura, era más alto.

Yo podría concluir que uno debe escoger sus batallas y cuando tú no tengas la ventaja, ya sea de la superioridad numérica o la táctica o no cuentes con la ventaja de atacar por sorpresa, o no tienes mejor alcance o más fuerza o precisión o velocidad, entonces sería absurdo aceptar la pelea. Uno no pelea para perder ¡Peleas para ganar! Siempre. Excepto que tú te creas *Charles Bukowski*, para él el pleito es la jornada capital de un hombre, es pelear por gozar, por batir puños, por sondear el dolor y el silencio en los callejones de la soledad en un mundo que avanza a empellones, sobre todo, aplastando todo lo sagrado ¿Se puede recuperar lo trascendental a través del pleito? ¿Se puede recuperar el alma en un intercambio de golpes? Bueno, yo no soy *Bukowski* ni *Chinaski*.

Escoge tus batallas. Si no tienes chance ¡Retírate! Busca una mejor oportunidad. Un verdadero guerrero sabe esperar su momento, sabe prepararse con paciencia y velar armas para la próxima contienda. Y como Jackie Chan en la película "La sombra del águila": Entrenas y regresas.

Cierto que el tal Rodak, era más chaparro que yo y estaba todo tísico, pero yo necesitaba un pendejo y… pues ¡Él solito levantó la mano!

Ustedes, eximios lectores, podrían suponer que esta historia sólo representa que para un cobarde siempre existe una escapatoria. O quizás podrían opinar: "¿De qué sirve pelear contra alguien más débil, qué mérito puede suponer eso? ¿Acaso no es más noble buscar el combate contra enemigos más fuertes e invencibles para así superarse, aprender nuevas técnicas y mejorar tus habilidades? piensa esto: ¿Acaso *Michael J. White* habría recurrido a tan cobarde ardid?"

Y mi respuesta habría sido: ¡No me importa!

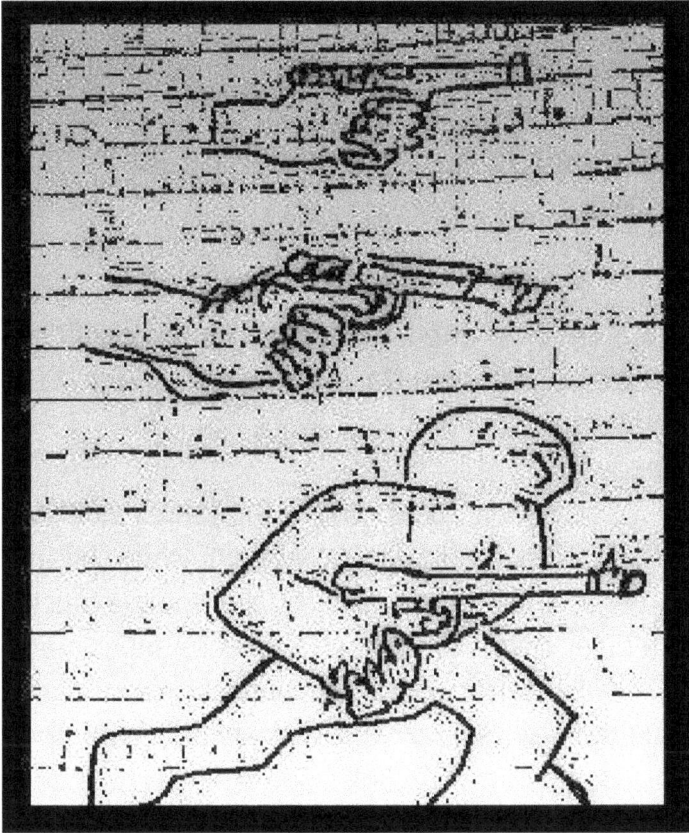

_____7. — PRIORIZAR Y JERARQUIZAR. ATENCIÓN A LAS VÍCTIMAS/ UNA DANZA MACABRA CON TEJUINO/ LA BELLEZA QUE DERRUMBÓ UN REINO. — *"La misión más importante para un policía es regresar vivo al terminar el día" Malone, Los Intocables.*

Estimados lectores muchos ejercicios requieren una jerarquización que establezca la importancia de cada factor, así que cada uno de nosotros podemos elaborar un análisis que nos permita visualizar y **distinguir lo que es importante de lo que es urgente**.

Antes de jugar tienes que abrir la caja y sacar el juguete.

Al igual que un organigrama, existe un orden de jerarquía porque No somos todos iguales. Existen jefes y subordinados. Unos mandan y otros obedecen.

Las dos cosas más importantes que debes saber para realizar un trabajo son: Misión y Organigrama, en concreto: Cuáles son tus funciones y a quién debes obedecer y a quiénes debes mandar.

Existen personas "Multitask", esto significa que pueden realizar varias tareas al mismo tiempo, incluso existen actividades que si se efectúan de este modo son más divertidas, como podría ser por poner un ejemplo:

Subir a la rueda de la fortuna, bebiendo un frappé de naranja y desnudar a Ana Luisa, con su refulgente sonrisa y su exuberante anatomía, al mismo tiempo, mientras intentas controlar el vértigo y que no se te caiga la pistola con el alboroto. **Sin**

embargo, existen Prioridades. Usted debe subir primero y luego abrazar a Ana.

Hay actos previos o primarios. Actividades en que el orden de los factores sí altera el producto. <u>Existen tareas urgentes y tareas que son importantes,</u> miren este peculiar error que cometemos todos: Nosotros nos distraemos todo el tiempo tratando de cumplir tareas urgentes que en realidad no son importantes.

La habilidad para tomar decisiones es más fácil cuando conoces las diferentes opciones.

He oído de personas jorobadas que miran su teléfono todo el tiempo, mientras conducen, mientras sus esposas coquetean con otros o cuando están en el cine o mientras los asaltan por andar distraídos, eso no equivale a ser multitask, eso es sólo gente desprevenida e irresponsable.

Conozco personas distraídas que trabajan todo el día para darle una buena vida a su familia a la cual... ¡Nunca pueden disfrutar! Salen de madrugada y regresan en la noche. Siempre los ven dormidos, en realidad no tienen una familia, es como si "Vivieran" en un sueño o una pesadilla recurrente, es muy triste; ¡Pero no lloren, calmados chiquitines por favor, entereza, ante todo, sean machitos!

¿No es verdad que frecuentemente nos confundimos con estos dos términos? Nos enfrascamos en un modo de actuar en el que andamos apresurados y presionados con tal de intentar cumplir tareas que son urgentes. Aunque no son esenciales para nuestra vida.

Por ejemplo: Un agente lleva a un reo a la sala para que declare ante el juez, allí el juez le ordena que le quite las esposas, discuten, pero acuerdan dejarle una sola esposa atorada a una silla. (¿¿¿¿¿?????) Cinco minutos después el reo coge unas tijeras que había sobre la mesa, amenaza a los presentes, rompe con la silla un ventanal y escapa febrilmente.

¿Aquí qué era más importante tu libertad o quedar bien con el juez? Porque si el reo escapa tú eres culpable del delito de "Evasión de reos" o ¿Quedar bien con el juez? Si lo hubieras dejado bien atorado y hubieses revisado el escritorio en busca de objetos peligrosos, quizás el juez incómodo y molesto contigo te hubiera reportado por desobediente y en consecuencia te hubiesen cambiado de área, pero, PERO ESTARÍAS LIBRE. Siempre debes elegir opciones y debes entender qué es más importante.

En la ciencia médica, por ejemplo, existe una jerarquía muy fría y sólida que ordena que Primero está:

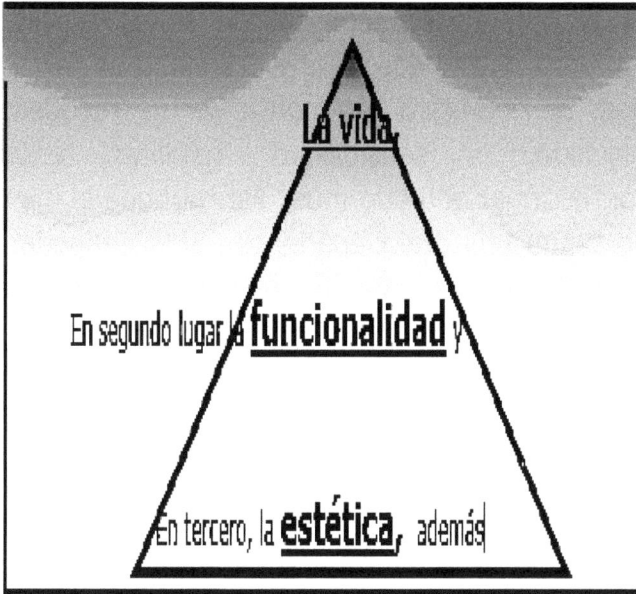

En la actualidad, los galenos también asumen mitigar el dolor como una misión principal. En resumen, cada vez que un médico atiende una emergencia él debe escoger primero la maniobra que conduce a salvar la vida del paciente por encima de que este quede feo o incompleto.

Porque la estética se puede posponer, tú le puedes enderezar la nariz después, pero debes recuperar los signos vitales ante todo, porque es esencial, la vida no se puede posponer, pero la vida no se puede posponer.

Es por ello que ante una lesión grave en una extremidad, siempre la primera maniobra opcional es la amputación, con tal de salvar la vida del paciente. Enseguida, si la extremidad es salvable lo que se intentará es conservar o recuperar la movilidad y sensibilidad, habilitar tendones, confeccionar el tejido muscular, aunque el miembro no tenga una grata apariencia; ¿Me entienden? Se posterga lo que puede postergarse; Se trata de jerarquizar, de darle prioridad a cada tema, cada cosa tiene su importancia intrínseca. Vida, funcionalidad, estética, en ese orden.

A una persona que se lesiona con una maquinaria, primero le salvan la vida, luego intentan salvarle la extremidad y cuando ya se logró, unos meses después, ya se puede proceder quizás a una operación para mejorar su apariencia.

"¡Qué cogida le pusieron a Esmeralda! ¡Mira!"

Yo comía mi helado de café y miré atónito a Liliana, no entendí a qué se refería con esa frase tan disoluta. Entonces ella me señaló hacia abajo, en el ruedo y me explicó:

"Es que esa vaquilla embistió a Esmeralda allá en el ruedo, ella se bajó para intentar torearla ¡Pobrecita!"— Exclamó señalando con su mentón la arena del ruedo.

Nos hallábamos celebrando una posada de la Fiscalía General que se llevaba a cabo en un pequeño cortijo y algunos intentaban torear vaquillas como si se tratara de un juego. (Desde mi punto de vista, si se trata de un animal y además tiene cuernos y éste pesa más de 100 kilogramos, se necesita una gran, gran insensatez para tomarlo a juego, sería como si montaras motocicleta sin usar casco o si quisieras ser policía sin saber karate; Aunque admito que para todo hay gustos)

¡Ay Esmeralda, tan silvestre, parecía una marioneta desmadejada, tirada en el suelo! Ahora, varios intentaban re—cogerla, quiero decir recogerla para llevarla a recibir atención médica. Pareció albur, pero no es así.

Liliana se sentó a mi lado y me empujó con sus carnosas caderas que se expandieron voluptuosamente cuando ella tomó asiento, lo cual provocó que se me derritiera mi helado en un instante, pero otra cosa se puso muy dura simultáneamente ¡Reacciones químicas velocísimas, saben ustedes! Entonces me dijo con su voz más confidencial:

— ¡Ándele! Cuénteme otra vez eso que le explicó su "Amigo" *Guillermo del Toro*, eso de los hábitos — sus piernas son torneadas y femeninas y de perfil se destacan como un par de cuchillos finos, elegantes y estilizados, ella lo sabe, sabe que tiene poder y lo ejerce, sonríe sabiendo que me la estoy comiendo con los ojos. La nieve quiero decir.

— Guillermo no es mi amigo, es mi amiguete. Yo lo admiro igual que cientos de personas y él, él tolera mi presencia —Comienzo a explicarle— Él me dijo que "El estilo es un comportamiento repetido, es esa tendencia de nuestra conducta, aquello a lo que somos proclives; Pero hay algo importantísimo: Existen cosas más trascendentales que otras; El punto fundamental es que **si todo es importante entonces Nada es importante;** Para que algo sea preponderante debe tener una singularidad."

La máxima singularidad es la vida. Y, Como yo lo veo, es que nuestro actuar como policías debe propiciar siempre a superar y prever cualquier ataque en nuestra contra.

Es una mentalidad equivocada suponer que todas nuestras obligaciones profesionales son igual de importantes, existe siempre una jerarquía de prioridades, algunas absolutas y otras relativas. Las primeras operan siempre, otras dependen de cada momento, de cada coyuntura, del lugar y de las circunstancias.

Así se reconoce a una empresa *patito* o una dependencia *chafita:* No tienen un escalafón jerárquico, todos mandan y es una torre de Babel porque todos discuten contra todos mientras los directores sonríen como idiotas y la empresa SEARS se va a la ruina.

Si tú llegas a un evento y distingues que allí está un policía herido y los atacantes están escapando y no hay nadie que le preste auxilio, algún otro compañero o civil y él se vé confundido o está inconsciente ¿Cuál elegirías como tu principal prioridad en ese instante?

Otro ejemplo: Si tú llegas hasta una rivera, desde allí divisas a una persona en el lecho del río que grita pidiendo auxilio porque se está ahogando ¿Cuál sería tu decisión? ¿Saltarías al agua? Pero y si tú no eres un experto nadador o no sabes nadar con técnica ¿Cuáles son tus oportunidades no ya de salvar al infortunado sino de que tú mismo sobrevivas a semejante temeridad? ¿Sabías que hay que aproximarse a una persona que se ahoga desde su espalda porque es probable que en su desesperación te golpee o se te suba encima con tal de salvar su vida, aún a costa de sepultar la tuya? Son detalles técnicos que deberías dominar antes de escoger tu mejor opción.

Otro ejemplo: Una persona adulta, ingresó a una cisterna enorme, del tamaño de un camión de pasajeros, el cual contiene residuos de sustancias tóxicas que vaporizan aires letales y en consecuencia queda inconsciente en el interior, y por consiguiente en peligro de morir en minutos a causa del envenamiento, como él no puede salir por sí mismo, los concurrentes le apremian a usted a que ingrese inmediatamente a dicho envase para rescatarle. La cuestión es ¿Usted ingresaría inmediatamente o esperaría a conseguir al menos una máscara para poder respirar dentro de dicho espacio cuyo aire enrarecido ha cobrado su primera víctima? De esta manera han muerto consecutivamente hasta tres personas en eventos similares pero para muchos obreros y pintores parece no haber una secuencia clara de acontecimientos que vincule el hecho de entrar con el hecho de morir, como Causa—Efecto. Y para usted, estimado lector ¿Si resulta evidente?

Por todo eso se recomienda que usted no intente salvar a alguien hasta que usted esté seguro que no va a correr riesgo su propia integridad.

En nuestra profesión podemos designar las prioridades de la siguiente manera:

La primera gran regla de todo policía es Protegerse a sí mismo.

¿Eso parece bastante obvio, verdad?

Cada vez que un agente sale a trabajar debe considerar que la suprema regla es protegerse a usted mismo. Si acude a un reporte, Usted debe distinguir que acudir a dicho evento representa un acto urgente pero el hecho de llegar completo y consciente eso, eso es lo más importante.

No se vale entonces chocar en el camino ni llegar de pechito a los disparos.

Hace unas semanas, leí un artículo donde explica que si usted se aproxima a una persona que fue electrocutada por cables de alta tensión, debe considerar que se puede formar un arco de electricidad de hasta 25 metros de distancia ¡25 metros de distancia! No requiere que el sujeto tenga contacto directo con los cables, si usted se acerca, la electricidad puede formar un arco y cerrar el circuito otra vez y rostizarle a usted también ¡A usted y sus buenas intenciones! Así que lo primero sería cerciorarse de que los cables no tienen corriente.

Me he topado con cátedras y folletos, grandes libros con letras doradas que adjudican a la policía el supremo deber de

"Proteger

La Escena

Para preservar los indicios "

y después ya señalan otros deberes más "frívolos y vanos" como Atender a las víctimas y neutralizar al Atacante.

¡Eso un delirio demencial!   Una total equivocación ¡Es una mentira, una tontería   colosal!

¡¿Cómo vas a juntar los cascajos en medio de un tiroteo?! ¿Quién es tan necio en avocarse a encintar un patio mientras el cadáver aún está vivo?

("Cadáver vivo", pronto entenderán ustedes este embuste que se repiten muchos policías actuales, ellos tienen la absurda suposición de que no deben atender a un herido para no ensuciar la escena del crimen ¡Qué barbaridad tan bárbara!)

A LOS POLICÍAS LES HAN REPETIDO HASTA EL HARTAZGO QUE NUNCA DEBEN TOCAR NADA EN EL LUGAR DE LOS INDICIOS, que tratan a cualquier herido como si fuera un maniquí o peor como si se tratara de un cadáver. ¡Señores, un compañero lesionado no es un indicio de prácticas!

¿Quién sería tan ingenuo como para leerle sus derechos a un detenido, mientras una tromba de vecinos se te viene encima como una estampida de demonios que buscan hacerte víctima de un homicidio tumultuario? ¡Lo coherente sería escapar con tu detenido y ya luego le puedes leer todo el Código Penal! Pero ponte a salvo primero.

"Estoy en un tiroteo intenso, se me acabaron las balas, podría apoderarme de los pertrechos de esos dos mañosos muertos, tirados en el suelo, pero no lo puedo hacer porque estaría contaminando *el lugar de los indicios"*. Jajajajjajajaj PERO Ese no es el "Lugar de los indicios"; En REALIDAD, LA ZONA CERO

   ¡ES EL SITIO DONDE TE JUEGAS LA VIDA!!!!

¡Usa lo que esté a tu alcance para prevalecer, hoy y siempre!

Claro que para un policía es útil conocer de leyes o de criminalística de campo, pero

ESO NO ES PRIMORDIAL. Se puede vivir sin saber una norma jurídica

Pero

Es casi imposible sobrevivir sin signos vitales.

COMIENZO CON DOS ASUNTOS: El primero sucedió en un reporte de robo en proceso con armas de fuego y el segundo fue avistado al paso por unos patrulleros durante su recorrido en una colonia de Tlajomulco de Zúñiga. Los veremos **simultáneamente ¿Creen que pueden manejar dos asuntos al mismo tiempo?** estén muy atentos:

Asunto 1.—En el primer asunto, **en cierta ocasión** los patrulleros acudieron al reporte, descendieron de la patrulla y se encontraron de frente con los delincuentes que atacaron inmediatamente al personal policial. Resultando cuatro policías heridos, todos los que habían llegado primero.

Asunto 2.—Mientras en el segundo caso, dos policías van patrullando por las calles residenciales cuando se percatan de un mitote; es decir, que vieron un grupo de mujeres reunidas afuera de un domicilio, las cuales no estaban en desorden ni solicitaron la presencia policial.

Asunto 1.—En el primer asunto los policías quedaron tendidos con heridas severas a boca de jarro en tórax y rostro, dejaron de ser primeros respondientes para convertirse en víctimas de un delito y como podrán ustedes imaginar su situación era crítica y requerían atención médica inmediata. En eso llegaron más policías y observaron que los agresores ya se habían escapado y quedaron estupefactos ante la bizarra escena: Policías heridos gravemente, con lesiones de bala en sus rostros, exposición de masa encefálica, en su tórax, dolorosas y terribles, vivos, conscientes y en estado crítico; Se requería actuar con determinación: Muy preciso y muy pronto.

Asunto 2.—Mientras que en el segundo evento, los patrulleros observaron al grupo de mujeres reunidas afuera del domicilio y aunque no estaban agresivas ni alterando el orden ni los llamaron para pedirle auxilio, ellos con su instinto bioeléctrico de escualos, decidieron descender de la patrulla y enterarse de qué trataba la cosa —Quizás eras sólo algún concurso de Belleza barrial y estaban coronando a la flor más bella del ejido — Cuando se acercaron vieron que en medio de las mujeres reunidas se encontraba tendido en el suelo el cuerpecito empapado e inerte de un niño, allí mismo les preguntaron qué había sucedido y les contestaron que a la mamá en un descuido se le perdió el niño y que lo hallaron minutos después en el interior de un aljibe, al parecer se había caído en un depósito subterráneo de agua en la cochera y que cuando lo sacaron ya estaba muerto, que le estaban rezando y estaban llamando a una funeraria.

1.—Mientras tanto en el primer evento el segundo grupo de policías que llegaron al suceso se encontraron con la terrible escena de ver a sus compañeros tendidos en el suelo, conscientes todavía pero con heridas escandalosas y mortales, lesiones en cráneo por arma de fuego, pero estaban conscientes, hablaban y gemían de dolor y angustia, allí tendidos en la calle estaban muriendo frente a sus propios ojos y los de decenas de mirones chismosos y entonces procedieron a…. Procedieron a aislar y preservar el lugar de los indicios y solicitaron por radio atención médica para los heridos. ¡!!!!!!!¡¡!¡! ¡ESTO ES ABSURDO, ES UNA ESTUPIDEZ TOTAL!

>>>>> ¡En lugar de arrebatarle a la muerte su valioso botín y acarrear a los heridos hacia algún hospital con la esperanza claro de encontrarse en el camino con algún paramédico acudiendo al siniestro y así acortar el tiempo para que recibieran la

atención urgente más pronto, no. ¡Ellos Decidieron acordonar la zona cero!

¡Es IN – CRE– Í – BLE! Y aunque se trata de una ficción, les comparto este terrible video y todos los demás a los que haremos mención en este volumen, en la página de Tácticas policiales en Facebook

https://www.facebook.com/T%C3%A1cticas—Polici ales

—434566303961105/?notif_id=1600272999262187 &notif_t=page_fan&ref=notif

2.—Mientras tanto en el segundo evento, los patrulleros hacen a un lado a las resignadas y fúnebres concurrentes y sin pedir permiso, se abren paso en el mitote y llegan hasta el niño muerto, hacen a un lado las veladoras mortuorias y comienzan a aplicarle vigorosamente las atenciones de primeros auxilios con RCP al menor inmóvil y llaman de emergencia una ambulancia.

1.—En cambio, en el evento del robo con policías lesionados, los siguientes agentes que llegaron están abrumados ante la espantosa escena, así que llaman por radio solicitando ambulancias y mientras les preguntan a los compañeros lesionados gravemente:

" ¿Verdad que te estás muriendo? "

Y aunque los heridos responden y hay uno que incluso se impacienta e intenta levantarse para irse corriendo y alejarse de esos incompetentes policías, porque algunos de los policías de este segundo grupo comienzan incluso a encintar la zona y a aislar los cascajos de los disparos **¡Aún cuando todavía no había muertos en el lugar!** El resultado fue de tres policías fallecidos en el lugar y el cuarto en el hospital. ¡Todos AGONIZARON horriblemente frente a la incompetencia estúpida de sus compañeros, pero fueron incapaces de poder huir y recibir ayuda médica!

Antepusieron el resguardo de los indicios y los cadáveres que ayudar a sus colegas, que aún no estaban muertos, por cierto, para ellos fue más importante obedecer los protocolos del primer respondiente en lugar de salvar la vida a los otros Agentes. ¡Esto es un Absurdo lamentable! Una capacitación equivocada que provoca una actuación deplorable y vergonzosa. Estos agentes se creían criminalistas, pero son policías, eso es una equivocación demente, semejante a la esquizofrenia, esos enfermos que se creen sillas o el loquito que se cree Napoleón o Vicente Fox que en su delirio piensa que dice cosas coherentes.

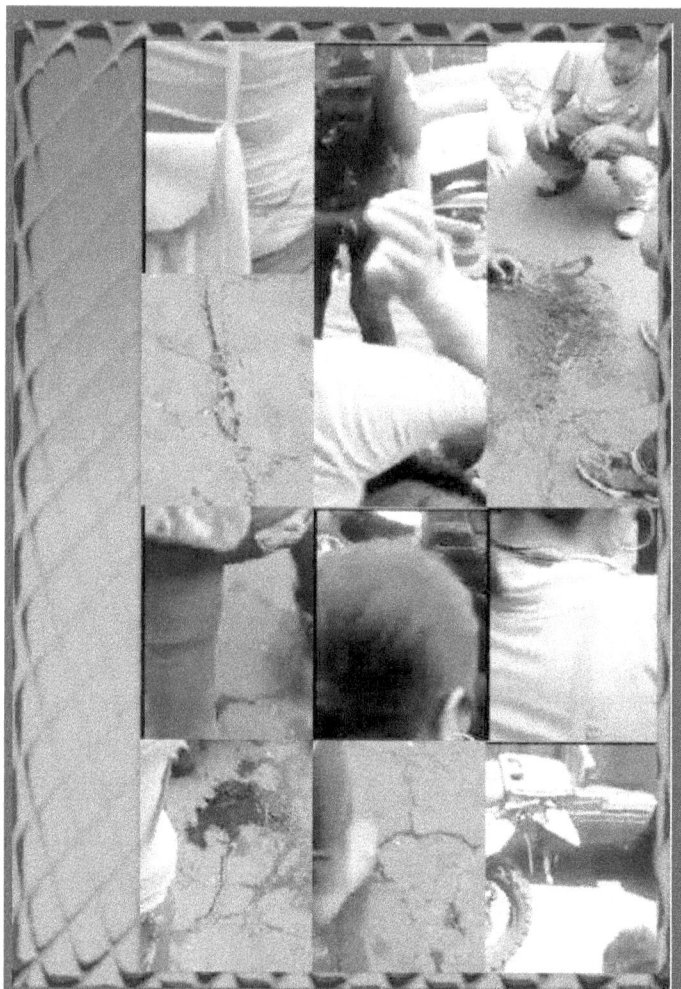

Imágenes grotescas sin duda. Es repugnante ver tanta estupidez así que les comparto este rompecabezas, usted ármelo y alármese de la sandez de algunos "colegas del oficio", allí se ve a uno de los policías heridos y a los policías llegando y platicando con él, al igual que varios mirones metiches que

tampoco ayudan, es la viva imagen de unos idiotas, tan evidente que es casi una majadería atestiguar a tanto bobo que no mueven un dedo para salvar a sus propios colegas.

Algunos de ustedes, alterados lectores seguramente pensarán: "Ese evento seguro se refiere al que sucedió aquí en mi localidad hace dos meses" Lo que pasa es que ¡Ocurren EVENTOS SIMILARES muy a menudo! En muchas partes se repiten.

Es común que un policía deje morir a un colega herido en acción, porque pretende "Respetar la escena". Es un error recurrente, tanto que ya se puede considerar alarmante.

¿Ven cómo es posible matar desde la trinchera? Esos desastres los provocaron esos oficinistas a los que alguien puso de instructores.

Don fulano le llamó a su compadre el comandante don Canillazo: "Mete a mi sobrino de instructor y mándame a tu sobrina la fodonga, así nadie podrá acusarme de tráfico de influencias" "¡por supuesto que claro que sí compadre!" Y así, estimadísimos amigos se fraguó este horripilante homicidio. Fue pactado desde las gradas, allí sentenciaron a estos y a otros cientos de policías en todo el país.

Les tengo que   compartir algo muy delicado.

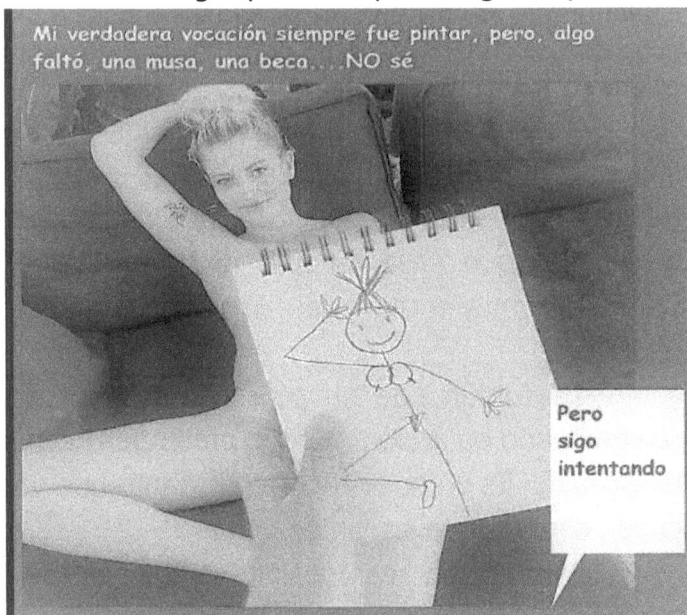

Tengo una confesión muy grave que no quisiera revelarles, gentiles lectores porque ...no confío en algunos de ustedes, sobre todo en ti, sí tú, el que te rascas la barbilla y cruzaste la pierna.

Esto que voy a revelar quizás cause un gran escándalo, es peor que declarar que eres heterosexual en una junta de padres de familia...

No obstante Les diré algo, yo tengo un vicio, una obsesión y es esta:

Mi gran pasión siempre ha sido dibujar.

Pero ya hablando en serio. Les confiaré algo muy personal:

A mí me gusta sobrevivir. Sé que algunos no están de acuerdo y que es cuestión de gustos.

2.—A diferencia de aquellos, **los muy profesionales policías de Tlajomulco se esmeraron y lograron conseguir el primer respiro**

del menor, recuperaron sus signos vitales y cuando llegó la ambulancia, los paramédicos les confirmaron que ellos no sólo le habían salvado la vida sino que prácticamente lo rescataron del territorio de la Muerte ¡Donde había estado inmerso más de dos horas! (Claro que hubo daño cerebral irreversible, no sé, quizás 20 mil neuronas murieron durante ese lapso, pero, equivalen a ver dos temporadas de "La rosa de Guadalumpen" o tres de futbol, así que son el estándar normal de la población)

Aquí finalizan estos relatos simultáneos.

Me siento orgulloso por estos compañeros de Tlajo porque no se dejaron fascinar por la muerte, como esos conductores que al pasar por un percance automotriz se hipnotizan y se detienen obstaculizando el tráfico, en lugar de avanzar o intervenir para ayudar, por el contrario, estos dos policías llegaron como auténticos Comisarios, "Con permiso ¿Qué pasa aquí? ¿Qué dice, que está muerto? ¡A un lado voy a intervenir! Sí, si claro que pueden seguir rezando, también recen por nosotros ¡Con permiso vamos a resucitar a este mocoso!" Y Así realizaron una excelente intervención. ¡Realmente Notable!

¡Auténticos héroes!

¡Usted Actúe con el corazón en una mano y con la técnica en la otra y ya después deje usted que el Agente del Ministerio público acomode los aspectos legales! Ese es su trabajo.

PRIORIZAR Y JERARQUIZAR:— ¡Mañolo, Mañolo, nunca entendiste cómo hacer bien las cosas! Haz Veinte planas de "No debo dejar morir a mis compañeros"

La conclusión sobre el tema de jerarquizar opciones es desmantelar la psiquis y liberar las mejores alternativas:
Primero.— Usted debe proteger ante todo su propia integridad y la de sus compañeros, porque ustedes son el auxilio y el apoyo.

<<NO olvidemos que la principal misión de un policía es Controlar cualquier Situación, su deber es proteger a las víctimas, ponerlas a salvo, detener a sus agresores o a quienes intenten agredirles>>

....Pero para eso hay que estar VIVOS.

Así que la primera regla no implica huir o esconderse de los problemas, **Sino** escoger cómo te acercas, No hablamos de evitar llegar al tiroteo, **sino** de saber la técnica para llegar con todas las ventajas. No hablamos de acobardarse ante un ogro y dejarlo que cometa sus tropelías **sino** de que usted conozca sus puntos débiles antes de acercarse y que se entrene cada día para derrotarle.

Segundo.— Anule la amenaza (Cuando usted ya aplastó la amenaza o ya escaparon, entonces ya puede usted proceder a lo siguiente)

Tercero.— Proteger a las Víctimas (Si durante la contingencia o el tiroteo usted puede extraer a los heridos sin caer en riesgo de ser usted también herido ¡Hágalo!, sino, espere, porque podría ser usted la única esperanza de los lesionados, debe usted aguardar la mejor oportunidad para prestarles auxilio, recuerde esto: Un solo Agente puede rescatar a muchas personas, la integridad de ellas está depositada en su prudencia y su agilidad, usted podría ser su única esperanza)

Aquí señalaremos una alternativa muy importante y crucial: Si su compañero resulta víctima y la ambulancia tarda en llegar o no puede llegar por el tráfico intenso o un congestionamiento, entonces...

¡NO DUDE USTED EN SACAR Y TRANSPORTAR USTED MISMO A SU COMPAÑERO PARA LLEVARLO A RECIBIR ATENCIÓN MÉDICA!

No pierda tiempo en intentar aplicarle maniobras de soporte vital básico muy complicadas, caería usted en la desesperación, además usted no posee el equipo necesario, no pierda tiempo en intentar técnicas de primeros auxilios que enseñan en cursos ridículos que no funcionan   para la policía, en nuestro campo de guerra siempre existe un hospital o una Cruz verde o consultorio médico a menos de 5 minutos ¡Siempre! Así que sea usted realista, tape la herida y trasporte al lesionado a un hospital.

Incluso podría suceder que usted se encuentre a mitad del trayecto con las asistencias médicas, pero usted debe hacer lo necesario para acortar ese tiempo de espera, es mejor que usted lo traslade y se encuentre en el camino con una ambulancia a los dos minutos a que la víctima permanezca cinco minutos esperando el auxilio en la zona de peligro. NO tolero ver que un agente queda tendido en la calle, (Justo hace un mes, otro agente fue lesionado y sus compañeros lo rodearon y lo encintaron en lugar de transportarlo ¡Esto es Increíble e Indignante!) yo siempre los traslado y del TARGET después veremos, para mí, la principal prioridad es la vida de mi compañero.

Existen muchas empresas que estafan a los crédulos, como el colegio **Nebraska, Nórdico o el**

CISCECUJ, CLEU, UNE, UTEG que sacan 300 egresados de la carrera en Criminalística anualmente, PERO en el Gobierno sólo se abren dos plazas cada año.

Entonces ¿Para qué sirven esas escuelas y para qué sirven sus egresados si no existe trabajo para ellos? Bueno, quizás ellos no buscan trabajar.

Y para abundar, todavía les venden a las Lacrademias de Policía cursos de Soporte Vital Básico en Combate, que son materias para soldados en la sierra, allá en lejanas llanuras desérticas, pero son inútiles en las ciudades donde Afortunadamente en México siempre existe una cruz verde o un hospital del IMSS o privado a menos de 5 minutos. Ellos venden cursos absurdos con el único fin de entretener a juniors desempleados y desviar recursos del Estado, quienes les compran sus impertinentes cursillos.

LOS SURFISTAS NO SABEN NADA.— Compartiré una anécdota real, **En cierta ocasión:** un grupo de cinco surfistas se hallaban en el mar de Hawái, cuando de pronto un tiburón atacó a uno de ellos y le arrancó un brazo, así de truculento, inesperado y sangriento, los aullidos de terror, pero

El más veterano de los surfistas rápidamente organizó todo, le indicó a la lesionada que nadara hasta la orilla, (Esto tiene dos objetivos inmediatos:

Primero Porque la sangre a borbotones iba atraer a más escualos hambrientos y entonces todos estarían bajo ataque de tiburones y Segundo: para que se mantuviera consciente y ocupada y no cayera en shock) Mientras tanto, con su propia camisa le aplicó un torniquete a la herida, le ordenó a su hijo adolescente que se adelantara y corriera a la camioneta a llamar por teléfono a las asistencias médicas, cuando la lesionada y los otros tres surfistas llegaron a la playa, rápidamente armaron una camilla con una tabla de surf y trasladaron en ella a la herida, cargándola entre varios hasta la camioneta. Mientras tanto el hijo había llegado a la camioneta pero estaba cerrada así que sin perder un segundo, aquel adolescente rompió el cristal, para coger el aparato telefónico y solicitó los servicios médicos de emergencia informándoles claramente lo que había sucedido. Cuando el resto de los surfistas llegaron con la lesionada a la camioneta, la subieron al vehículo y en lugar de esperar allí la llegada de la ambulancia, arrancaron inmediatamente y se dirigieron al hospital pero en el camino se encontraron con la ambulancia.

Miren el panorama completo: No habían pasado ni cinco minutos después del ataque y la victima ya había estaba iCon la hemorragia controlada y en camino al hospital! Y unos minutos

después ¡Ya estaba recibiendo atención médica profesional! Esos surfistas le ganaron a la muerte porque actuaron prestos. No se quedaron en la playa llorando, no perdieron tiempo, ni un segundo. Actuaron simple:

Torniquete, llamada telefónica, traslado.

¡Un Trabajo Excelente!

¡Y eso que nunca habían recibido un curso en la Academia de Policía de "Lucita te Capacita" de Guadalajara en "Primeros auxilios en la guerra"!

En la ciudad de, mejor omito el nombre, unos policías fueron atacados, uno de ellos resultó herido, su compañero en lugar de trasladarle al hospital, rodeó el perímetro con cinta amarilla forense y llamó por radio una ambulancia, el policía falleció diez minutos después; Conclusión: **Es más peligroso un Compañero inepto que un tiburón asesino.**

El traumatismo fue muy severo, la chica salvó la vida gracias a la precisa y oportuna reacción del surfista más adulto, todo se relata en la película titulada *"Desafío sobre las olas"*, donde describe la destacada trayectoria profesional de aquella surfista que se recuperó de esta terrible experiencia, pero para mí esos surfistas son unos héroes.

La presteza de estos surfistas fue loable, sin ser profesionales en emergencias, ni médicos, ni policías, ni bomberos, cada uno actuó con la agilidad de un reloj suizo, cada uno hizo lo que debía hacer: Salvar una vida; Esta es una reacción eficiente y ninguno pretendió precintar las olas y preservar los indicios, llenar los treinta formatos oficiales de "Presunto hecho delictivo", ni entrevistar a los vecinos ni trató de fijar el DNA del voraz tiburón.

Atendieron el asunto más Importante que es preservar la vida humana.

Ellos actuaron impecablemente.

Cuarto.—Cuando ya no hay amenaza y usted ya transportó o auxilió a los heridos, entonces ya puede proceder a otras actividades como……. ¡Claro que primero hay que controlar la Zona! Y eso se concreta inspeccionando escrupulosamente todo el lugar, escondites, zanjas, túneles, armarios, pasillos secretos, azoteas, tanques, buscando atacantes escondidos y habiendo antes emplazado centinelas y distribuyendo el personal para vigilar y proteger el perímetro por si los lacras regresan, así que usted y su equipo deberán estar siempre listos para defender la zona y ya después que el personal designado derive a encintar y aislar la zona, fijar los indicios, entrevistar a los testigos, etc.

Aquí quisiera hacer otro apunte:

—¿En qué momento se puede considerar segura una Zona Cero? La Respuesta es:

— Hasta que nos vamos de allí.

—Entonces ¿Cuándo se considera que ya no existe amenaza?

—Jamás.

Nosotros sólo implementamos las mejores técnicas para controlar el lugar y nos retiramos lo más pronto posible.

Otro ejemplo:

<u>En una ocasión.</u> — Allá en Chihuahua, capital, corría el año 2022, siendo yo policía uniformado llegué a un reporte de enfrentamiento armado contra el personal, pero cuando llegué me perdí la balacera porque antes de llegar a la zona cero, me topé con unos compañeros que cargaban a un agente herido de bala y antes de que me detuviera ya estaban subiendo al lesionado a mi patrulla y me dijeron: "¡Al hospital porque está grave!" Lo hicimos y en cinco minutos el compañero ya estaba siendo atendido y salió del hospital unas semanas después. Ese compañero tuvo la suerte de que había muchos agentes tan capaces como escrupulosos; les confiaré algo de paso amigos míos, me ha ocurrido en muchos eventos que cuando llego ya hay agentes desviando el tráfico, otros ya subieron a las azoteas y se apostaron como francotiradores y centinelas, otros se situaron en la banqueta y rechazan a la gente que pretendiera pasar a la zona cero:

Todo tan bien organizado por iniciativa individual de cada uno de los agentes que es literalmente imposible que algo salga mal, pero si sobreviniera un incidente, entonces se resuelve al momento: Son eventos donde concurren los mejores agentes para propiciar una enorme aplanadora invencible y el éxito es inminente.

Mencioné esta expresión en el párrafo anterior: "Iniciativa individual", esta cualidad es indispensable en este trabajo, contrario a lo que se podría suponer (Existen Agentes con más de 30 años de servicio y todavía no se dan por enterados de esta premisa) **En esta profesión debe privar su propio instinto, su estilo, su olfato, su dedicación y su iniciativa personal**. Aquí sólo en ocasiones muy escasas alguien le gritará una orden, porque se supone que cada uno posee la capacidad de Observar y Reflexionar y Cometer sus propios errores o de imaginar y aplicar su mejor participación para así lograr el mejor resultado final de cada intervención policial. Si usted pretende ingresar a la Fuerza Policial esperando que algún general le apremie y le ordene a cada segundo entonces está usted equivocado; Aquí y en China: Usted decide y usted se embronca: En otros grupos como el Ejército sucede muy a menudo que cuando un elemento es interrogado ante corte marcial por un homicidio, digamos, o cualquier otra conducta ilícita que él cometió, ellos con frecuencia responden: "Mi capitán me ordenó...." O inician con la frase "Nosotros pensamos" ...

Recuerden que estamos analizando el tema de jerarquizar. Primero está tu sentido común, lo que tus instintos y tu propio criterio te ordenen.

<u>En cierta ocasión</u>, En el Estado de Michoacán, donde tengo muchos grandes amigos y eficientes colegas, sucedió un día, durante una clara y maravillosa mañana del 2016 que llegaron tres agentes de Investigación a una finca donde se había reportado un incendio (Como ya lo hemos comentado siempre se envía primero a la policía para confirmar cualquier siniestro, pero ¿Tenían que esperar a los bomberos?)

Se trataba de una bodega, resulta que dicha finca colindaba con una casa donde se había instalado una guardería infantil y probablemente ya se habían diseminado las llamas a la finca aledaña. De Inmediato los Agentes se avocaron a indagar si había gente en la guardería y al recibir gritos desde el interior, se desentendieron de la bodega (Donde las personas ya habían evacuado el interior y sólo había <u>cosas</u>) Uno de los agentes más novatos preguntó si acaso necesitaban alguna orden judicial o allanar algún trámite legal antes de ingresar a la finca sin permiso, ante lo cual, el jefe, un viejo lobo de mar, le respondió:

"¿Necesitas una orden judicial? Ahorita la consigo"

Y diciendo esto abordó la patrulla nuevecita y arrancó. Frenó a los diez metros y sin perder un instante Enseguida regresó en reversa a toda potencia sobre el muro y ¡Pramptrrrrr! Abrieron el boquete y de inmediato ingresaron junto con varios vecinos valientes y entre todos sacaron a todos los infantes y también a tres empleadas adultas que después explicaron que el único portón estaba atascado a causa de la dilatación del metal provocada por el intenso calor.

Esos agentes no pensaron en "¿Cuánto costará la barda, me la cobrarán?" O "¿Qué tipo de solicitud debo enviar a un juez para que este me autorice legalmente ingresar a un domicilio?" Ni siquiera: "¿Bajo qué argumento legal puedo yo justificar el daño en mi patrulla y en la barda?"

Simplemente antepusieron lo más substancial, es decir que Jerarquizaron el momento y eligieron lo que era más importante, Detectaron las opciones y ejecutaron el plan. ¡Claro que la vida de los niños era más importante que una barda! Al menos eso opino yo ¿Ustedes, coinciden conmigo?

A propósito, legalmente un policía siempre puede ingresar a una finca cuando existe Peligro inminente (Adentro o Afuera –para los mismos policías que necesiten refugio o para otras personas—) y en caso de flagrancia o persecución de criminales.

Pero estos supremos Agentes simplemente actuaron como su conciencia les dictó: Hacer lo Debido y Hacer lo necesario.

Jerarquizar significa que siempre existen asuntos más importantes que otros.

Siempre será más importante la vida humana y más cuando se trata de infantes vulnerables.

Conocí de Agentes que llegaron a la Zona cero empuñando una libreta y una pluma y así fueron asistidos por los demonios para resbalar hasta los profundos avernos de la equivocación.

A veces, incluso Agentes experimentados olvidan que ellos no son ni oficiales notificadores, ni cobradores, ni recoge—casquillos y asumen erróneamente un rol que no les pertenece, suponen que este trabajo no es peligroso y esta equivocación se paga cara, con penas interminables.

Existe un factor al que podrías llamarle "**FPE**"; "**Factor Policial Esencial**": Revisa a todos, contacta a todos, entrevista a todos, incomoda a todos en tu zona de patrullaje, en tu zona cero".

Una vez entrevistaba yo a un comerciante que días antes había sufrido el robo en su establecimiento comercial de venta de ropa, en el cual los zarrapastrosos rufianes también abusaron sexualmente de dos de las empleadas, que como ya hemos dicho sucede con frecuencia y casi nunca se denuncia.

(Yo puedo calcular que en 3 de cada 4 robos en lugares cerrados se perpetra un abuso sexual contra las mujeres allí presentes. Es detestable y por ello hasta el más insignificante raterillo merece un trato muy severo, porque cuando tienen a su merced a sus víctimas ellos lo aprovechan desde su perspectiva de seres pequeños, despreciables, pero engrandecidos por el delito; También por esta misma razón es que el primer policía en llegar a un reporte en una negociación o casa particular debe tener especial cuidado en la atención que debe obsequiar a las mujeres allí presentes para tener una actitud cuidadosa para detectar esta situación y brindarle la mejor y más oportuna asistencia médica y psicológica y todo con la más alta eficiencia y discreción, puesto que ante todo, antes que denunciante, la persona es una víctima y se debe proteger su confidencialidad y su intimidad)

Continuando, les cuento que mientras conversábamos pasó una patrulla, luego pasó otra vez, al rato pasó otra patrulla. El denunciante me comentó: "Mire ¡No entiendo cómo pudieron robarnos si la policía está muy constante en sus recorridos y ya van dos veces este año, no entiendo!"

A lo que respondí desbordando suavidad:

— "Pasar" no sirve de nada, "pasar" mil veces no sirve de nada. En este rato pude yo haberlo asaltado a usted tres veces, aunque ellos hagan surco en el suelo de tanto recorrerlo, ellos solo pasan por enfrente; <u>La diferencia es que se detengan a Revisar a la gente y que platiquen con los locatarios:</u> **FPE**, pero "Pasar" No es peligroso ¡De eso no se ha muerto ningún policía! Lo que mata es cuando te diriges hacia el asesino ¡Allí está el detalle chato! — Diría Cantinflas acertadamente, mientras ellos estén "Pasando" Ni van a disuadir a los delincuentes, mucho menos a capturar alguno, porque para atrapar hay que acercarse al león. Esos no atrapan ni una mosca, bueno sí, de esas que se meten en la boca de los cretinos.

En cierta ocasión. — *A mediados del 2021, en una localidad urbana instalada cerca de un hermoso y caudaloso río, allá en la bellísima ciudad de Puebla de los Ángeles, llegaron seis agentes de*

policía a un domicilio con el fin de entregar un citatorio "¿Qué puede tener de peligroso entregar un citatorio?" Tocaron a la puerta, tocaron otra vez. Alguien abrió el portal. Buenas, Disculpe ¿Vive aquí el señor Tristán E Isolda de Wagner?"
RAPPAMAPAMATATATATATATTATATATT!!
¡Aaaaayyyyyy!RATATATATTATATATTAi!!RAKA TAKATAKATAKATAKAMPAPAPAPAPAPPAAM ¡!!

Y así finalizó esta "Inofensiva" diligencia en charcos de sangre, los Agentes jamás supieron lo que sucedió.

Los *rafagazos* sonaron como si fueran puertas enormes rechinando y cerrándose para siempre.

¿Qué es la vida? ¿Cuál es el sentido de la vida, existe una misión o propósito, existe un alma eterna? ¿Existe un poder infinito, una conciencia total del universo, un poder inconmensurable que no podremos nombrar jamás? ¿Qué hay después de la vida?

En la imagen señalamos con las letras (B) (C) y (D) las camionetas que se hallaban en el lugar, rodeando el domicilio donde arribarían los policías, a la patrulla le asignamos la letra (A). Ellos debieron notar lo irregular de ese acecho. Incluso la Muerte que se vislumbra a la izquierda era muy evidente como para que se alertaran, pero todo fue en vano.

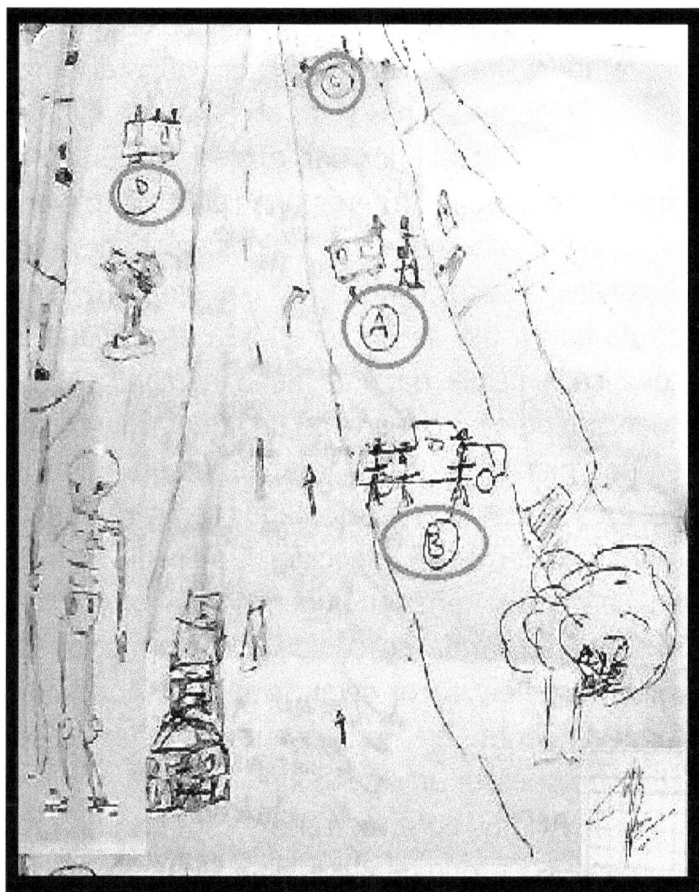

Algunos dicen que todo es producto del azar, de una explosión. Yo he visto explosiones y nunca se produjo un ser vivo, ni siquiera un ábaco. El ADN, por ejemplo, es un código, sutil y casi infinito, bueno, pues ahí tienen que no existe un solo código que haya sido creado por el azar, cada código que existe hasta ahora, ha sido diseñado por una inteligencia.

¿Alguna vez has visto un auto que haya sido creado por el azar, por una explosión? El ADN le dice a una célula "Tú eres una célula del pie de un niño, desarrolla todos sus tejidos, tendones, uñas, músculos, huesos, cartílagos" a otra "Tú eres la célula de un ojo de un lince" y a otra "Tú eres la sofisticada célula de una mano humana, es hábil cuando pintas pero fuerte en un puñetazo y correosa en una maniobra prensil y rápida en un guitarrista; Tú eres la célula del estómago, serás resistente a casi cualquier ácido conocido..." ¡A nadie, nunca le ha salido una uña en lugar de un ojo! El ADN contiene en forma de código ¡La información de 2 mil millones de libros de enciclopedia! Acomodados modestamente en la anchura de un cabello. ¿Entonces existe un diseño inteligente?

¿Vivimos en un terrario? ¿Somos una granja humana? ¿Es todo una casualidad, una flor surge de chiripa, un virus invencible, un poderoso león? ¿Juan José Arreola o Fernando Rivera Calderón es una casualidad que nos haya tocado la enorme dicha de gozar a semejantes prodigios de la palabra, el ingenio, la prosa exacta?

No lo sabemos. Esos agentes tampoco. Porque partieron dormidos y seguirán dormidos.

Gracias a los testigos sabemos qué ocurrió: *"Mire jefe ese día Que agarro y que le digo y que me dice y entonces que agarro y que me asomo ¡Y que comienza todo el borlote! ¡Pum! ¡trac! Por eso me dijo la Lupita ¡Aguas! ¿Pero va usté a creer que le hice caso? Y que le digo pero que me dice y entonces que hago ¡Aghh! Y luego que agarro y ya no podía ver y que le digo, pero entonces que me dice y yo que me quedo así de a cuatro"* Disculpen comprensivos lectores, mejor voy a redactar un extracto con lo más importante y se los expondré a continuación:

Más o menos Una hora antes del arribo de los agentes llegaron hasta el lugar unos mañosos a bordo de tres o más camionetas, habrán sido unos 12 sicarios o quizás otros más que se posicionaron un poco más allá, de forma casual. Estacionaron sus camionetas en distancias equidistantes al domicilio donde se realizaría el emplazamiento, aproximadamente 15 metros, una sobre la misma banqueta y la otra enfrente, de forma que cuando llegaran las víctimas, perdón quise decir los policías, entrarían solitos a la emboscada. Allí se prepararon para ejecutar la celada contra los agentes, Es obvio que nunca mostraron las armas, pero todos los vecinos generaron la opinión personal de que se trataba de asesinos del narco, era obvio, no eran vecinos, ni trabajadores, ni parecían albañiles. (¿Quién les avisó a los sicarios que iban a acudir agentes? Siempre hay un traidor *muerto de hambre*, porque esto requirió la colaboración de alguien de adentro).

*Cuando llegaron los seis agentes abordo de sus dos patrullas jamás repararon en estos sujetos que parecían estar allí **"Sin hacer nada"** Pero tomen nota de esto gentiles lectores: ¡No existe tal cosa como "No hacer nada"! Es que no existe el azar. La gente siempre está haciendo algo; Esos sujetos estaban allí parados ¿Haciendo qué? :*

¿Acaso tomando el sol? O ¿Espiando a la policía? ……..¿Preparando la Emboscada? Una persona siempre tiene un motivo para pararse allí, para regresar su marcha o para acelerar. ¿Y nosotros? ¿Cuál era la obligación, cuál era el deber de esos policías cuando llegaron a ese sitio?

Existe un factor al que podrías llamarle: **FPE "Factor Policial Esencial:** Revisa a todos, contacta a todos, entrevista a todos, incomoda a todos en tu zona de patrullaje, en tu Zona cero, en una palabra: CONTROLA SIEMPRE LA ZONA CERO".

En cierta ocasión.— Cuando ya era yo un "Veterano" con 12 años de servicio, (Entre más aprendes más te falta por aprender) Yo laboraba como patrullero en la policía municipal de Veracruz y recuerdo que acudí junto con dos compañeros, no recuerdo si para entregar un citatorio o si era para responder a un reporte de persona asesinada, la verdad no me acuerdo con exactitud pero eso no importa, porque que no existen guerras imposibles ni enemigo chiquito, porque donde sea, donde menos te lo esperas "Te Puede saltar la liebre"...

En la radio de la patrulla se escuchaba un corrido tumbado, pero en mi mente yo escuchaba a Tchaikovski y además a

Una vocecilla del Destino que susurraba dentro de mi mente así:

"No le hagas caso a pendejos! Tú actúa como si fuera el viaje hacia un combate de vida o muerte, así que ¡Compórtate como un guerrero listo e invencible!

Si hoy todos mueren tú serás el único sobreviviente ¡Compórtate como tal!

T+ú Has recorrido un largo camino desde tu nacimiento hasta este momento, y estás destinado a sobrevivir, Sólo tienes que hacer lo necesario.

¡Mata a todos los coyotes, no dejes títere sin cabeza!"

Al ir llegando, el compañero que iba de encargado de la unidad, de apodo "El blando" nos dijo: "Oye tú baja la libreta y tú te haces cargo del radio ¿De acuerdo? Ah y ¿Quién me ayuda con la escopeta?" Ante lo cual yo respondí con gentileza:

"¡No pierdan tiempo en tonterías, huevones, empuñen sus fusiles! ¡Somos policías no secretarios! ¡Pónganse Listos para la guerra! Bajen rápido y no se distraigan, primero hay que limpiar la zona y exterminar a todas las cucarachas y cerciorarse y después ya veremos ¡Para abajo todos!" – les miré y les dije con certeza absoluta:

"¡Le cae al que se muera primero! Mmmm Tan zonzos ¡Ustedes ya huelen a muertos!"

Descendí de un salto atisbando toda la zona y me oculté detrás de un árbol.

Mis compañeros estaban desconcertados, les comenzaron a temblar las patitas, a uno se le secó la boca y se le puso como *mazapán*, el otro experimentó una taquicardia y comenzó a ponerse pálido, pálido, y ya no querían bajarse, todo prefiguraba una tragedia avasallante, pero "¡Para eso se metieron de policías!" Les recordé y les grité que bajaran y ellos obedecieron, eso no me importa, sólo sobreviven los que se merecen esa oportunidad y cada uno elige su destino. ¡A uno de ellos hasta le dio jiricua ese día, se le pintó la cara con manchas blancas!

Tu prioridad es controlar la situación y ya después lo demás. Ese es el secreto inevitable si quieres continuar el camino despierto. "Primero lo primero".

No se meta usted al agua si va a rescatar a un electrocutado, antes cerciórese si el estanque sigue estando electrificado, no se introduzca usted a la cisterna si está saturada de gases tóxicos, si alguien se está ahogando usted no se acerque a él ¡Primero láncele el salvavidas o una cuerda! Pero manténgase a salvo para que pueda proteger a otros.

Un tal Corona "joroba", era un agente que iba siempre agachado buscando dinero, era un *centavero*, de allí su apodo, dicen que era capaz de vender a su propia madre, pero eso no es cierto... Porque ya la había vendido por unos chicles hace muchos años. Un día pensó: "¿Qué pendejada podría hacer hoy?" Y decidió ir a pedirle dinero a unos rufianes, llegó estirando la mano y en vez de oro le dieron plomo; "Primero lo primero". En algunas ciudades muere electrocutado un pintor o albañil con tanta frecuencia que parece una maldición, a veces uno por semana.

Muchos obreros han sucumbido cuando se adentraron a una cisterna infestada de gases letales, aún cuando ellos mismos tampoco llevaban puestas máscaras ni equipo especial para respirar en esas condiciones.

Para rescatar a alguien usted debe tener alguna habilidad o equipo que lo haga superior a la víctima.

<u>Mucha gente piensa que llegan a la policía para morir por la patria</u> y no hay nada lógico ni útil en semejante convicción lograda, sin duda, a través de un esfuerzo mental igual a Cero.

Cuando usted salga a patrullar ¡Sea como esos dos héroes de Tlajomulco de Zúñiga que revivieron al niño ahogado y como aquellos de Morelia que rescataron a los infantes de la guardería! No dé nada por sentado. Si le dicen que "Está muerto, pobrecito"; Usted desconfíe siempre y actúe oportunamente. Una vez ví a un señor que descolgó a su hijo ahorcado y en lugar de otra cosa le aplicó RCP (Técnica de resucitación a través de masaje al corazón y respiración de boca a boca) Y aunque el suicida llevaba más de 40 minutos suspendido de la soga, recuperó los signos vitales.

Usted sea rebelde frente al conformismo y la apatía, salga listo para cualquier clase de contingencia, sea usted la diferencia.

¡Uno solo puede hacer la diferencia!

Muchos van a criticarle, como diría Nietzsche: "Y Entre más avance usted, más le criticarán, pero usted siga adelante, además jamás le perdonarán" Así que ni gire la mirada hacia atrás jamás, jamás entenderán, usted, usted sólo siga adelante.

Les comentaré un hecho, **en cierta ocasión** (Este video y todos los demás que comentamos, pueden visualizarse en el contenido de la página de Tácticas policiales En Facebook) *Tres patrulleros llegan para inspeccionar a los tripulantes de un automóvil. Uno de los tripulantes es requerido para que descienda del vehículo y le indican que se dirija a la parte trasera.*

Prosigamos, Hasta este momento los tres patrulleros se ubican como muestra el siguiente diagrama:

DIAGRAMA 1. Se advierte que los tres agentes no están bien ubicados y tampoco han desenfundado sus respectivas armas de cargo; Así comienzan las tragedias. Esto es un gigantesco error.

Uy, disculpas, esta foto me la envío una amiga, es para un análisis anatomórfico de longitudinalidad estroboscópica: En una palabra: ¡Ciencia! ¡Vivo para la ciencia, esa es mi gran obsesión! ¡Ciencia, ciencia, ciencia! ¡Prosigamos pues!

Debo recordarles que este evento sólo duró menos de once segundos, fue tan rápido que un burócrata se habría escandalizado ¡ONCE

SEGUNDOS !!!!!!

Un trámite en una oficina de gobierno te dilatan hasta dos horas y eso si llegas *plaqueando* que eres policía sino, puedes durar esperando dos días y luego otros dos días para que te resuelvan y otra semana hasta que te corrigen tu acta de nacimiento.

Observen que los agentes debieron ser más estrictos y evitar que el TARGET camine de frente hacia ellos, en lugar de que caminara en reversa, ni le ordenaron que colocara sus manos en la nuca.

Al contrario de eso, los patrulleros omiten todas las precauciones para limitar la movilidad y la visión del Target y le permiten salir de frente a ellos y libre en su movilidad, lo que le otorga todas las facilidades para que mire el entorno y a los demás policías y que pueda actuar a su gusto.

Existen detalles que van tejiendo el color de la Muerte y que prefiguran el terror, como en la más sofisticada película de Hitchcock.

¿Alguno de ustedes recuerda la película "Destino Final" y sus numerosas secuelas? Todo comienza con un enchufe mal colocado, el personaje pasa distraído, deja una bolsa con artículos en el suelo, ésta se cae de lado y se derraman unas sustancias, hay un ventilador en el techo que se halla flojo, mientras el personaje enciende un aparato pero luego suena el teléfono, el personaje olvida el aparato y se desplaza para contestar el teléfono pero tropieza y entonces el aparato encendido se desequilibra, cae, hace corto circuito, los líquidos en el suelo…..¿Todo permite anticipar que ocurrirá una tragedia no es así? Algo malo puede ocurrir y sin duda…sucederá.

Los agentes se comportan como si el evento no representara riesgo alguno, esto es siempre un terrible error.

Existen premisas que permiten predecir el futuro.

Aquí ilustramos con estas fascinantes imágenes en la más avanzada *3D,* cómo se ubican los agentes y el TARGET *y en ese momento este último saca un arma de fuego de su bolsillo derecho del pantalón y aplica disparos a quemarropa a dos de los agentes. La tercera agente no reacciona, por suerte a ella no le disparan, entonces el TARGET escapa impune.*

Ese es uno de los requisitos que debe cumplir una Ciencia, el que conociendo las premisas se pueden predecir los resultados. **La Ciencia policial, que estamos descubriendo, nos muestra que en cada suceso fatal hubo falta de cuidado** en atender uno o varios aspectos esenciales.

Sin duda alguna, nunca faltará alguno que te señalará como un pesimista, pero en este trabajo los guantes y la pólvora evitan que la sangre corra; Aunque si esta comienza a derramarse, de acuerdo, que corra, pero ¡Que no sea la tuya!

Dos agentes recibieron disparos.

Cada ocasión es única e irrepetible igual que tu propia vida.

Recibieron plomo a quemarropa. Según la Secretaría de Salud, consumir plomo es saludable, pero esto es muy relativo ya que existen opiniones que señalan que algunas dosis pueden ser mortales, también depende del empaque, de la velocidad de la ingesta (Una bala vuela a 400 mts./seg.) O si la ingieres en píldora o en balas....Eso Es lo que dicen.

Ustedes, en este instante, podrían sin duda realizar un análisis de todas las fallas en que incurrieron los agentes ¿Deveras? ¿Cuáles fueron? ¿Superioridad numérica? ¿Factor sorpresa?

Pueden existir diversas maneras óptimas, para que no se repitan estas hecatombes, lo más simple es evitar incurrir en el supremo Error de no aplicar los **FACTORES BÁSICOS DE LA INTERVENCIÓN POLICIAL**, en esta oportunidad les compartiremos un esquema de operación solamente. Y lo mostramos en el siguiente diagrama.

Recuerden que la **Distancia y Oportunidad** son factores que te dan Ventaja Estratégica. Tú debes posicionarte dónde te conviene y desde donde tienes oportunidad de reaccionar ante cualquier tipo de agresión. En el evento precedente los Agentes no estaban en la mejor posición, ni cubiertos, ni en guardia Alta con su arma empuñada ni a una distancia que les proporcionara oportunidades para Dominar la Situación.

Habrá gente que opine que no puedes acercarte con el arma empuñada porque eso es un exceso y podrían acusarte de ser violento. Bueno, una acusación no me va a matar. Usted puede llevar su arma empuñada pero escondida con su libreta de forma discreta pero lista para disparar. Aquellos que se quejan que esto es excesivo nunca, NUNCA han andado en las calles, allá no hay una segunda oportunidad ni diez horas para contestar el amparo, allá un ciudadano te dispara en menos de un segundo y acabó con todas tus expectativas.

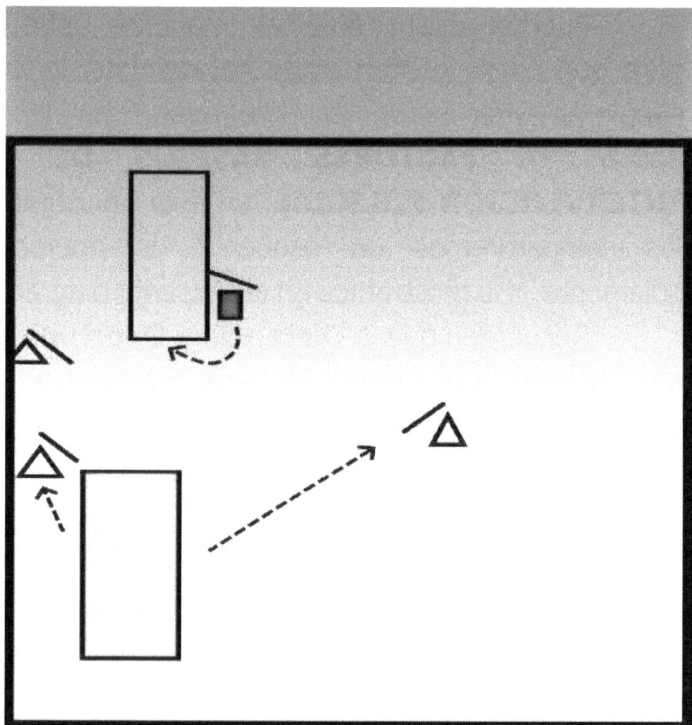

Nuestra opinión es que si aplicamos algunas tácticas mejoramos nuestras oportunidades, por ejemplo ¿Y si esta trágica operación se hubiese llevado de la siguiente manera?: Los tres agentes se aproximan ***en guardia baja*** (Arma desenfundada y lista para disparar) buscan cobertura como árboles u otros automóviles y Se despliegan y mantienen vigilado tanto al TARGET como a los demás tripulantes (A prevención de que los hubiera, ya que no se alcanza a visualizar el interior del vehículo, en consecuencia no se debe descartar más amenazas allí ni en el perímetro) **La misma idea en la siguiente ilustración:**

Le ordenas al Target que salga con las manos en la nuca, los dedos enlazados y caminando hacia atrás. pero... todavía mejor si

es mejor si te ubicas detrás de alguna cobertura, como un poste, un árbol.

    Así debió continuar el operativo en comento: Los tres agentes ordenan al TARGET salir con las manos a la nuca y los dedos enlazados, y que se acerque caminando de espaldas en dirección a la parte trasera del automóvil (con el fin de que él no nos vea y dirigirlo incuso hacia nuestra patrulla) Ya posicionado, se le debe ordenar que se coloque hincado y que mantenga los dedos entrelazados. Hasta este punto, si el TARGET pretendiera alguna acción hostil, sería instantáneamente abatido.

ERRORES La conducta desplegada por los ficticios agentes de este relato y los demás donde el final es trágico, la denominamos **ARP**, Este concepto es muy importante y debemos insistir en señalarlo, cuando se anulan u omiten las medidas de seguridad y no se aplican técnicas policiales, las consecuencias no son óptimas y esta forma de actuar no es recomendable pues va generando una decadencia en el control del Evento, cada omisión va derribando nuestro avión hasta que este se va a pique. Ambas omisiones ocurren por Exceso de Confianza, por Incoherencia (Cada vez que acometemos el avance para contactar al TARGET debemos Asumir y Aplicar la mejor disposición mental y táctica, por lo tanto resulta ilógico avanzar pero ser indecisos acerca de la gravedad del momento) la **ARP** (Lo que los autores definimos como **Acumulación Reiterativa de Perplejadas** o **ARE Acumulación Reiterativa de Errores**, porque donde un agente incurre en una, estas se propagan como el fuego en un pastizal seco y él mismo las repite meticulosamente y se las contagia a todos los demás que piensan: "Si él no se esfuerza, yo tampoco" ¡**ARP** es un concepto hartamente científico, que nos conducirá al Nobel seguramente!).

Recordemos al viejo sabio Tzun—Zun: "Si la zona de batalla no te favorece, espera o busca atraer a tu adversario a una donde tú poseas la ventaja decisiva para lograr la victoria" En este caso era atraer uno por uno a los tripulantes mediante la MAGIA. CON LA MAGIA DEL LENGUAJE puedes lograr que los objetos o las personas se muevan a tu voluntad. Que caminen de espaldas hacia ti y se hinquen.

Una regla de Murphy aplicada al oficio policial podría ser: **"Donde un Agente comete un error, comete diez, cuando un Agente falla, los demás lo imitan, donde un Agente se distrae, hay cinco fallando".**

Recuerde usted gentil lector, que para lograr vencer la cúspide se requieren muchos pasos y maniobras, pero para que usted se desbarranque sólo se requiere un segundo de distracción, un solo tropiezo Es así que un sólo paso en falso nos puede conducir directo al fondo del precipicio.

CONCLUSIÓN: Los Tres agentes cometieron muchos errores:

NO aplicaron las funciones de Agente de contacto y Agente de Apoyo, (Explicamos esta función en un episodio de este volumen) que significa que uno vigila el entorno y otro al Target, aquí, el agente de la izquierda se halla absorto totalmente enfocado en el interior del vehículo, que, aunque hubiera más tripulantes, era indispensable mantener a esos tripulantes al interior del vehículo y concentrar mayormente los esfuerzos sobre el Target que extrajiste del mismo.

No se desplegaron,

No avanzaron *en Guardia Baja*,

No se posicionaron correctamente (Desplegados, en cubierta y a una distancia vital)

Tampoco aplicaron **comandos verbales** para ordenarle que colocara sus manos a la vista, luego en la nuca y que caminara de espaldas,

No desplazaron al TARGET con propiedad y le permitieron estar de frente a ellos, de verlos, Existe un Factor que explicamos más adelante y que titulamos "Cuanto el Target está de frente a ti, eso es un error táctico siempre."

No mantuvieron la Distancia de seguridad entre ellos y el TARGET

Y los errores redundaron en que el TARGET se atreviera a aprovechar la oportunidad y dos agentes perdieran la vida.

El **ARP** es contagioso.

"La Zona Cero es todo el perímetro, todos los puntos de ventaja sobre el sitio y aún podemos extenderla: La Zona Cero es donde quiera que estés tú, dónde llegas a comer, dónde caminas paseando de la mano con tu novia, dónde quiera que pases"

"Si usted cede alguna ventaja posicional, esta la aprovechará el Target en contra suya. Todo lo que usted omite se vuelve contra usted." 2da. Ley del Capitán Murphy.

Esto Me decía el Sheriff: "Siempre debes desplegar un arribo contundente, que encapsule a los TARGETs y que imponga una ventaja táctica y psicológica al instante. Por cierto, no existe el tal Capitán Murphy".

Don Caricatura me dijo una vez: "Yo reniego de la suerte, Todo se trata de decisiones, decisiones y momentos, de eso depende si caes al bote o si matas a alguien o si te matan, de tomar decisiones. A cada segundo tomas decisiones trascendentales, no lo olvides nunca".

ENTREVISTA A UN ASESINO

Antes de apropiarme de aquella plaza, yo era soldado, luego me contrataron para asesinar a unos narcos que asolaban una localidad, se trataba de un pueblito que se ubicaba en la colindancia entre Estados, estas zonas siempre están un poco abandonadas por las autoridades y en el caso de este pueblo había sido invadido por una célula criminal que había dominado en pocos meses a toda la población. La policía estaba inmovilizada porque muchos pobladores eran informantes y colaboradores de los mañosos, incluso las profesoras y algunos agricultores prominentes de la población se inclinaron serviles ante este pequeño grupo de terroristas, que no debían pasar de veinte.

Habían cobijado al pueblo con un manto de terror, descuartizamientos y ejecuciones grotescas.

El cabecilla acostumbraba estacionarse todas las mañanas en un automóvil tipo sedán, en el estacionamiento trasero de la presidencia municipal, me imagino que para poder intimidar al ayuntamiento y a los policías que allí tenían sus oficinas y debían acudir a diario.

Todos los días se estacionaba allí. Junto con otros tres de sus secuaces antes de iniciar su recorrido para limosnear dinero a cambio de protección. Decidí comenzar por ellos. ¿Cómo logras combatir a cuatro asesinos? ¿Cuál es la estrategia adecuada para llevar a cabo semejante operación? Sólo era yo contra cuatro.

Tengo un buen entrenamiento con arma corta. Imaginé el método, casi lo practiqué en mi mente todo el día.

Acudí el día siguiente muy temprano, vestido con un overol de color anaranjado y me puse a podar las plantas del patio municipal, en eso llegó el automóvil y se estacionó casi en mis narices. Comencé a disparar hacia el interior, caminando alrededor del carro, cambié mi primer cargador de once tiros, pero no dejé de disparar, como si fuera el ritmo de un reloj, un disparo a cada paso, un disparo cada segundo, como si fuera una marcha, sin apresurarme y sin miedo.

Cuando finalicé mi tercer cargador, metí el último y me alejé hacia un árbol y esperé a ver si había movimiento dentro del vehículo. Sólo eran estertores, ninguno intentó salir siquiera o disparar.

Esperé, mientras tanto iban pasando algunas patrullas, pero hicieron como que no vieron nada y siguieron de largo. Me acerqué al automóvil y tiré un disparo a cada sujeto, pero ya ninguno se movió.

Iba a apoderarme de unas metralletas que traían, pero pensé que a mí tampoco me servirían de nada, me quité el overol y me alejé de allí. Más tarde buscaría a los otros que faltaban.

***

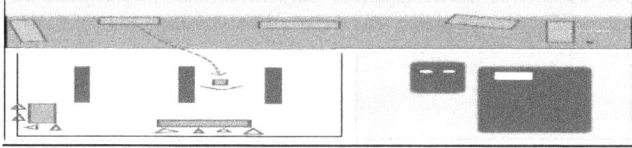

_____8. — "YO VÍ A ESE LOCO PLATICANDO CON EL DIABLO". — En la más oculta y mágica noche boscosa, donde no cabe ninguna ayuda de la civilización....

(Este debería haber sido el capítulo 8, pero se trata en realidad sólo de un cuento exclusivo, que inserté únicamente en este ejemplar, sólo en este, que adquiriste tú ¿Por qué razón? Porque Eres afortunado, eres el elegido, pronto sabrás por qué).

Podrían haber sido las 2:30 horas de la madrugada y me hallaba yo conduciendo la patrulla del comandante, quien iba a mi lado, en el asiento trasero iban mi jefe de grupo y un agente del Ministerio Público.

Debíamos entregar al Juez de una lejana población un expediente que requerían a la mayor brevedad.

La carretera y los bosques de la sierra con esa enorme luna llena que pintaba todo con una esplendorosa exhibición de tonos vibrantes que era casi irreal. Había llovido, así que la humedad intensificaba los olores y colores, tonos azules, el follaje en diversos verdes intensos, sombras en negro de terciopelo, las nubes que parecen unas cortinas errantes de plata. El aire era una bocanada fresca de pura vida. La vida única. La única vida.

¿Qué asombrosas sorpresas nos depara la noche?

¿Un caminante misterioso que pide aventón? ¿Una emboscada? ¿Un fantasma, una luz flotando?

Yo he visto luces muchas veces. Una vez hasta salí de la carretera para ir a ver dónde había aterrizado una enorme y extraña esfera de colores con tres bolas girando a su alrededor, era como un señuelo hermoso en la noche, salí por una vereda a su encuentro, pero cuando ya estaba a una hondonada por llegar, bajé de mi auto, lo pensé unos minutos y de repente...

Desperté de aquello y decidí dejarlo para otra ocasión.

Algunos expertos como *Freixedo* han llegado a opinar que todos esos fenómenos están interconectados: Seres interdimensionales, fantasmas, duendes, aliens, sectas, todos están vinculados como un solo Asunto; Es casi inevitable que comienzo mi diálogo interno muy entretenido, por eso para un solitario un tercero ya es muchedumbre.

Mi jefe iba conduciendo al principio, pero en una parte del trayecto había atropellado a un tlacuache, entonces el *Malibú* se le deslizó como si se resbalara en jabón y aunque íbamos a baja velocidad eso lo asustó un poco y decidió dejarme el volante a mí.

Para mí la noche representa muchas cosas. Una vez me encontré con dos jinetes en la oscuridad mientras yo realizaba una exploración lúdica allá por la zona de las *piedras bola*, unas rocas esféricas enormes que se hallan de manera inexplicable en un valle, pero tampoco pude explicarme quiénes eran aquellos jinetes y tampoco me acerqué a preguntarles. En una ocasión una mujer le pidió *rayte* a un compañero policía y resultó que era una salteadora de caminos, en cuanto abordó su auto ella lo encañonó ágilmente y entonces llegaron de no sé dónde más rufianes y ella y sus secuaces lo dejaron desplumado.

Había estado lloviendo como es habitual en estas zonas, ahora sólo había una leve brisa, pero esa humedad había dotado de un resplandor increíblemente hermoso a todo el paisaje. Sí, soy un rufián, pero carezco de medios para defenderme de la tremenda belleza del mundo, soy un empistolado cursi, a veces me detengo y admiro boquiabierto las nubes, pero disimulo enfrente de mis compañeros y finjo que hablo por radio, así es, soy un bucólico anónimo, no hay remedio.

Una noche estaba yo en el jardín y mi esposa me preguntó ¿Qué tanto miras en la oscuridad, cariño? / Algo, no es nada. Ella fijó la vista y luego me gritó muy asustada: "Pero, mi amor ¿Qué haces allí admirando a esas cosas, qué son? i¿Son alacranes?! ¿Por qué se mueven tan rápido? ¡Mátalos o haz algo!¡Te van a picar, deveras estás loco! Pareces un niño chiquito" Yo los dejé seguir cazando hormigas, porque tengo una especie de pacto, no me meto con ellos, los dejo hacer su vida salvaje. Yo jamás había visto cazar a los alacranes, son muy veloces, incansables y precisos devorando insectos, eran cuatro escorpiones y se movían como aspiradoras, pero con mucha rapidez, como el *pacman* ¡Eran fascinantes! En el zoológico siempre están inmóviles, pero en su mundo son arrasadores.

Mientras los demás celebraban una vigilia simbólica, dormitando, yo iba conduciendo bajo la luna y deslizándome sobre unas serpenteantes y sinuosas curvas azules, como las de una mujer en la oscuridad, subía, bajaba, vuelta hacia un lado, de pronto, advirtiendo la fascinante inaccesibilidad del misterio del mundo y alguna posible emboscada, apagué las luces y el radio comercial y fui desplazándome en silencio mirando los espejos y alerta al entorno, como lo haría un depredador nocturno, entonces bajé la velocidad en una loma empinada del camino, iba yo a vuelta de rueda, arrastrándome por la carretera, subiendo la breve cuesta como si fuera un puma, cuando lo vi.

Estaba allí a unos 30 metros de distancia parado en la carretera.

Era una figura alta como de una persona.

Primero pensé que se trataba de un hombre, pero no se movía, quizás se trataba de un monigote, algún espantapájaros ¿Qué otra cosa podría estar allí parada en medio de la noche y en medio del camino a estas horas y con este clima y esa tremenda soledad?

Conforme iba acercándome le ví con más claridad, aquello tenía cuatro patas.

Se supone que en estas zonas no existen lobos, ni animales así de grandes.

Parecía un coyote, pero este era mucho más grande. Esa criatura tenía un tamaño increíble para ser un perro y no movía la cola. Además la gente del cerro dice que un perro jamás te sostiene la mirada.

Se trataba de un Lobo blanco. Eso parecía, o quizás se trataba solamente de un nagual. Estaba al lado de la carretera inmóvil, quizás medía un metro cincuenta de altura, me aproximé lentamente hacia él, hasta que lo tuve frente a mi ventanilla, a unos tres metros de distancia, allí detuve la marcha y nos miramos de frente.

Tuve la certeza de que estaba viviendo un evento irrepetible y sobrenatural.

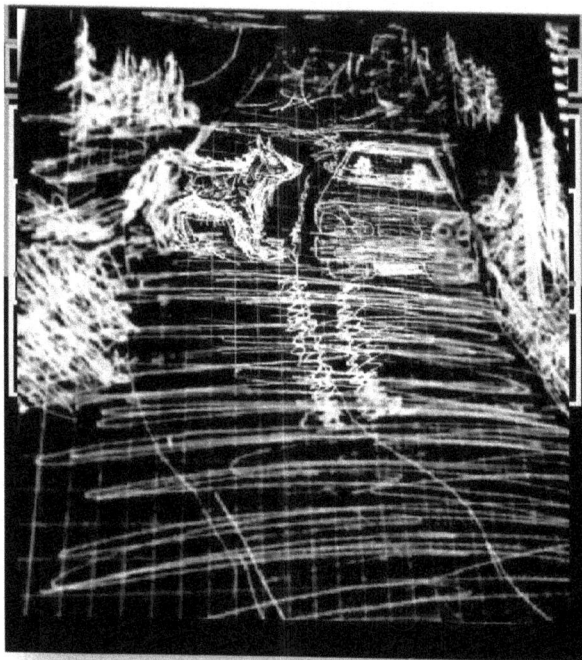

Sin moverme, revisé el interior para confirmar que se hallaban todos dormidos, no fuera a ser que alguno de mis compañeros se asustara y le tirara un disparo a la criatura.

Era enorme. Sus ojos, el pelaje, las orejas, sus fauces abiertas levemente, sus garras tremendas. Su respiración no era agitada pero tampoco parecía dócil. Era salvaje y misterioso, único e inaccesible.

Lo contemplé lentamente, sin exabruptos, de igual a igual, yo intentaba desentrañar el misterio del mundo a través de ese momento, respirando con estoicismo, porque estaba seguro de que aquello no era normal. Entonces, sin dejar de admirar a esa criatura misteriosa escuché la voz secreta de mi jefe que simulaba estar dormido:

"¡Esto, aunque me lo contaras nunca te lo creería!".

Ambos continuamos viéndonos como si se tratara de algo más en el paisaje nocturno, otra cosa curiosa de la noche, yo esperaba que se asustara o que me echara un gruñido encima. Luego de unos minutos decidí continuar el camino.

Puse marcha y continué lentamente. Todavía lo miré por el espejo lateral porque no lo podía creer.

Allá atrás, un sonámbulo susurró:

"¡Jefe, jefe yo vi a ese loco platicando con el diablo!" Lo repitió y después estuvo murmurando palabras confusas y tenebrosas, mientras yo seguía el camino.

* * *

ESTADÍSTICAS INVENTADAS POR MAScHA

- 9 de cada 10 policías entraron pensando que sería un trabajo temporal y al año se irían a otra cosa.
- Las mujeres que caminan por la banqueta de frente al tráfico viven más tiempo, sobre todo en Cd. Juárez y Guadalajara.
- En México la mitad de los motociclistas no usan casco, 3 de cada 10 personas se roban el cable, 8 de cada 10 no pagan predial, 7 de cada 10 no tienen seguro y por supuesto que 8 de cada 10 mexicanos sufren delirio de persecución y odian a la policía.
- Al paso que vamos, en el año 2030, en México, 8 de cada 10 serán narcos o tendrán negocios con el narco. Y **HABRÁ DÍA DE LA PURGA** una vez por semana, será los miércoles, (porque ese día descansan los taqueros)

***

8. — CONCLUSIÓN SOBRE EL ASUNTO DEL PRIMER EPISODIO LOS CICLOPOLICÍAS.

— Amigos lectores, Recapitulemos este primer asunto, muy triste, que relatamos en el episodio 1, comenzaré anunciando que una Intervención policial es tan agradable como un paseo por el parque ¡No te asombres! ¡Deveras! ¡Es igual que un paseo por la playa! ……. ¡Pero sólo si lo haces bien!

En este librejo secreto exponemos reseñas y emitimos nuestros análisis, no esperamos que nadie obedezca estas instrucciones ni siquiera que concuerden con nuestro punto de vista, es sólo nuestra opinión; Fíjense que una vez le pregunté al director de una academia de policía cuál técnica le parecía más ágil si el *Silat* o el *kempo* y me respondió con toda certidumbre "¿Qué es eso, son jericallas?"

Los dos agentes llegan directo a la zona del Reporte y esto constituye el primer error, porque debieron descender mucho antes del lugar del reporte para poder tomar posiciones, a saber, quitarse los cascos, caminar en guardia baja y avanzar desplegados con el propósito de Controlar la zona Cero.

Les vamos a sorprender con la tecnología. Si desean mirar el video, sólo aprieten su pulgar contra la imagen y esta desplegará un video en formato holográfico ¿Están listos para esta experiencia fascinante en 3—D?

Cuando los agentes descienden de las bicicletas avanzan sin percatarse del sujeto que sale del vehículo estacionado (Señalado en un círculo en color amarillo en el extremo superior derecho de las imágenes). Todos son sospechosos. Cualquiera podría ser el asesino.

¡Cualquiera podría ser el Target!

Recordemos que el tema de este relato es principalmente "**Cómo llegar a la Zona Cero**", quiero aconsejarles y será el único consejo que escucharán de mí, que no pierdan NUNCA el gracioso interés en aprender ni en asombrarse. Es magnífico conservar la capacidad para el Asombro, además si piensas que ya lo sabes todo, entonces ya cerraste las puertas del cerebro para poder aprender algo más. Ahora bien ¿Cómo podemos saber quién o quiénes son los Targets? ¡Todos, todos son targets! Yo estuve comisionado por una temporada en el Área de Puestos de socorros, significa que yo era un judicial adscrito a una cruz verde y mi misión era acudir a cada llamado de emergencias y detener al culpable ¿Cómo? ¡Como El Señor Omnipotente me dio a entender!

Llegas junto con la ambulancia y La calle está llena de bultos obscenos deambulando extrañamente alrededor, como zombis buscando sangre, el reporte es un lesionado por arma blanca, el muerto está allí en medio del lago hemático, pero ¿Quién es el

Asesino? ¡Tú brincas de la ambulancia y al que veas feo ese es! A veces se trataba de un choque, pero tú no puedes confiarte en aprehender al que está sobre el asiento del conductor, porque algunos mañosos cambian de lugar.

En 5 segundos Bajas, evalúas y resuelves la situación.

Cinco segundos o menos.

Aquí, en este instante de la trama quiero comentarles algo que me dijo Ceratti, una vez que me agarraron a *carilla entre el Mastuerzo* y Saúl Hernández, comentaron de forma socarrona que este libro de cuentos sólo era apto para Varones, que además sean viejos y que estén inmersos en un semblante oscuro y amargado. Yo difiero totalmente de esta clasificación "**V+**" Y poseo muchos argumentos para refutar dichos comentarios, aunque sí reconozco que se trata de una verdad visceral innegable: **Este es un libro sólo apto para VEJETES AMARGADOS Y VULGARES, y no para todos, porque en gustos se rompen géneros**.

Habiendo aclarado esto, cualquier persona que se jacte de que siente desprecio por este panfletillo no peca ni de original ni de sorprendente y cualquier queja o desacuerdo se resolvería simplemente con que lo cierren y así ya podemos continuar ya más en confianza sólo los implicados. A los demás ¡Chao! O como se dice en México ¡A.L.V.!

Transcurren cuatro segundos desde que el

TARGET sale del vehículo estacionado, con el arma empuñada y lista para disparar, corre y se dirige a los agentes hasta que aplica el primer disparo. Desenfundar y disparar requiere 1.2 segundos. Si usted procede con el arma empuñada sólo necesita apretar el disparador contra el Agresor.

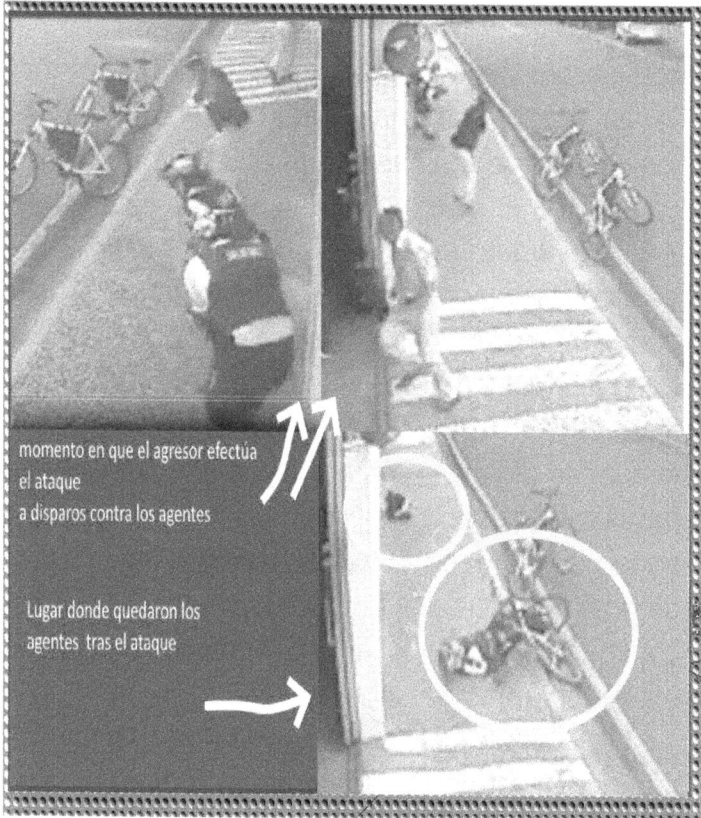

momento en que el agresor efectúa el ataque a disparos contra los agentes

Lugar donde quedaron los agentes tras el ataque

Después del ataque se observa en el video que varias personas salen corriendo de la finca donde se reportó el incidente, podría suponerse que esas personas estaban perpetrando algún delito en el interior del sitio, podemos suponer que un asalto a mano armada, podríamos especular que mientras esos sujetos cometían el atraco, un vigía se hallaba apostado en el interior del automóvil en color negro que se halla estacionado, quien tenía la misión de vigilar el entorno y quien decide ante la llegada de los agentes amagarles para facilitar el escape de sus cómplices. Es ese vigía quien ataca a los agentes.

El sujeto de blanco que huye ejemplifica eso de que cualquiera se atreve a criticar a la policía, pero a la hora de los balazos ahí te quedas tú solo. No olvidemos que este evento costó la vida a ambos agentes; Aunque todas las ilustraciones son imágenes digitales y los oficiales son ficticios como todos los de este compendio; Los errores tácticos se pagan caro y aunque aplicar siempre las maniobras tácticas óptimas no te vuelve invencible, si estás convencido de esto último entonces quizás te conviertas en uno.

Esto tampoco te hace invencible. La confianza es bonita pero la desconfianza es Mejor. La que es realmente bella es Yazmín, sus curvas son como una montaña rusa que conducen al océano de las maravillas.

También vemos que ambos agentes están heridos, ella ha caído, él está indeciso e intenta hacer diversas cosas, lo que evidencia que no estaba concentrado, si así fuese habría avisado de inmediato por radio pidiendo ambulancia, se hubiese taponeado la herida y se habría sentado para esperar la ambulancia.

Pero todo el evento lo sorprendió porque nunca llegó pensando en los agresores, en el asalto, en el peligro inminente, no llegó pensando en qué tenía que hacer y cómo debía controlar cualquier vicisitud; Así que solo trastabillea intenta abordar su bicicleta, él también se derrumba, totalmente ofuscado.

Antes que nada, reparemos primero en **el hecho de que la Zona cero NO** es la finca exacta donde nos señalaron en el reporte. La Zona cero está constituida por toda el área que influye sobre el punto, fincas, azoteas, esquinas, transeúntes, autos estacionados. En realidad, la ZONA CERO abarcaba un área mayor, señalada con un óvalo en color amarillo y no lo que podría suponerse a través de una conclusión apresurada. La Táctica nos indica que entre mayor sea el área controlada, mejor es el avance de la operación.

Primero.— Desmontar sus bicicletas desde la esquina, para poder llevar el arma empuñada y desplazarse en posición de disminución de silueta, ambos en guardia baja o alta y desplegarse, con lo cual hubieran cubierto mayor área.

Si usted se acerca hacia un león, aunque usted no lo vea (Precisamente si usted no lo distingue eso significa que es un felino muy capaz,

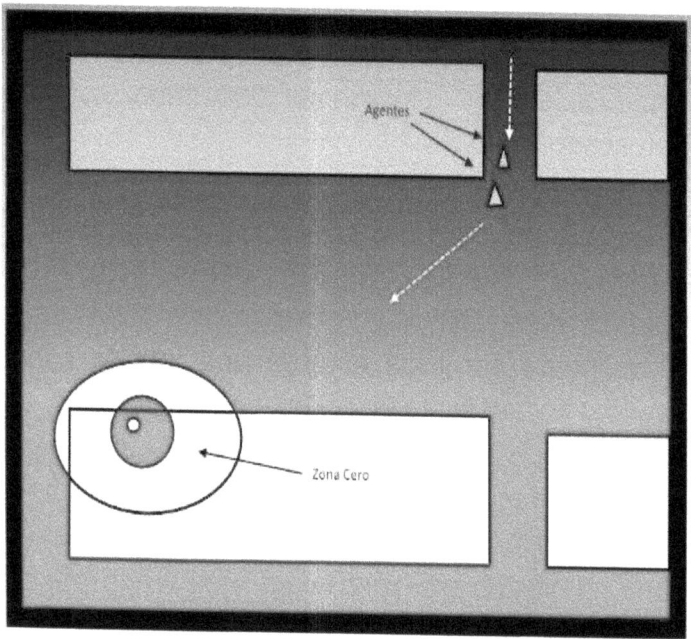

una vez casi piso a una pantera, que se camufla en el suelo como una sombra de arbustos) Debe ir preparado con su fusil en mano y apuntando hacia cada punto del entorno que le parezca sitio idóneo para que se oculte la bestia: El local comercial y los automóviles estacionados en este caso que comentamos. Si usted tiene el convencimiento de que el TARGET se halla allí, entonces su objetivo es llegar a encontrarle, a cazarlo y debe realizar la búsqueda listo y apuntando.

La mejor opción que se puede decidir sobre el

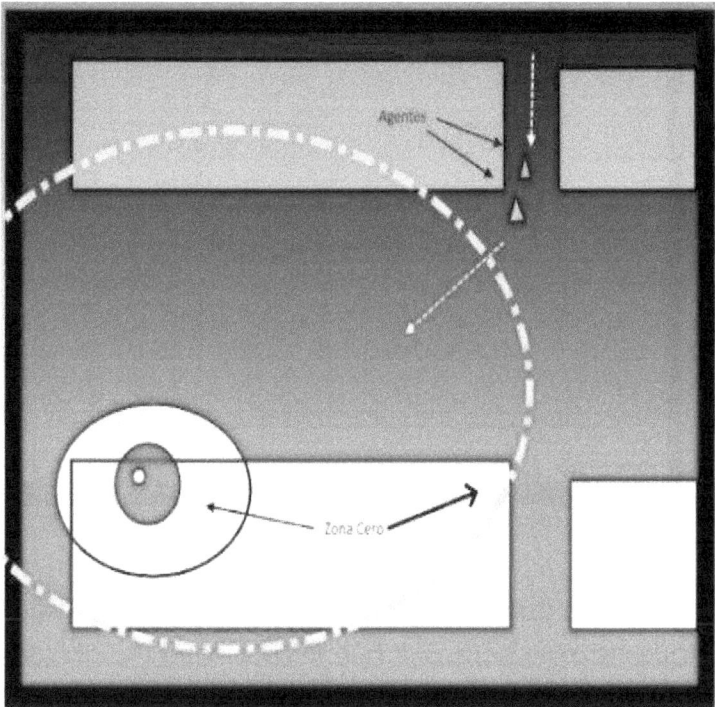

terreno es la siguiente:

Antes del Primero: Desembarcar antes de la zona Cero, en la esquina.

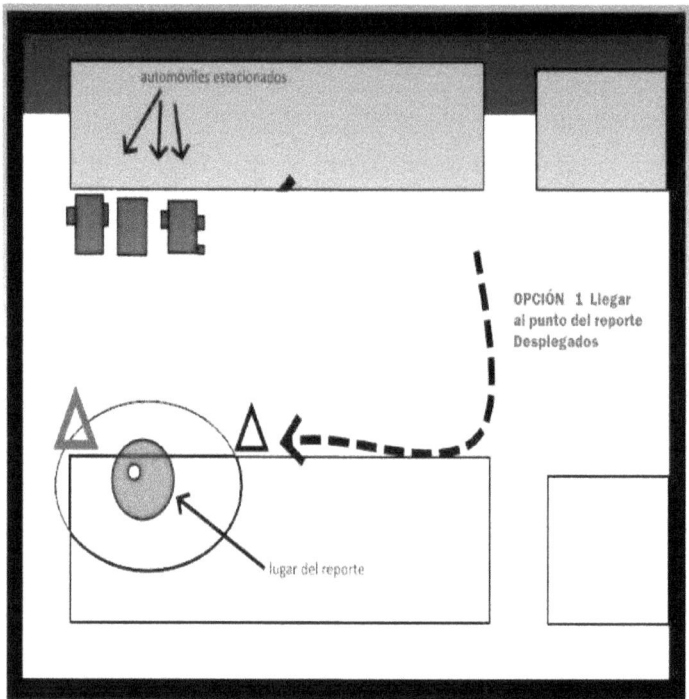

Segundo: Quitarse cascos y lentes, todo lo que estorbe para una buena movilidad y visibilidad.

Tercero: Avanzar en GUARDIA BAJA, esta maniobra consiste en avanzar disminuyendo silueta con el ama de fuego empuñada y lista para disparar y buscando coberturas en caso de que se inicie una agresión (Esta y las demás tácticas las explicamos con todo esmero en los siguientes episodios de este mismo volumen)

Cuarto: Avanzar <u>desplegados</u>. Porque juntos se estorban para desplazarse y para vigilar; además, resultan un blanco muy fácil. Es muy distinto si se despliegan porque así cubren más terreno y controlan más espacios, incluso sus propias espaldas mutuamente.

Quinto: Operar bajo el binomio operativo, Agente de Contacto y Agente de Apoyo (los estudiamos a detalle, este y los demás puntos en este compendio) Uno entrevista y el otro vigila el entorno.

Cuarto: Recorrer el perímetro antes de llegar a la zona cero. Recordemos que al llegar a la zona debemos revisar todo el perímetro, personas y vehículos ¡Siempre puede haber centinelas y conductor para fuga! Sobre los escondites entre los vehículos y allí se hubiera suscitado el desenlace, aunque con la diferencia de que con los agentes llegando a la cacería con las armas apuntando a la zorra sobre la madriguera el resultado pudo ser distinto.

¡Claro que repetimos dos veces el número cuarto! Estemos siempre atentos.

Seguramente bajo Esta perspectiva hubieran tenido altas posibilidades de éxito.

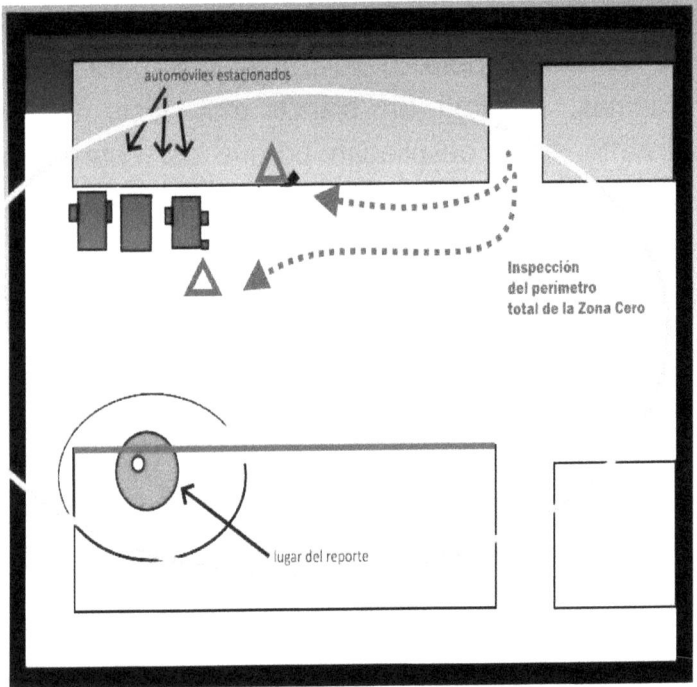

automóviles estacionados

Inspección
del perimetro
total de la Zona Cero

lugar del reporte

Enseguida mostramos unos gráficos que ejemplifican un método de operación que sería conveniente para lograr un Control de la zona.

Pudieron llegar desplegados revisando el entorno desde la zona de automóviles estacionados primero y enseguida sobre la bodega donde al parecer se había generado el reporte de persona sospechosa.

Y allí mismo, esperar en el exterior y vigilar el entorno, allí habrían detectado al centinela que se ocultaba en el interior de uno de los vehículos estacionados frente a la bodega.

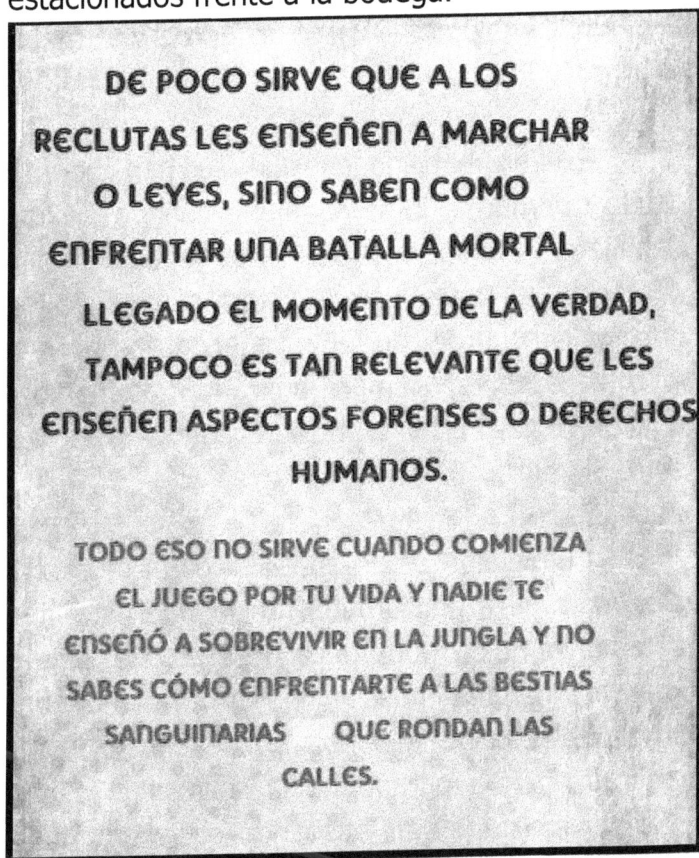

> DE POCO SIRVE QUE A LOS RECLUTAS LES ENSEÑEN A MARCHAR O LEYES, SINO SABEN COMO ENFRENTAR UNA BATALLA MORTAL
>
> LLEGADO EL MOMENTO DE LA VERDAD, TAMPOCO ES TAN RELEVANTE QUE LES ENSEÑEN ASPECTOS FORENSES O DERECHOS HUMANOS.
>
> TODO ESO NO SIRVE CUANDO COMIENZA EL JUEGO POR TU VIDA Y NADIE TE ENSEÑÓ A SOBREVIVIR EN LA JUNGLA Y NO SABES CÓMO ENFRENTARTE A LAS BESTIAS SANGUINARIAS QUE RONDAN LAS CALLES.

LOS PEORES ASESINOS ESTÁN EN CASA. EN LAS ACADEMIAS DE POLICÍA.

Los capacitadores son personas que no sirven para el trabajo de calle, en la mayoría de los casos. En la película "*Top Gun*" Te dicen que eligen a los mejores pilotos de combate para que sean los instructores: ¡A los mejores combatientes en la vida real! En cambio, en México, eligen a los mejores sobrinos. Por otro lado....

Existen habilidades que se han heredado desde tiempos inmemoriales cuando existían Caballeros, Samuráis y Guerreros jaguar; La única diferencia, la hace usted, usted que se aplica y entrena, recuerde que El mejor atributo de un Agente es operar siempre aplicando las maniobras que permitan EL MÁS absoluto control de la zona cero. Siempre.

Comienzo este análisis con música de **Berlioz**, voy a activar una función de este libro y ustedes también podrán escucharla ¿De acuerdo? ¿La escuchan? Es música vivaz, a ritmo andantino o si lo prefieren de la *banda **Muse***, con un compás marcado por la paranoia y la sospecha, la mente relajada pero los ojos atisbando el peligro. **Vigilar es atisbar, adivinar, prever el peligro.** "¡Qué aburrido es vigilar!" —Me comentaba un obtuso guardia armado. ¡Claro! Es que Vigilar no es mirar. ¿Qué puedes mirar? ¡No pasa nada en la calle! "¡No se ve que alguien esté matando a otro, no veo a nadie corriendo y una señora gritando y tratando de perseguirlo!". **Vigilar** es casi adivinar.

Es que no saben vigilar; Vigilar consiste en un ejercicio de observación y análisis simultáneo ¿Qué es ese olor a plástico quemado? ¿De dónde viene ese sonido de motor? ¿A dónde se dirigirá ese sujeto que pasa, con esa niña cogida de la mano y que viste ropa inusual en esta ciudad? ¿Quién será esa dama que está allá parada, a quién espera, estará vigilando mi casa? ¿Por dónde podrían llegar a asaltar este negocio en este momento, saltando por aquellas bardas o llegarían en motocicleta, llegarían antes de la hora del cierre o me están espiando y esperan que yo me distraiga barriendo o ayudando a aquella viejita? Ese tipo está todo tatuado. Esos dos no parecen de esta ciudad, así que ¿De dónde son y qué hacen aquí, a qué vinieron? ¿Por qué esos sujetos que tripulan esa camioneta se ven tan nerviosos, serán secuestradores o narco—sicarios? Esto es vigilar. Es anticiparse. Es acercarse suponiendo que puede haber un asesino escondido y más si el reporte de emergencias es de Asalto en proceso.

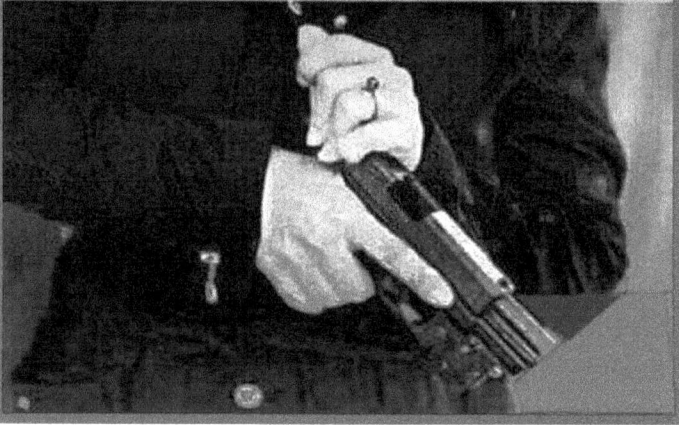

Portar el arma con la recámara vacía, pensando que vas a tener tiempo de montar el tiro, es como pensar que te puedes poner el cinturón milésimas de segundos antes de chocar

Entonces, si me pusiera en el lugar de uno de los Ciclopolicías de este relato, yo hubiera ... ¡No, pos, pos ya estaría enterrado! (¡Se rien, pero se rien de puro compromiso, así no cuenta!) Pero si pudiera retroceder en el tiempo hasta el instante en que llegaron a 200 metros de la zona Cero, habría procedido más o menos del siguiente **modo:**

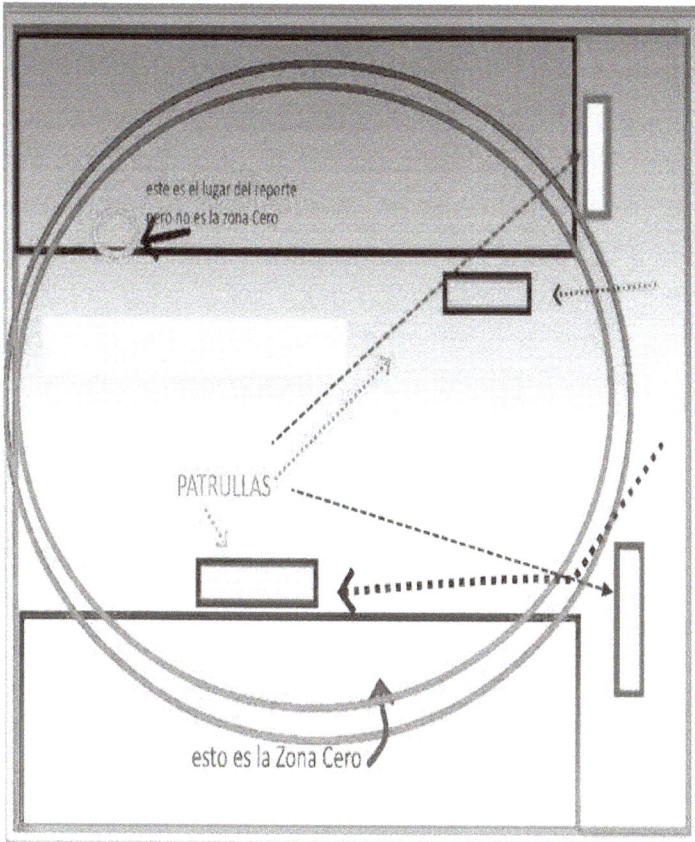

"Oye, desciende de la bici aquí, en la esquina, quítate el casco, ahora empuña tu arma y mantente listo, camina lento y empuja tu bici con la otra mano, mira atento, posiblemente habrá uno o varios centinelas armados afuera del negocio y si es así posiblemente estarán ocultos, si alguien se te acerca apúntale inmediatamente, ya deberías llevar tu arma de fuego con tiro en la recámara listo para disparar.

Camina por esta acera y yo iré por enfrente. ¿Te estorban tus lentes de sol? ¡Quítatelos! Listo en *Guardia Baja*, quiero que camines muy despacio y bien consciente de todo, no te distraigas con nada, ese hangar de allá es el lugar del reporte, parece una bodega o taller ¿Si lo ves? Si alguien sale debes estar muy atento y no permitas que nadie se aproxime a ti sin que le apuntes, no te confíes, cualquiera puede ser un atacante. Si alguien se acerca para hablar, yo lo atiendo y tú cubres todo el entorno ¿Me entiendes? No vayas a acercarte a mí. Mantén una distancia de 10 metros entre nosotros, porque de eso depende que salgamos con vida de esta ¿De acuerdo? ¿Alguna duda? Si ves a alguien sospechoso arroja la bici, lo único importante es defenderte"

Ahora bien:
Existen varias conclusiones y conforme vayamos avanzando en este estudio podremos ir analizando cada una, por lo pronto señalaremos de manera superficial las siguientes:
Desembarca antes de la Zona Cero.

Antes de una batalla, deshazte de todo lo superfluo: (Descender de la bicicleta, quitarte el casco y hasta de los lentes, cualquier estorbo para un combate) Coge tu arma o empuña en **guardia alta o Guardia baja** (Este tipo de Guardias lo explicamos más adelante en este volumen aunque básicamente consisten en llevar empuñada tu arma de fuego desde antes de que desciendas de tu patrulla y listo para disparar)

Avanza desplegado siempre. ¡No te agrupes, no te juntes, no te amontones!

Considera al Agente de contacto y agente de apoyo ¿Cuál es la función de cada uno? Así uno entrevista y el otro vigila de forma permanente la retaguardia y el perímetro total.   NO deben distraerse ambos agentes en revisar o entrevistar, siempre debe estar uno desocupado VIGILANDO.

Superioridad táctica y numérica.

Cualquiera podría ser el Target.

Controla la zona Exterior e interior, verifica cada persona, automóvil o escondite,

Atención constante en todo el perímetro sin clavarse en nada, evitando la **visión de túnel.**

Disminuye silueta.

Busca **la mejor posición táctica**.

Aproxímate **convencido de que el reporte es real**.

Revisa los automóviles y personas afuera de la zona, Centinelas y Conductores para fuga, examina todo el entorno constantemente, (haber sorprendido agazapado al Agresor sentado en el interior del vehículo, hubiese cambiado el resultado probablemente)

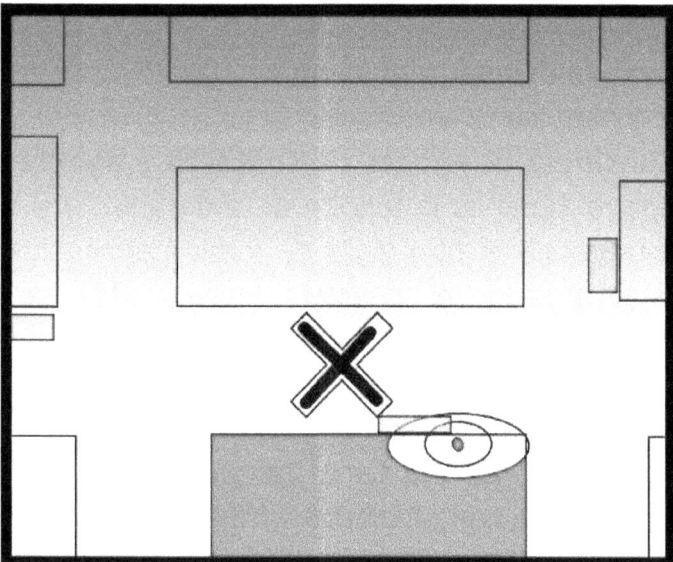

Desconfía siempre.

Recuerde siempre que la Zona Cero no es el punto del Reporte, su **Zona Cero es todo el perímetro** que le permita tener el control más estable sobre el punto. Nunca llegue directo a la Escena del Crimen.

Un último consejo: ¡Sé feliz siempre y nunca pierdas la fe en la humanidad!

Las películas y series televisivas nos muestran siempre a las patrullas llegando directo a la finca donde se requirió la presencia policial, pero esto es un error ¡NO TE CREAS TODO LO QUE VES EN LA TELEVISIÓN! En el gráfico anterior representamos este desliz que los policías reales cometen también, quizás influidos por estos productos.

Recordemos que las películas sirven para mostrar mujeres hermosas, **pero en su mayoría no reflejan la realida**d. Una vez me pidieron que asistiera la parte táctica y técnica de una película del género policial y me encontré con que ninguno de los actores conocía nada sobre el tema, ni empuñar un arma de fuego, ni siquiera sabían términos básicos y por supuesto no practicaban ningún arte marcial. ¡¡Hasta parecían jueces o Fiscales del Estado!! ¡Ellos creían que no se necesita nada para ser policía! Y como no sabían nada de nada ¡Ya hasta querían ser directores de la policía! Y sí cumplían con los requisitos para eso, lo reconozco pero ¿Y usted, gallardo y sensato lector? ¿Usted cree que es fácil ser policía?

Aquí representamos la manera correcta para asistir a la Zona Cero.

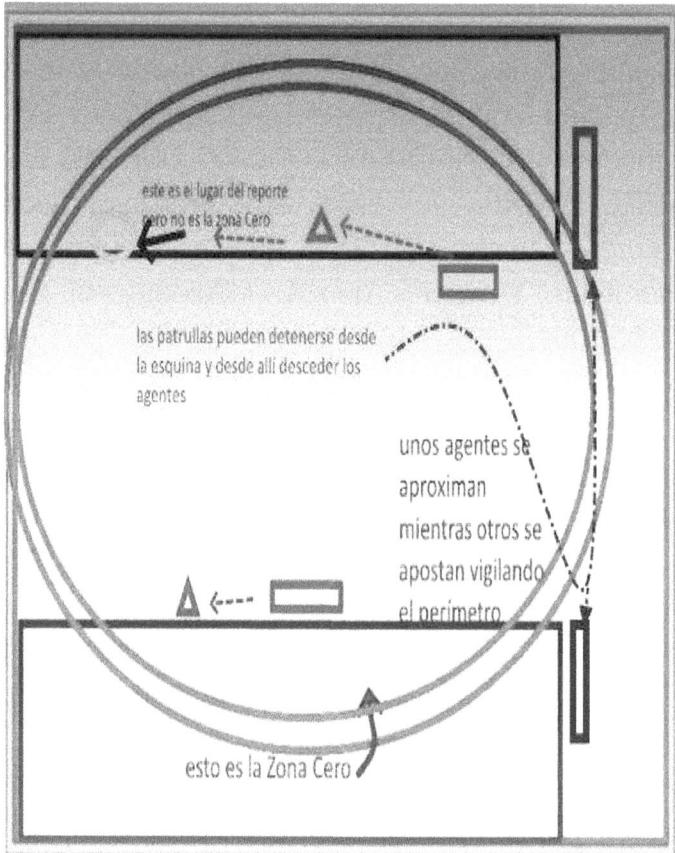

La idea es envolver la zona.

Controlar la zona consiste en:

Que mientras usted cubra una mayor zona, usted genera un mayor control sobre su entorno, cada paso que usted recorre es un metro inspeccionado, un metro revisado.

Evitar caer en la emboscada, además de Encapsular el lugar y sorprender a los TARGETs.

Un zorro se aproximaría revisando todo el entorno.

Aquí no hay segundas oportunidades a diferencia de los juegos de video.

Claro que existe otra vida después de esta, pero, como yo lo veo, en la otra no estará Vanessa, así que no quiero desperdiciarla ¿Y usted?

Por si alguien tuviese esta legítima duda: ¿Hay algo peor que morir? Pues... sería ¡Caer a consulta en un hospital del *IMSS* o del *ISSTE*! ¡Eso es peor, es como el infierno, porque no estás vivo ni muerto pero todo está mal!

Un último comentario:

Cuando la Zona Cero no te favorece, por si misma o porque tu enemigo ya ocupó las mejores posiciones estratégicas ¿Cómo se puede resolver a tu favor?

¡Mmmm Interesante pregunta! Miren mi opinión ácida y directa, producto de mis apasionadas lecturas a la obra de Tzun—Zun, aquel ilustre estratega, quien también simulaba ser un comité de expertos, en su libro "EL ARTE DE LA GUERRA" cuyo contenido es más útil para un policía que toda, tooooooda la literatura existente, Y mi respuesta sería esta:

Cambia de Zona Cero. ¡Trasládate a otro sitio! Tú, pelea donde a ti te convenga. Ya iremos explicando cuáles son los mejores lugares para combatir dependiendo de TUS habilidades y de las Vulnerabilidades de tu enemigo, en el Tema referido como "**La mejor posición táctica**" Aquí solo te aconsejo que lleves a tu enemigo a tu zona de ventaja.

Si el target es alto, derríbale, si es gordo hazlo que corra, si es flaco sóplale, porque no debes caer en la trampa de jugar su juego, jugarle dónde él es más fuerte.

Entonces si tú llegas a un asalto en el interior de un establecimiento comercial, como lo podría ser un banco, el INTERIOR no te favorecería, es mejor esperarlos en el EXTERIOR. Así no habrá riesgo de una emboscada o que se genere una situación de rehenes o que en el tiroteo resulten heridos los clientes del lugar (¿Y si adentro están dañando a las víctimas? ¿Cómo impedirlo sin entrar?)

Ir separados; Desplegarse; Este aspecto merece una última disertación, ya que Agruparse es un error muy frecuente que ha costado la vida a policías, soldados, custodios de valores y hasta escoltas. Dependiendo de la misión y el entorno siempre será mejor tener suficiente espacio, esto requiere un esfuerzo considerable porque debes concentrarte en ir sincronizado con tus compañeros de escuadrón, aunque no vayas pegado a ellos ni platicando entre sí, pero si ellos avanzan o se detienen tú debes entablar este acoplamiento para ir a su paso y entender lo que cada uno mira o pretende.

Los ginecólogos, tan abnegados ellos, saben de lo que hablo, cuando alguna dama llega a sus consultorios, ellos con mucha gentileza enseguida le piden: "¿Podría separarlas, por favor, señorita?"

Es la voz de los expertos.

Simios con modales exquisitos. -

Encontré a mi compadre "Tinoco" organizando su escritorio, muchas revistas de *Playboy, de Score* y unos libros amarillentos de Derecho, también algunos cuadernos donde escribe de forma compulsiva, "¡Cada día escribe una línea!" dicta un axioma romano. ¿Qué escribirá? ¡No me importa! ¡Puros disparates ilegibles de seguro!

Allí había una cajita con una etiqueta que dice: "Pruebas forenses", le pregunté qué había dentro. "Nada" respondió muy afable.

—Deveras, dime qué hay dentro – le inquirí con presteza- ¿Me dejas ver que hay dentro?

Y él respondió ocupado, pero con un leve enfado que denota que quiere jugar a la emboscada:

—Nada. Allí sólo están las pruebas forenses que me han ayudado a resolver crímenes.

—Nada —murmuré decepcionado —Tu cajita contiene nada, está llena de nada.

— ¿No crees en la ciencia? —pregunta el metiche de Jaime, entonces Tinoco me mira. Y tengo que contestar:

— Pues... la entrevista no es una ciencia, es un arte.

—Es que hemos entronizado a la ciencia —dice Tinoco— la ciencia es un dogma que todos repiten desde la primaria. Y para este trabajo se necesita más la observación.

— la observación es una herramienta importante del método científico —Explica el metiche de Jaime y enseguida agrega— Pero, no deberíamos confiarnos, las ciencias sociales ni siquiera se pueden considerar una ciencia, la psicología nunca ha curado a nadie, es más, no puede existir una "Ciencia policial". Es más probable que exista un "Arte policial" o una filosofía policial. No estoy de acuerdo con nada de eso...

— Y a ti ¿Te ha servido alguna vez el departamento forense? —le pregunta resueltamente mi amigo a Jaime y este parece que intenta recordar algún dato, algún momento, luego comenta:

— Y ¿De qué escribes en tus libretas?

Ellos siguen la charla y yo miro hacia otro lado, Jaime me cae bien, pero no sospecha ni tantito lo que hay con esa cajita.

* * *

9.— UNA PEQUEÑA HISTORIA DE FICCIÓN CONTADA EN LA TELEVISIÓN. – El otro día, me hallaba yo platicando con mi gran amigo Hugo Olveda, juez de profesión, pistolero por vocación y ministro de la Ciencia Crítica de las Cosas Inciertas, en sus ratos libres; Ese día charlábamos de sobre uno de esos temas que nos apasionan, aunque no me explico muy bien por qué razón, se trata de: "La calidad y diferencia entre los textiles afelpados, semi afelpados, rústicamente afelpados y el tan tenue como elegante afelpado sutil de micro terciopelo agregado de algodón orgánico".

Ustedes quizás se imaginarían que las oficinas de un juez consisten simplemente en una guarida de bestias carroñeras, oscura y tétrica, cuyas salidas son laberintos infranqueables y que encima de una mesa estaría el "Necronomicón" espumando olores putrefactos y murmullos terribles, iluminado apenas por una vela fálica del tamaño de una licuadora, en color rojo, colocada al lado de una esfera ignominiosa. Él, sentado en un trono adornado por la piel de un león y flanqueado por dos suripantas caníbales y tercas, con dos gorgonas negras a sus pies. Pero no es así... Porque... todo lo que les cuento aquí es...sólo ficción.

Verán, había yo llegado a remitir un par de detenidos al juzgado Décimo Sexto, cuando mi profesor salió de su oficina y me saludó efusivamente para enseguida invitarme a pasar a su recinto. Miré a todos y pusieron cara de pavor y confusión, tanto empleados como abogados. Mi amigo jamás le obsequia semejantes confianzas a nadie, bueno, sólo a unas muy pocas personalidades selectas. Allá a lo lejos ví a *Sledge Hammer*, pero es sólo mi reflejo en aquel cuadro.

Comenzamos a discutir simultáneamente tres temas, a saber, sobre la teoría del delito en relación al Secuestro y el secuestro exprés y sus diferencias con la extorsión, el segundo era las clasificaciones de las felpas y cuál es la mejor, y el tercer tema vibraba sobre las conjeturas externas del procedimiento penal Adversarial y sus semejanzas dogmáticas con un circo para huérfanos en la Rumania de la Perestroika.

Él había sido mi profesor en la facultad, yo estaba sentado en su enorme sofá fucsia estilo victoriano, esgrimíamos argumentos breves y sarcásticos sobre los tres temas a debate, cuando me interrumpió para preguntarme un aspecto frívolo:

— Oye, Emiliano ¿Cuántas veces te he citado a interrogatorios de parte de la defensa? Es más, dime, así de frente y a *boca de jarro* ¿Cuántas veces te he rechazado una detención que tú me hayas traído?

— ¡Uy! Así deberían ser las preguntas de examen, su señoría: Nunca. – Le contesté de buen humor estirándome en el sofá.

— ¡Exacto! ¿Y sabes por qué? –Le miré con atención creciente. Saben ustedes mis estimadísimos lectores, el jefe Olveda es un erudito en muchas materias y siempre es interesante escuchar sus disertaciones, ya sea sobre Verdi, Mozart, Lana Rhodes (Portentosa pitonisa), Rachel Darian (Gimnasta y cantante del "*Blue velvet*") Y sobre lo que sea que pretenda opinar.

— ¡Porque mi trabajo es condenarlos! – dijo abriendo las manos con un ademán de deber cumplido y prosiguió— ¿Sabes cuántas veces he recibido amenazas? — Y en eso sacó una hermosa *Colt .45* nuevecita del cajón de su escritorio – Tengo otras dos y cargo una ametralladora, esa *Beretta* que tú me recomendaste, en mi automóvil. – Me dijo con gran énfasis:

— Mira, Emiliano tú trabajo como Agente de la policía es detener a estos bichos despreciables y el mío es dejarlos encerrados ¿Qué puede tener de difícil entender eso?

Miré al juez, a mi profesor, a mi amigo. Yo no sabía que estaba próximo a jubilarse, que se estaba despidiendo, que estaba muy desilusionado de los sujetos que iban perfilándose para ser los futuros jueces que lo suplantarían, gente sin escrúpulos que no tenían una pizca de su malicia, mucho menos de su valentía y de eso que el *Maestro del Amparo*, don Ignacio Burgoa, llamaba la "Ética de los abogados" cuando dicta que un abogado defensor no tiene como misión rescatar a los criminales del *bote,* sino contribuir a llegar a una verdad judicial, pero parece que ningún abogado actual conoce tal certeza.

—Yo, para qué dudaría de lo que tú haces. ¿Por qué iba yo a calificar de ilegal una detención? Yo ¿Cómo voy a dudar de tu trabajo? ¡Eso déjaselo a García Luna! Tú me traes a la zorra porque quieres que yo la encierre aquí cinco años o para siempre. – Me comentó con mucha emoción.

Permanecimos callados unos instantes. Mi amigo me pasó un cenicero que parecía una enorme esmeralda, aunque en ese momento no me apetecía fumar. (Yo todavía fumaba en esos años)

Yo cómo iba a imaginar que tres años después, allá en Finlandia, en el 2010, el nuevo juez, de nombre *Ricky Ricón o Ticón* o algo así, inauguraría el Nuevo Sistema Penal Adversarial, y se estrenaría ordenando detener a los policías aprehensores ¡Así es! En su primer caso oral, les inició proceso por abuso de autoridad a los dos policías. ¡Decidió ejercer el poder contra los policías en lugar de castigar a los criminales!!! Así comenzó el nuevo sistema penal Adversarial: **La era de la ignominia, de la justicia a la carta, de la impunidad**. Eso sería una Declaración nítida que exclamaba a los cuatro vientos:

"Yo decido a quién apreso,
condenaré a quien me estorbe o a quien se me plazca,
mi mensaje es claro:
La justicia es lo que a mí me convenga".

¡En ese proceso los rateros salieron libres y los policías fueron sujetos del Juicio! ¡El mundo al revés! Había cambiado el sistema y habían arribado a los estrados gente sin escrúpulos, sin matices jurídicos, gente que no conocían eso del "Bien común" o "Justicia para todos", gente peor que los rateros detenidos.

Entonces, antes que eso sucediera, estando ambos sentados, él desde su señorial escritorio, vistiendo el mejor traje del mundo y yo desde la comodidad regia del sofá, le conté a mi amigo este pequeño drama que comienza así:

Recordemos ese viejo adagio que sabiamente nos recomienda que: "Es una mentira, si te lo cuenta Televisa". Lo siguiente que platicaremos es tan falso, tan increíble y tan improbable que para remarcarlo de tan fantasioso lo abordaremos como si fuera una telenovela ¿De acuerdo? Como si fuera el episodio de una serie policiaca, y este episodio constará de cinco fojas muy entretenidas, es más escueto y ágil que una carcajada, espero que lo disfruten ¿listos? Cámara... Y ¡Acción!

EPISODIO 1:
"EL PADRE, LOS NIÑOS Y EL PECADO"

ELENCO

Agentes Investigadores: BUBU, ARAGÓN, HELENO, ASTRID (Femenina, esto es una libertad literaria que se tomaron los autores porque en la vida real no existen o son pocas o su intervención es nula en general) Además EL COMANDANTE Y EL "SUPERVISOR".

INVITADOS: PADRE GABRIEL, es un sacerdote de unos 60 años, dos rateros.

ESCENA 1

(ASTRID Y BUBU entrevistan al padre)

ASTRID: Entonces, padre, hace una semana robaron la parroquia, mientras usted no se hallaba y los causantes se llevaron varios efectos personales y dinero en efectivo, pero desde ayer le han estado llamando por teléfono para pedirle dinero ¿verdad? (Pausa) Pero, ayúdeme a entender padre ¿Para qué le piden dinero?

PADRE GABRIEL: pues, para **gastarlo** yo creo

(BUBU sonríe)

ASTRID: ¿Nos puede repetir exactamente lo que le dicen estas personas cuando le exigen que les pague usted dinero?

PADRE GABRIEL: me dicen que si les pago ya no me van a pedir más dinero

ASTRID: ¿Le amenazan con algo?

P. GABRIEL: No

ASTRID: ¿Cómo supo usted padre que estas personas que le exigen dinero son los mismos que le robaron su parroquia?

P. GABRIEL: Ellos me dijeron, no sé nada más. ¿Si me van a ayudar?

BUBU: Astrid ¿podrías traer mi Tablet por favor? (Astrid lo mira, sabe de qué se trata, sale) Señor Gabriel, usted y yo somos hombres y yo guardo lo que quiero en mi equipo. Leo en su denuncia que también le robaron una laptop ¿No es así? (Pausa) Yo pienso, que cada uno tiene derecho a guardar en su ordenador lo que uno quiera, todos merecemos el derecho a la privacidad ¿Está usted de acuerdo conmigo Don Gabriel? (pausa) Y... ellos le quieren chantajear a usted... por algo que usted guarda en esa computadora?

P. GABRIEL: Tengo, yo tengo unas fotografías guardadas en mi computadora, en la que me robaron. Y me daría muchísima vergüenza que alguien las viera ¿Se imagina usted? ¿Que se las mostraran a alguien? ¿A mis feligreses o a mis superiores? No sé qué pasaría ¿Y si las llevan a los periódicos?

BUBU: De eso ni se preocupe, ya nadie lee (comparten una sonrisa)

P. GABRIEL: Ellos me dijeron que si les pago me van a devolver la computadora pero que si no lo hago, ellos van a mostrar mis fotografías.

BUBU: ¿Qué clase de fotografías son, Don Gabriel? (No responde, regresa Astrid, parece que lo sabe todo)

ASTRID: Listos, vamos al lugar donde los rateros citaron al padre para detener a esos chantajistas y recuperar esa computadora con sus archivos innombrables.

ESCENA DOS

(Heleno y Aragón a bordo de una patrulla en movimiento, este último conduce)

HELENO: ¿Pero, por qué nos envían a nosotros a este asunto? Sólo son dos niños desaparecidos. Y ya los encontraron. Es como esa ocasión en que los municipales detuvieron en la noche a un tipo miando en un lote baldío y el tipo resultó ser ¡El sicario más peligroso de Tamaulipas! Y nadie de Homicidios quiso entrevistarlo, nos lo enjarretaron a nosotros, mientras lo entrevistábamos el comandante de homicidios nos espiaba de lejos para que el detenido no lo viera, viejo cobarde. Ah, pero aquí tienen a sus mensos. El tipo entró en confianza ¿Y todo lo que nos contó verdad?

ARAGÓN: Muchas de esas cosas hasta es peligroso que las sepamos, debimos decirle que se callara, Buey: ¡Sacrificios humanos, niños, políticos y artistas de la televisión! ¡Tardamos una hora para que hablara y dos horas para que se callara! Oyes, Estaba leyendo que *Teotihuacán* significa "Lugar donde los hombres se convierten en Dioses" (Pausa) "Donde los hombres se convierten en Dioses" ¡Date cuenta! (Detiene el auto)

HELENO: Nada menos. El sacrificio consiste en vertir el mercurio sobre el tálamo...

ARAGÓN: Sobre el tálamo nupcial...

HELENO: Vertir mercurio sobre el hipotálamo.

ARAGÓN: Los ríos que riegan el edén. Pero entonces los sacrificios eran un símbolo o acaso...

HELENO: Un símbolo o una dislocación, una herejía. Esa ciudad es antiquísima y nadie sabe realmente quiénes la construyeron. La ciudad donde...

HELENO: ...Si, Sí. Pero ¿Cómo? (Los dos se quedan pensando muy serios buscando la respuesta)

ESCENA TRES

(HELENO Y ARAGÓN, Heleno habla por teléfono, frente a un lote baldío, allí esta encintado y hay peritos examinando la zona, tomando fotografías, no están los niños, Aragón se acerca de entre las casas)

HELENO: Entonces ya trasladaron a los niños, requieren revisión ¿Por qué? Ya están en el hospital. Sí. Vamos para allá, mientras aquí siguen revisando la zona en busca de indicios. Sí, yo le informaré comandante. (Termina la llamada)

ARAGÓN: Estamos entrevistando a los vecinos, pero na hay nada todavía, una señora dice que escuchó un portazo como de una puerta corrediza de camioneta, pero cuando ella se asomó no vió nada, luego, en la mañana por unos perros hallaron a los dos niños desmayados en el lote baldío. Cuando llegó la ambulancia ya estaban despiertos, pero se veían muy débiles. Tal vez alguien los abandonó aquí en el lote. (Pausa) Pero ¿por qué los abandonó desmayados? ¿Ese quién es? Lo he visto en algunas escenas. ¿Lo conoces?

HELENO: Alguien me dijo que es gente del Gobernador, pero no lo creo. No sé quién es.

(Caminan hacia la patrulla) Al menos no eran aztecas, ellos le hubieran sacado el corazón. Aunque sí sufrieron algún tipo de abuso esas criaturas.

ARAGÓN: No eran aztecas (Dice con un tono de profesor)

HELENO: Eran tribus mexicas en una triple alianza, en realidad se llama el imperio mexica y una de las tribus eran los aztecas (Responde con un tono de alumno rebelde pero lector)

ARAGÓN: Además ya has estado en necropsias también y sabes...

HELENOS: ...Que es difícil extraer el corazón

ARAGÓN: Ni con herramientas modernas. Es todo un mito.

HELENO: Sí, es un mito. Pero de alguna manera todo es cierto. (Pausa) ¡Vamos al hospital a ver a esos niños!

ESCENA 4

(ASTRID, BUBU, DOS MALEANTES, EL PADRE, una laptop)

(El sitio es un parque, hay persecución, peleas, maromas judo, los detienen. Los tres en una banca del parque BUBU, Astrid y el padre. Astrid hace como que le da la computadora, pero sólo lo vacila)

ASTRID: Perdón padre, pero yo antes de entregarle esta computadora, debo revisarla, voy a ver sus archivos ahora mismo. Si se tratara de un delito grave, es mi deber actuar conforme a derecho ¿Comprende usted la gravedad de esto?

(Pausa) ¿Qué es esto? ¿Padre? ¿Es usted? ¿Estas fotos las tomó usted mismo en la iglesia, en el mero altar? Esto es... ¡Esto es... (Risas) ¡Ay padre, qué pícaro es usted Deveras! ¡Usted sí sabe hacer fiestas, oiga, oiga! ¡Qué fotos tan atrevidas! ¡Mírelo, mírelo tan seriecito que se ve usted padre! (el padre está muy avergonzado)

BUBU: (se dirige a Astrid) ¡A poco eres tan infantil que pensabas que son estoicos y angelicales los sacerdotes! Ellos son humanos también, tienen glándulas, es absurdo pensar que son como estatuas. (Le comenta con solidaridad al sacerdote) ¡Don Gabriel, no se apene todos tenemos pasatiempos y este en particular no es un delito! Los sacerdotes son guías espirituales, pero son de carne también y eso lo entendemos. No se *agüite*.

ASTRID: Estas fotografías de usted en el altar con esas mujeres, bellísimas mujeres desnudas y con negligés y baby dolls y teddys ¡Wow, hasta artísticas se ven! ¿Son modelos verdad?

P. GABRIEL: Son escorts. Algunas ya han salido hasta en telenovelas.

ASTRID: Oiga, oiga esa de aquí es ¿No me diga usted padre, esta mujer es...? La que andaba con el futbolista, ese ¿Verdad? ¡Y con dos narcos famosos! ¡Uy No estaba operada de nada la señora! (Se muerde los labios lascivamente)

ESCENA 5

(En la sala del hospital, torre de especialidades. ASTRID, BUBU, HELENO, ARAGÓN, COMANDANTE, SUPERVISOR)

ASTRID. ¿En qué los ayudamos, qué sucede?

HELENO: Dos niños se extraviaron el día de ayer. Hoy los encuentran en un lote baldío desmayados. Fueron traídos aquí en ambulancia para su valoración.

ARAGÓN: Al revisarlos, los médicos encontraron suturas de una operación reciente. Les extrajeron sus órganos: riñones y córneas. Los dos niños están vivos, pero les extrajeron algunos órganos vitales. Ya avisamos a aeropuertos y navales para que se extremen las revisiones de naves que salgan del país.

COMANDANTE: Pensamos que pueden intentar venderlos en el extranjero. Los niños no vivirán mucho tiempo sin un trasplante.

ASTRID: Yo le pregunté a un Magistrado que me imparte clases en la Universidad y me contestó que ese delito es imposible porque todavía no existe la tecnología, la ciencia no está tan avanzada y que ...

SUPERVISOR: ¡Esa es gente de oficina! La vida real está aquí, chorreando sangre por doquier. Y sólo ustedes la conocen. En el mercado negro los precios son exorbitantes. ¿Qué si existe el tráfico de órganos? ¡Hasta algunos paramédicos están metidos en este asqueroso negocio! Existen abuelos en Texas que ofrecen hasta 10 millones por un hígado nuevo.

BUBU: Para seguir bebiendo. Esos niños no vivirán así más de dos años, compañeros, es muy grave...

COMANDANTE: Hay un intenso tráfico. Muchachos, esto no va a trascender a los medios de comunicación, confío en su discreción. (SUPERVISOR se retira) Vamos a contar con recursos para investigar esto, pero nadie aparte de mí debe saberlo ¿me entienden?

ASTRID: Son sólo dos niños de doce años. Esto no es un delito ¡es una crueldad sin nombre, es una atrocidad infame!

BUBU: la realidad siempre supera a la ficción.

COMANDANTE: Vamos a atrapar a esas bestias. Cualquiera puede estar involucrado, es un negocio millonario así que seamos muy cautelosos, no revelemos esto a nadie fuera de nosotros.

HELENO: ¡Vamos a perseguir a esas bestias!

FIN DEL CAPÍTULO.

Todo lo que usted vió es absoluta ficción, producto de su propia imaginación. Come frutas y verduras.

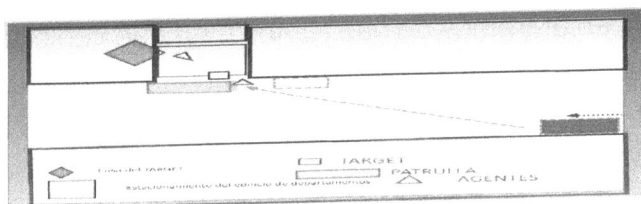

10. — SE APARECIÓ LA LLORONA/ EL TRABAJO DE LOS ADEPTOS ES ARDUO/ ESTO PODRÍA SER UNA CANCIÓN DE MECANO.

En cierta ocasión. — Habíamos montado un operativo para capturar a un peligroso delincuente que formaba parte de una banda de criminales.

Nuestro plan era capturarlo y enseguida usarlo como cebo para localizar a sus otros cómplices. Lo habíamos citado en una farmacia y para el efecto habíamos ubicado varias patrullas civiles en distintos puntos cercanos, así como personal pie a tierra. En cierto momento, apareció un sujeto que era semejante en todas las características físicas al de nuestro TARGET, el tipo se veía muy atlético, cuando lo vi pensé: "Este tipo se ve bien correoso, muy atento y con mucha malicia, parece invencible: ¡Así me gustan, me va a pelar los...Dientes!". Supongo que simultáneamente mi compañero, que no sabe pelear, estaría pensando más o menos así: "¡Mmmm, tamales! "

Mientras tanto, el tipo había llegado al punto donde lo habíamos citado mediante engaños, sin que nos percatáramos de qué rumbo o en qué vehículo y ya se había colocado en el camellón de una avenida, con el propósito claro de tener la mejor ubicación para vigilar el perímetro y de escapar si fuera necesario. Él estaba a unos cincuenta metros de nosotros.

Por supuesto el agente de mayor rango se quedó en la camioneta temblando de miedo, mientras que el segundo en jerarquía iba a acompañarme a efectuar la captura. Le comenté que si él llegaba primero que sólo me lo distrajera para que yo lo sujetara por detrás y que en caso contrario yo haría de señuelo; Pero me respondió muy despectivo que no me preocupara, porque él era un experto y no tenía miedo. No entendí su respuesta porque para mí Este trabajo se trata de técnica... no de valentía.

¿Alguna vez ha leído usted, respetable lector, un análisis de ajedrez donde el especialista se admirara de la valentía de *Pacquiao*? ¿O de la rudeza aplicada por Alekhine?

¡Claro que no! Lo que nos sorprende es la Técnica, siempre es ese el factor X, ya sea en la ejecución de una pieza teatral o en la de un operativo policial: Es la técnica. *Pacquiao* se colocaba en el punto ciego del oponente, usaba el *Silat*, casi en la frontera con entre el boxeo y el karate filipino. Otro punto importante: Una detención no es un combate, no es una lucha. Ojo porque en este tema nos explayaremos a placer y seguramente se regocijarán con nuestros relatos y disertaciones en un episodio próximo.

En ese instante pensé: Nadie aquí mantiene erguida su espada de Longines. Todos son fornicarios, el viento de fuego los arrasará a todos. Menos a mí.

[Este momento es decisivo. Crucial. No se trata de mantener una actitud optimista ¡Es que debes tener lo necesario para salir vivo de una de estas! El sujeto había llegado, pero eso no significa que estuviera totalmente engañado, quizás portaba arma de fuego. En breve les contaré que, una vez, unos 25 agentes del Área de secuestros montaron un minucioso operativo debajo de un puente, allá en Guadalajara, con el fin de capturar al sujeto que llegara a recoger el pago del rescate, cada agente caminaba en distintas direcciones, como si se trataran de transeúntes solitarios y suponían que tenían todo controlado. La mañana transcurrió tranquila y de pronto llegó un tipo y cogió el paquete, entonces lo dos agentes más cercanos se aproximaron, pero el Target le disparó a uno y lo liquidó allí mismo, el otro se tiró al piso paralizado de miedo, el sujeto trepó a una motocicleta que pasaba por allí y escapó: Un niño quedó huérfano, pero el secuestrado jamás fue encontrado y el dinero menos. 25 agentes fueron inútiles contra dos maleantes. Así que este instante el momento en que vas a encontrarte con el Target, es el más importante de todo el trabajo policial. Luego ¿Cómo chingados le vas a explicar a su viuda y huérfanos que no se cubrió, que no disparó, que no midió distancias, que no estaba preparado? ¡Que eran veinticinco agentes y nadie hizo nada!]

Continuemos nuestro relato.

Yo había estado pensando todas las posibilidades. Si yo llegaba primero por supuesto que no iba a gritarle "¡Alto Ahí!" Porque eso iba a provocar un enfrentamiento inmediato o su fuga. Se trata de aprovechar la duda, su incertidumbre, porque él no sabe quién soy yo. Así que de llegar primero yo, procedería a distraerle mientras me acerco más y en tanto mi compañero llega por su espalda; Esa es la mejor opción, ya si me recibe con violencia ¡Pues al cliente lo que pida! Le llenaría la cara de patadas y lo empacaría directo al hospital, sin escalas.

Descendimos de la patrulla y mi compañero y yo nos aproximamos hacia el TARGET, cada uno caminando por una banqueta distinta de la amplia avenida, como si fuéramos separados. Cuando estábamos próximos a él, comenzaron a pasar varios vehículos, el TARGET se distrajo y mi compañero atravesó la calle y se fue directo, en menos de dos segundos ambos se tiraron ráfagas de golpes de puño, unos veinte golpes en cinco segundos, entonces llegué yo por su espalda, me colgué de su cuello y lo barrí con un *Mataleón*, llevándolo al piso y le susurré un mantram: "¿Quieres escuchar cómo te quebro el pescuezo?"

El TARGET estiró los brazos y me dijo: "¡Yo hago lo que usted me diga jefe, yo hago lo que usted me ordene jefe!"

Regañé a mi compañero porque pretendía pegarle al Target y le ordené que se apartara ya que no me dejaba ver el perímetro y él, tan mentecato, en lugar de ponerse de guardia se colocó a unos metros de distancia observando fascinado mi estrangulación, definitivamente no era un tonto, pero quizás merecía un premio a la suprema estupidez.

En eso advertí que de una camioneta estacionada cerca, descendían dos sujetos y corrían en nuestra dirección. Entendí que en dicho vehículo se había trasladado nuestro TARGET para llegar al lugar de nuestro encuentro. Saqué mi arma de fuego y se la puse en la cabeza a mi TARGET diciéndole: "Tú vas a morir primero y ya no sabrás lo que les voy a hacer a tus perras", De inmediato el TARGET les gritó a sus cómplices:"¡Quietos, quietos, no hagan nada, quédense allí, ríndanse, no se acerquen por favor!"

Mi compañero no entendía nada, no estaba atento a su espalda, no sabía someter a un TARGET, no había desenfundado su arma de fuego, entonces ¿Para qué servía? Giró hacia atrás y vio a los dos sujetos, pero yo, que ya entendía su pretenciosa y entusiasta manera de ser inepto, le dije que no se moviera, (Porque era capaz de ir con ellos sin tener la pericia para hacer contacto y además obstruirme el tiro franco contra los dos malandrines) Porque ni siquiera había desenfundado su pistola.

Los tipos me gritaron: "¡Ahí estuvo jefe, nosotros nos entregamos!" Y ambos se hincaron y pusieron sus manos en la nuca. En eso llegaron las demás patrullas y recogimos el paquete completo. Ese día se encontraron con el chamuco.

Amigos, colegas, Tengo la certidumbre que efectuar los movimientos precisos infunde terror en los adversarios. Se trata de una relampagueante guerra mental, si te impones por la vía de la maniobra experta, obtendrás la victoria por la más contundente ventaja: La mente de tu oponente se rinde antes de que lo toques siquiera.

Primero que nada, mi compañero no debió haber llegado directo a los golpes, sino a distraerlo para que yo que venía por su espalda con todas las ventajas lo sometiera por sorpresa. No puedes *ponerte al tú por tú* con un rufián, mi colega pudo dominarle si hubiera sabido cómo hacerlo, alguna llave de judo o de Sambo, como la que apliqué en esta aventura y que se le llama "El Mataleón", la cual tiene la curiosidad de que puede provocar un desmayo en 5 segundos y si la mantienes, la muerte, por otra parte si no la realizas de la manera correcta podrías ocasionar daños irreversibles como parálisis total permanente; Pero para mí, <u>cualquiera que ataca a un policía es un psicópata, lo hace para asesinar así que ¡No te tientes el corazón!; Los políticos y los reporteros te criticarán por mostrarte "Agresivo" Pero para ellos los policías somos peones sacrificables</u>, somos piezas reemplazables, ellos jamás han intentado detener a un secuestrador o siquiera a un borracho agresivo ¡Ellos no saben nada de la vida!; Francamente podemos decir que aquel compañero llegó como cordero al matadero: Directo y a lo pendejo.

En este caso, llegar a intercambiar golpes como lo hizo ese agente es demostrar que tu arsenal es limitado, que no inviertes en tu profesión, <u>que eres tacaño con tu energía y con tu dinero y con tu</u>

tiempo, que no gastas en gimnasio, que sólo entraste a Fiscalía para presumir tu pistola e irte de parranda con las licenciadas.

En contrapartida, si tú inicias ocupando el punto ciego del TARGET (Como yo lo hice) Y agregas que, en lugar de golpear, lo inmovilizas de un punto tan delicado como son las cervicales (Como yo lo hice) Y rematas con la triquiñuela de liquidar al prisionero (¿Ustedes creen deveras que yo lo haría? ¡Claro que no! ¡Yo soy un ángel de decencia y pulcritud! ¡Ustedes ya me conocen! Pero en el fuego cruzado es muy probable que le tocara la primera bala ¡Es sólo cuestión de Estadística!) Entonces has llegado ajustando todas las tuercas y si algo sale mal el único que saldrá perdiendo será tu enemigo.

¡Como debe ser!

Mientras mis compañeros revisaban, esposaban y subían a todos los detenidos y la gente se abultaba alrededor yo... ustedes van a pensar que estoy loco, pero yo, deveras comencé a escuchar algo como una vocecilla ¡Deveras!...

...Escuché una vocecilla dentro de mi mente que me decía con un tono de viejecilla india: "Eres un pinche ¡*Acamapixchtli*! ¡*Tlanepamúchitl*! *coxiteca namepatulku*, un *pipiltin*, un tlacuache endemoniado, te escurren los puños de astucia ¡Eres un méndigo chamuquillo, deveras!"

Ese día, amigos, se apareció la llorona.

Tiras de tiras

Hugo, Paco y Luis son como los tres chiflados, son buena gente, pero todo les sale mal, aunque tienen gracia para todo. Una vez, fueron por el "Mimoso", una lacra que asolaba a todos en la colonia *los Conejos*, seguido robaba a todos, *cristaleaba* carros, pateaba a los perros, estafaba a los niños, a los papás ¡Hasta a los policías! ¡Pá acabar pronto!: Les enseñaba groserías a los pericos...¡Eso era el colmo! ¡Alguien tenía que detenerlo! Había muchas denuncias y se las asignaron a estos valientes agentes de investigación. Ellos no tenían muchos datos: Que era gordito, que era chaparro, que era feo, que era prieto: ¡La descripción del 90% de los mexicanos!

El mentado *Mimoso* se creía el dueño del barrio. Estos tres agentes, que decían que eran "El mejor trío de tres" -según sus propias palabras- fueron a capturarle. Comenzaron a dar vueltas en el auto, de pronto vieron a un sujeto parado en una esquina, como si controlara todo. Se pararon enfrente de él, Paco miró a centímetros al transeúnte y este mantuvo el talante impasible, "Ni siquiera parpadeaba".

Siguieron su camino desconcertados, parecía muy envalentonado aquel sujeto. Decidieron volver a pasar y allí estaba al borde de la banqueta. Sintieron no miedo, pero sí un poco de precaución, se acercaron y detuvieron el auto frente a él. Paco se atrevió a decirle: "¿Todo bien?" y aquel sujeto, "le miró" como si le atravesara con la mirada y con voz serena respondió tranquilo que sí, que todo estaba muy bien.

Se miraron los tres, sudaron, se miraban entre sí. Decidieron atraparle. Lo subieron a la patrulla a lo que no hubo nada de resistencia y le pusieron una garra para taparle los ojos, enseguida le comenzaron a dar de tortazos y le intimidaban diciéndole:

"¿Qué? ¿Te creías muy valiente? ¿O qué? ¿Ni siquiera parpadeaste ni me bajaste la mirada, qué te crees mucho o eres muy cabrón?" A lo que el detenido negaba todo gimiendo. Ellos llevaron al "Mimoso" con unas de las muchas personas que lo habían denunciado, para que lo reconocieran. En cuanto lo vió, doña Florinda exclamó escandalizada:

— ¡Ay, pero si ese es Juan el cieguito! ¿Qué le hicieron? ¡Pobrecito! Pero, miren qué feo lo golpearon ¿Quién te golpeó Juanito?

***

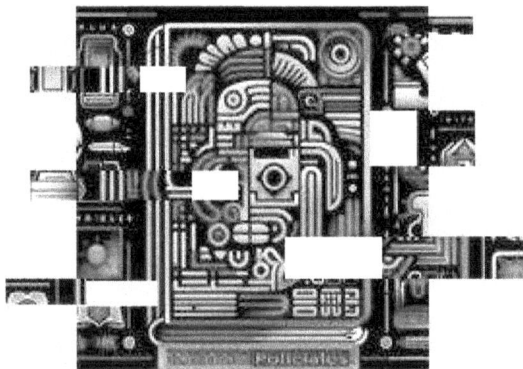

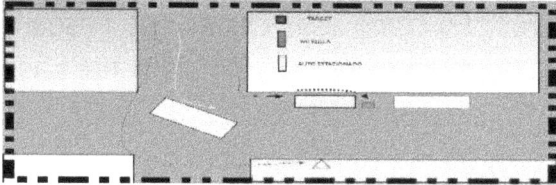

11. — RISAS, BESOS Y DISPAROS: EL FACTOR OPORTUNIDAD. — Dicen que todo en exceso es nocivo para la salud... Pero yo nunca me canso de ver a las mujeres. Con cáscara o al natural, corriendo o platicando...

Uno de los grandes goces de la vida, para mí, es ver pasar a las damas, así se titula una canción de los hermanos Castro: "Viendo pasar a las muchachas" ¡Deveras! Contemplar a las muchachas es una vitamina especial, es como un nutrimento recomendado por los especialistas que puede curar cualquier estado morboso, es como la vitamina "D" que la consumes o la metabolizas sin abrir la boca, sólo con estar bajo el sol.

En cierta ocasión. — Me hallaba recargado en un puente de la playa, comiéndome un jitomate fresco a mordidas y disfrutando de esta vitamina a través del paisaje móvil de beldades que pasaban por el malecón frente a mí, algunas damas hacían contacto visual, esperando un acercamiento, pero estoy relajándome bajo el sol y las rechazo amablemente; Es como esas chicas que pasean en bikini, pero no buscan una cita, simplemente pasean en tanga. Yo, simplemente veo.

En eso, por mi espalda, sobre mi punto ciego, se acerca una notable dama, quiso flirtearme y tuve que interrumpirle con mi ruso más fluido. "Por favor, estoy ocupado, haga cita con mi secretaria" — le dije con un ademán sin mirarla.

Escuché diamantinas carcajadas y volteé, la reconocí al instante, era Keabeth, antigua alumna, hoy despiadada Agente de la Fiscalía, casi ni se parecía.

Recuerdo que cuando ella fue mi alumna, charlábamos todos *"ex cathedra"* (Que significa "Fuera de clase", de hecho, así es como se dan las mejores enseñanzas, las preguntas incipientes y poderosas en la confidencialidad de una banca afuera del salón) Ella me comentó que la principal razón por la que muchos policías fallan en servicio se debía, según su propia teoría, a que **muchos de los que ingresan a esto no les gusta, ni siquiera saben de qué se trata, ni tienen vocación, ni mucho menos jugaron de chiquitos a los policías.**

Ella definía que una persona que deveras quiere ser policía ingresa a la corporación sabiéndolo ya todo.

Cuando yo preguntaba a mis pupilos cuál era la principal razón por la que se habían postulado como aspirantes a Agentes de Policía, a veces escuchaba respuestas ya muy *sobadas* como: "Yo entré por el dinero" o "Quiero ser policía porque deseo tener un empleo que me dé estabilidad" ¿Estabilidad? ¿De qué? ¿De cadáver en plancha mortuoria? ¿Qué tipo de suposición delirante te permite soñar que el trabajo de policía te ofrecerá cualquier tipo de "Estabilidad"? Ni mental, ni emocional, ni de religión o de ciudad, ni de amigos; Porque todo cambia en cuanto ingresas a la Sagrada Corporación ¿Para bien o para mal? ¡Quién sabe!

Les confiaré mis atentos comparsas, quise decir mis susceptibles lectores, que de niño yo me sentía como un prisionero en la escuela, porque yo había nacido para ser detective...o tal vez explorador o luchador, como el "Santos" o astronauta ¡O futbolista! ¡Lo que sea! ¡Porque estar sentado en un pupitre era un aburrimiento tremendo, yo quería pilotear un helicóptero! La escuela era como una cárcel donde siempre me ponían 6. Yo soñaba con ser vaquero, buzo, pirata o con recorrer los cerros y descubrir tesoros. Hoy, cada vez que llego a mi oficina siento que cada día debe ser como una aventura de *Sandokan*, del pirata Morgan, de Tom Sawyer o de "Pepito" el de los cuentos, <u>cada día</u>

debe ser divertido y emocionante, debe haber una paliza abrumadora, una aventura inolvidable, una maniobra clandestina, un acto fallido, algo que guardar en secreto, una excursión prohibida, una excusa inverosímil y siempre algo más por aprender. (Y eso es lo que intento cada día)

Recuerdo que cuando la conocí, le pregunté en el salón a Keabeth, frente a toda la clase, cuál había sido la causa de que se animara a competir para ganar una plaza de Agente del Ministerio Público:

Ella se acomodó sus gafas de sol y formuló con pose de diva, mirando hacia otro lado:

"POR VENGANZA profesor. Yo quiero ser policía para vengarme" — Me había contestado con nitidez y desparpajo totales.

Me dejó sin palabras su desplante.

Hoy han pasado varios años. Aquí estamos frente al mar, ahora ambos estamos armados y ella dispara primero:

"¿Y Usted por qué entró a la policía profesor?"

Y yo respondí:

"¡Nomás!

Por hobby,

es que me aburría en la casa".

Y pongo fin al tema. Le señalo unas gaviotas en la lontananza pero

Ella insiste y persiste. Suspiro con paciencia:

<<Verá, cuando terminé la preparatoria, laboraba en un bufete contable y había comenzado a estudiar la carrera de Contaduría, tenía yo como 18 años, una mañana iba caminando por la calle y me tropecé con una base de policía, no sé cómo firmé el contrato y ¡Así fue, allí me contrataron, es todo!>>

Ella me mira con sus grandes ojos cafés. "¡Ándele dígame la verdad!"

Me niego repetidas ocasiones. Ella insiste. Su aura se frota contra mí, como una gatita. Existe una especie de evocación del paraíso cada vez que una mujer te rodea con su encanto. Eso sí es una emboscada en la que uno puede quedar fascinado como en el más frenético de los sueños.

<< ¿Deveras quiere oír toda la historia?

Bueno, en realidad me tropecé con un sujeto despreciable, de apellido *Comparán,* él se hallaba parado de guardia afuera de esa base de policía, ese idiota inservible me martirizaba en la secundaria, en cuanto lo vi, me acerqué sonriendo y me planté enfrente y le miré pensando así : " ¡Hola, hola, qué milagrazo! Tú y yo vamos a platicar enseguida" ¡Yo estaba feliz! Claro que mi plan inmediato era cobrarme todas las que me había hecho en la niñez, yo deseaba averiguar cuántas patadas le cabrían en la cara o cómo se vería en el suelo gimiendo, porque hoy ya no parecía tan grande ni tan fuerte (Lo único que tenía grande era la cabeza ¡Estaba bien cabezón!) Las cosas estaban parejas... pero no era así, porque yo poseía un atributo decisivo: La venganza>>

Ahí termino el cuento y Miro a Keabeth, ella está atenta, me mira. Y pregunta muy emocionada:

"¿Pero él qué le dijo profesor? ¿Él *se rajó*? ¿Qué pasó, se pelearon? ¿Quién ganó de los dos, usted ya sabía karate? ¡Cuénteme, pues! Oiga, me gustan sus lentes, a lo mejor se le pierden ¿Eh?" – Ella tiene una entonación de rancho que contrasta muy bien con su cabellera rubia, sus piernas largas y torneadas, sus botas de diseñador y sus modales sofisticados.

<<Mire usted, Comparán estaba tartamudeando con su rifle embrazado y por eso yo estaba muy feliz, realmente muy feliz y en eso que se acerca otro oficial de policía y me dice: "Qué bueno que viniste ¿Viste la convocatoria? ¿Quieres ser policía? ¡Ven, pásate para que platiques con el comandante!"

Yo no dejaba de mirar a Comparán todo tembloroso (Y eso me engolosinaba, jamás había visto a alguien aterrorizarse ante mí) Y ya iba a acercarme más pero el otro oficial me jaló del brazo

"Ya te veo ahorita que salga, espera un minuto, no te vayas a ir" Le dije sonriendo con cortesía, aunque el aludido no soltó ni un suspiro, se quedó boquiabierto.

El comandante me entrevistó y quedó complacido en aceptarme, me dijo que le recordaba a *Roger Moore*, aquel actor de la serie *"Simón Templar, El santo"*, pero no en lo **físico** sino en lo **cínico,** además Me explicó los términos y el sueldo ¡Que era el cuádruple que lo que yo ganaba como auxiliar contable! Era un buen sueldo (¡La cosa se iba poniendo interesante!) Y me envió a la Dirección general, me indicó que yo debía acudir a las oficinas centrales para realizar los exámenes psicológicos, médicos y de cultura general, salí y me dirigí hacia *Comparán* que hasta le castañeaban los dientes al verme ¿O eran acaso las rodillas que tintineaban? ¡Ese cabezón ya estaba muerto! Sólo necesitaba un empujón para que cayera tieso como tlacuache. (Luego podrían enterrarlo dentro de su propia cachucha a manera de mortaja, esa cachucha tenía el tamaño de una tienda para acampar)

Lo tenía frente a mí, se veía todo azorado y yo me sentí como ese monstruo ¿Cómo le llamaban a esa abominación que fue hecha de barro? ¡El "Golem"! Esa criatura sedienta de provocar Terror, estaba como embriagado, como un dios al recibir ovaciones olímpicas. Me paré frente a ese cobarde y….

En eso se escuchó un ruido bien fuerte.

Era el pito de una patrulla, el "horn" que le llaman, era el comandante que iba saliendo, "¡Súbete flaco yo te llevo, me queda de paso, córrele!" Me subí y al salir miré a mi amiguito de la *secu*, es que yo estaba encantado contemplando su semblante de espanto total, le miré con la misma fascinación con la que un demonio miraría a su presa inminente.

Hice todos los exámenes y los aprobé. (Ellos no lograron detectar mi secreto, de todos modos, yo sólo quería trabajar allí unos dos años, en lo que terminaba la carrera)

Esa misma tarde regresé a la base de policía y busqué a *Comparán*, el oficial de Cuartel me recibió muy entusiasmado: "¡Qué bueno que aprobaste! Ven, te llevo con el administrador para que te den tu uniforme ¡Tienes buen talante para esto, nos hace falta gente como tú! Muchos no tienen el aplomo para este trabajo, mira a *Comparán,* por ejemplo, apenas llevaba un mes aquí, todavía ni cobraba su primer cheque y en cuanto te fuiste renunció ¡Se *peló* como si le debiera su alma al diablo y se fue corriendo! ¿Tú lo conocías, era tu amigo?"

Me preguntó si era mi amigo….

Jamás le volví a ver (Y Mi sed de absorber terror se fue convirtiendo en algo sobrenatural e indescriptible. Totalmente insaciable, tenía que encontrar más víctimas, pero ¿Cómo'? ¿Dónde? Nadie debería enterarse de eso)

Ingresé a la policía por venganza. Aún busco a Comparán.>>

Asumo una pose de escritor, mirando el horizonte y así finalizo mi cuento, en realidad no tiene mucho de realidad, pero es una ficción aceptable, aunque modesta, pero *pegadora* ¿O No?

Miro a Keabeth y ella payasea que se estaba quedando dormida:

"¡¿Qué?! ¿Qué pasó profe, cómo dijo, en qué me quedé?" bosteza y yo hago como que me largo pero ella me insiste otra vez y se cuelga de mi brazo jalándome hacia el puesto de *micheladas*: "¡Ay Ándele profe! –ríe con alevosía — Me quedé en que usted iba a la secundaria o algo así ¿Verdad? ¿Y luego qué, qué más? ¡Venga, le invito una *miche!*"

(Estas burlas suyas nunca las olvidaré tampoco, algún día, yo tomaré venganza contra ella, también)

Es vital que tu profesión te apasione. Yo soy bueno en la carambola de tres bandas; Además me encanta el Boxeo y también arreglar las cosas platicando, esgrimir argumentos, el arte de la retórica, la fascinación que provoca la elocuencia, soy feliz en un ring, pero en el trabajo, cuando me sale un mocoso de 30 años inyectado de esteroides gritando que él es el rey de la selva ¡Ese, ese es un momento formidable para mi corazón! Algo clama jubiloso dentro de mi alma y en lugar de pensar en rasguear las cuerdas y componer una serenata, mis puños me miran como si fueran dos leones negros de la Tartaria y me gritan sonriendo: "¡Vamos a aplastar, jefe, es la hora de la guerra, YA QUEREMOS SANGRE!"

No obstante, intento acaparar toda la furia y ceñirla a mi arbitrio. Absorbo el terror que infundo y me ejercito en el fino arte de Aplicar la furia con dosis oportunas y precisas. Yo no tiro golpes a lo loco. Yo pego donde duele.

Algunos agentes
se asustan
cuando la situación
se torna violenta
y salvaje...
Pero en mi caso
¡Es totalmente distinto!:
Porque
¡A mí
me encanta el momento del combate!

La guerra es otra forma de la diplomacia. La violencia, para mí, es sólo otra manera de resolver un conflicto. Ser policía es un Deporte de contacto.

Las señoras gritan, los hombres pelean. Es la naturaleza sencilla.

Pero no soy temerario, la verdad es que si entrenas boxeo o Judo o Silat, es casi un abuso enfrentarte a otro individuo cualquiera. Incluso, debes intentar evitar el combate porque es casi una alevosía permitirte entablar un conflicto contra cualquier sujeto en la calle. Por otra parte, *el mejor combate es el que se evita,* como bien lo dijo el célebre señor Miyagi o Tzun—Zun, no recuerdo bien; Pero lo importante es que no olvidemos que Si algo te gusta te preparas, se vuelve tu hobby, tu obsesión.

"¡Es usted muy osado, cuántas historias ha vivido usted!" –Me dice mi editora, pero tengo que responderle con franqueza:

— No es así, señora, he visto muchas historias no por temerario sino por precavido. Por eso he vivido para contarlas.

Lo que no quita que he *entambado* a más demonios que el mismo Arcángel San Gabriel... (Aquí si exageré un poquito)

LO QUE HACE LA DIFERENCIA ES LA TÉCNICA, LA TÉCNICA ES SUPERIOR A LA VALENTÍA. CASI SIEMPRE.

Si yo le pidiera a mi secretaria, la bondadosa y gentil Vanessa que calculara CUÁNTAS VECES excedí el nivel de precaución, se contabilizarían muchas, 29 de cada 30 veces el TARGET no presentaba Resistencia ni agresión, pero hay que perseverar y estar listos para la Ocasión especial siempre. Debo agregar además que, por otra parte, quizás no ocurra nada precisamente porque los TARGETS no son temerarios, se meten con quien pueden.

Los TARGETs nunca le tiran patadas al diablo.

Por eso en lugar de hacerle preguntas mercenarias, mejor le pediría a Vanessa que no se quite las medias.

TIRAS DE TIRAS

Nos apeamos para detener para su revisión a los tripulantes de un vehículo que circulaba por una solitaria carretera a eso de las diez de la noche.

Éramos un convoy de dos patrullas de policía y nuestro grupo estaba conformado por ocho agentes bien dispuestos y armados para cualquier situación. Briseaba alegremente y la noche nos saludaba con una frescura llena de promesas.

El vehículo sospechoso se orilló tal como se lo ordenamos y entonces ví que se trataba de un solo sujeto, de unos sesenta años de edad. El sargento Magallanes se dirigió hacia él y le indicó   que saliera del auto.

Ordené a mi chofer que se estacionara a la otra orilla de la carretera y mis elementos se desplegaron a la expectativa.

No ví ningún peligro inminente y tomé la decisión de cubrirme con mi patrulla y realizar una descarga de líquidos, mientras vigilaba al sujeto y escuchaba su diálogo:

— ¡Necesito que se baje del vehículo y se ponga de pie afuera para revisarlo! —Le ordenó Magallanes.

—No lo voy a hacer oficial.

— ¡Ah cómo qué no si se lo estoy diciendo yo que soy la autoridad! Le estoy ordenando que baje y se ponga de pie.

— Pos no voy a hacerlo, oficial ¡No lo haré! –respondió con dureza aquel sujeto.

Entonces el sargento ya había perdido la paciencia y le gritó casi en la cara al conductor:

— Le estoy ordenando que se pare y ¿Por qué no lo hará? ¡¿Es usted muy güevudo o qué?!

— ¡No, jefe, es que no tengo piernas! — Respondió el otro lastimeramente.

Comencé a pintar espirales en la tierra, cuidando de no mancharme las botas, mientras aquel sargento me miraba con un odio que sólo se compara al que se les tiene a los yernos ¡Si hubiera podido hasta me habria disparado! ¡Deveras!

¿Serían mis carcajadas el detonante de semejante ira? ¡Ira nada más!

El vehículo estaba modificado de manera artesanal y contaba con palancas y mecanismos que le permitían a ese señor conducir su vehículo, aunque no pudiera pisar los pedales.

Ya no trabajo en esa localidad, pero cuando paso por allí aquel sargento todavía me mira como si quisiera matarme con los ojos... Y a mí me vuelve a dar risa.

Lo malo, es que aparte de rencoroso ya se vendió con la maña y sí es muy capaz de echarme montón, pero ¡Qué le voy a hacer! Cada que me mira me acuerdo y es imposible contenerme.

***

12.— MI PRIMERA GUARDIA EN EL SEMEFO/ FANTASMAS Y REGGAE EN LA MADRUGADA. <<"Semefo, suena como a Cementerio ¿No?

Cierto que Tiene una ligera reminiscencia lúgubre, pero por favor no se dejen llevar por las apariencias. No se crean todo lo que se cuenta….porque… es peor de lo que se imaginan: Macabro, frío, infausto, pestilente, corrompido, barrial, atemporal; En esa época, los 90s, se ubicaba en uno de los espacios del Hospital civil de Guadalajara, al lado del antiguo y terrible leprosario, que sigue clausurado por su enorme poder infeccioso y colindando con el también antiquísimo cementerio, todo dentro de una fortificación monumental que abarca unos mil metros cuadrados y que incluye además muchos hospitales, albergues y laboratorios, pero que fue construido en la época de la Colonia, por el ilustre Fray Antonio Alcalde allá por el 1500, quien fue el gran benefactor de la Nueva

Galicia, pero no divaguemos. ¿Que si hay leyendas y aparecidos? Montones. Pero nada más de noche…aunque de día también espantan.

El Semefo es el lugar donde se depositan y analizan los cadáveres en Jalisco. Se escuchaba a lo lejos por la calle desierta una rolita de Reggae, creo que era Ziggy Marley, *"For the democracy"* ¿De dónde provenía esa canción? Por algún motivo, ese ritmo me parece muy de fantasmas, muy de vudú, de brujerías, también de insinuaciones cachondas pero, eran las 2 y media de la noche, bueno, eso ya es madrugada, y estaba un sujeto que parecía fuera de época, de tiempos muy antiguos, sentado en una banca de cantera rosa, sobre la cual abundan leyendas, no sé cómo pero, comenzamos a platicar animadamente, de repente, enfrente se asomó de las oficinas una de las chicas que laboraba como escribiente en la Agencia del Ministerio Público y me llamó; Me acerqué y allí me indicó la licenciada, titular de la Agencia, que fuera al interior del Descanso de Cuerpos y que le recabara la media filiación a una niña que había sido atropellada en la tarde y cuyo cuerpo se hallaba sobre una de las numerosas planchas del interior del Semefo; Yo era un agente nuevo y era mi primera comisión.

Ya había tenido una especie de curso de capacitación donde había presenciado hasta cinco necropsias al día durante una semana y estaba al tanto de los olores y el aspecto del lugar, unas cincuenta planchas de azulejo, en cada una tendido un cadáver y además unas treinta gavetas de acero en las que guardaban otro tanto de cadáveres para su análisis y para las prácticas de los alumnos de Medicina y Derecho.

Me toqué la pistola fajada, como por reflejo, y tomé mi libreta, salí de la oficina y me dirigí hacia la morgue, en la banca de piedra ya no se hallaba mi interlocutor ¿A dónde se pudo haber marchado, de dónde salió a esas horas, quién era? Enseguida abrí el enorme portón de madera, todavía se escuchaba el Reggae, muy bajito, no era lejano sino cerca pero muy tenue, quizás estaba muy desvelado y me dirigí al interior buscando mi pluma, se escuchan muchos murmullos como de gente platicando en voz baja, supongo que son estudiantes de medicina platicando en una estancia adyacente, el sitio estaba repleto de cadáveres, lo normal, allí en el centro llegué hasta el cuerpecito de la niña, comencé mis anotaciones pero repentinamente a mi lado, pretendí ignorar el fétido olor que emiten más de 100 cadáveres y entonces, algo me distrajo de esa repugnante sensación, algo aún más inmundo, algo espeluznante para lo cual no encontré explicación, escuché los gritos espantados de una niñita lejana y sentí que una manita helada me agarraba la mano, pidiendo ayuda....

"¡¿Por   qué   estoy   aquí??

¿Mamáaaaaaa,   dónde   estáaaaaaaaas   ¡!!???"

¿Dónde   estáaaaaaaaaas?

Yo ni volteé a mirar y salí volando a la chingada de allí.

¿Cuántas voces cortaron la quietud de la noche? ¿Eran zombis o aparecidos? ¿Me venían siguiendo? ¿Qué estaba sucediendo? ¿Me estaba volviendo loco? ¿Deveras no había alguna explicación racional? ¿A quién podría yo pedirle ayuda?

Llegué corriendo a las oficinas de la Agencia, mi corazón latía a galope sin control, yo sudaba y temblaba y tenía la boca seca, y le conté todo aturdido y a trompicones a la encargada, La licenciada Agente del Ministerio público que estaba de turno, me escuchó muy impaciente y me interrumpió diciendo:

"Mire Jefe, alguien tiene que hacer ese trabajo, a todos nos pasan esas cosas, todos los días, aquí a todos nos han estado pasando cosas, si no le gusta este trabajo entregue su arma y váyase".

¡Por eso nunca se casó! ¡Vieja amargada!

No hubo una plática, un apoyo, una explicación. Ni siquiera un atisbo de empatía ¡Se comportó como la peor perra burócrata en el mundo! Esa mujer era horrible y además tenía feo modo ¿Acaso poseía algún atributo? No lo creo. Ese lugar le había comido el alma. Ahora, yo tenía ante mí dos opciones: Dejar que ese lugar también me devorara mi alma eterna a cambio de un sueldo miserable y unas jornadas de esclavo o perseguir mis sueños de ser un gran escritor y buscar la verdadera felicidad.

Mi ropa apestaba a muerto. Ese olor fétido no se le quitaría con las lavadas, habría que tirar esa ropa. Así que empuñé mi libreta y......

Fui de regreso, crucé la calle fría y desierta y entré al Semefo y mientras rezaba al lado del cuerpecito, sentía que una manita fría me agarraba de la mano, como lo haría una niñita asustada y yo escuchaba a una niña llorando y que me preguntaba con desesperación con una voz atronadora:

—"¿Qué me pasó mamá? ¡Tengo mucho miedo! ¿Dónde está mi mamá? ¡Tengo mucho frío! ¿Por qué me dejaron solita?"

¿Yo ahí qué podía hacer? Estaba lleno de terror, pero me daba vergüenza regresarme con la licenciada, yo traía mi pistola ¿Pero para qué me servía en ese momento? ¿Allí qué puedes hacer?

La vocecita seguía gritando con desesperación, sonaba espantosa por toda la sala vacía, allí sólo estaba yo. La niña gritaba pidiendo ayuda y yo le respondía:

— "Mija, te pasó un accidente, vas a estar bien ¡No te asustes! Pronto van a venir tus abuelos por ti, no te preocupes, ándale ¡Reza conmigo!"

Y así seguimos rezando los dos. La niña y yo y ella agarrándome bien fuerte la mano izquierda y yo no me atrevía a mirar quién me sujetaba la mano, porque enfrente de mí en la plancha yacía el cuerpecito.>>

Esto me lo platica César Quezada S. Cuando finaliza, él echa un suspiro y mira lejos a la noche, como si volviera de un viaje terrible, como… si ya no pudiera recuperar la inocencia. Le pregunto de qué va a cuento, cuál es el tema táctico relacionado con esa aventura, entonces él echa una bocanada de humo, mira lejos con tristeza infinita como si hubiera atisbado una frontera terrible y me contesta con un español muy nítido: "¡Chingas a tu madre!"

Suelto carcajadas abruptas y hasta me sacan las lágrimas mientras él me observa con curiosidad y asco. Quisiera contenerme, pero sigo riendo de manera incontrolable, mientras, alcanzo a ver que Quezada se acerca furioso apretando los dientes y los puños con determinación y, no sé, hasta se me hace como que no se ve muy amistoso.

***

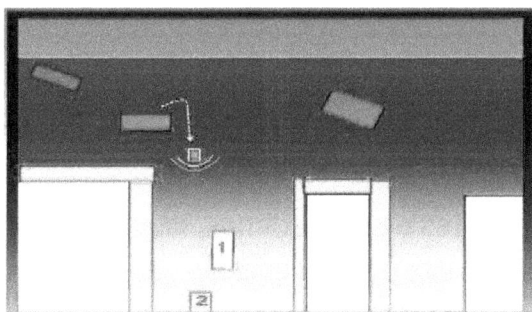

Antes de despedirnos, vamos a confrontar un tema simpático y crujiente:

_____13. — ¿JIUJITSU O KRAV MAGA? / EL CONSEJO DE LA TRIBU MÁS ANTIGUA. — Ya me lo aconsejaba mi siempre gentil Susana, quien posee una sonrisa majestuosa como el vuelo en picada de un halcón. Su silueta, en cambio, nada tiene de especial, curvas femeninas descaradas y ojos gitanos, verdes y traicioneros como su acento ruso. ¿Su aroma? Musgo, frutas y ámbar y leves notas florales con toques de pícara mirra y pinceladas de océano, mucha brisa; Esa mañana desperté y comencé a desnudarla muy muy lentamente, hice a un lado los calzones y también las blusas porque estorbaban encima de la cama, más bien la iba yo acariciando, le manipulaba sus rizos, la contemplaba retozar y entonces ella, muy generosa y permisiva me musitó bostezando como si fuera una pitonisa:

"Huye de este trabajo, es fascinante ¡Pero apesta! Búscate algo menos morboso, aburrido, esclavizante y amarillista. Y recuerda esto:

Tú posees algo que supones un atributo, pero es una herejía primigenia: La habilidad de pensamiento individual; Lo que te acarreará aventuras únicas y el odio sempiterno de los advenedizos. (Yo voy acariciando cada centímetro de su piel y sus huesos, y no pongo atención a nada de lo que dice)

¿Te acuerdas de esa película que te gusta, *"Blade Runner"*? Recuerda lo que le dice el robot *Rutger Hauer* al cazador de androides: <<*La única diferencia entre tú y ellos es la Libertad. Un humano tiene la libertad de elegir y tú... ¿Escogiste capturarnos o sólo obedeces órdenes?>>* ¿Y además por qué entrenas tanto?"

Todavía sorprendido por su sermón, pensé en esto que rondaba mi cabeza seguido: "Un detective se llega a embelesar en espiar a la gente: Descubres sus errores, sus obsesiones y sus amores y vicios, pero luego, no se percata que él mismo cayó en la emboscada, que ya estás viejo, que nadie te va a contratar nunca, que tus destrezas no le sirven a ningún patrón" Pero finjo que le sigo el tema y le respondí casi disculpándome:

¿A quién le gusta que le peguen? —Y enseguida con un sólo chasquido feliz desabrocho su brasier, aunque entonces ella finalizó con tono apaciguador:

"El secreto de la vida es que: No importa cuánto talento tengas, tu éxito dependerá de que tengas amigos influyentes y del estatus económico que heredes de tus padres o suegros Cariño, —musitó ella, melosa como una gata salvaje— El trabajo de policía básicamente consiste en enfrentar a los más peligrosos enemigos a cambio de que te despidan y ellos se vuelvan compadres de tus jefes, como lo hizo el general *Rebollo o García Luna.*"

ENTONCES ¿QUÉ ES MEJOR PARA EL TRABAJO POLICIAL EL BOXEO, CCQ: CLOSE COMBAT QUARTER, DEFENSE LAB, O KFM: KEYSI FIGHTHING METHOD?

Un arte marcial que se pueda suponer útil en el trabajo policial o para defenderse en las calles debe carecer de adornos, ser efectivo, directo y fulminante, hasta tal punto que te permita dominar a uno o varios sujetos *al primer topón*, como se dice; Y además debe ser tan dúctil que te permita utilizarlo contra oponentes distintos en peso, estatura, complexión y habilidades, porque no es lo mismo un ***mara salvatrucha*** que un ***hooligan*** de 2 metros de altura. Debería ser una técnica marcial que no requiera largas horas de entrenamiento porque nosotros no somos monjes *shaolin* que disponen de 5 horas al día para entrenar, sino ocupados granujas que sólo podemos usar una hora o quizás dos cada día para ejercitarse, así que nada de patadas espectaculares ni puños de hierro, sino una técnica directa, amigable y generosa de variantes. El maestro Sakuraba venció a los *Gracies* porque ellos se limitaron al Grappling, al jiujitsu solamente, en cambio él aplicaba todo el karate: Golpes de puño, de canto, codo, antebrazo, martillo, patadas, *Grappling*, barridas, judo, etcétera, él desplegaba las técnicas necesarias para sorprender a sus adversarios.

En una ocasión me hallaba yo a bordo de mi automóvil, de camino a llevar a mis hijos al circo (Suponiendo que los dejen salir después) Y estábamos esperando el "siga" en una avenida. Delante de mí a dos autos de distancia se hallaba una patrulla, de la cual salió un agente y se dirigió a otro conductor, este salió también y así nomás le propinó una paliza de cinco segundos al agente quien se derrumbó, de inmediato se aproximó el otro agente quien recibió idéntico tratamiento y fue vapuleado en brevísimos instantes ¡Ni las manitas metió! Allí quedaron ambos agentes tirados en el suelo, todo ocurrió en menos de diez segundos. Entonces aquel sujeto abordó su vehículo, el semáforo se puso en verde y él se retiró un poco confundido. Los dos agentes se levantaron como preguntando: "¿Alguien tomó las placas de este torton que nos atropelló?" Subieron a su patrulla y se alejaron de allí. Nunca supe si fue un intento de detención o un altercado vial, simplemente que sufrieron una paliza instantánea y que la vida puede obsequiarte mil sorpresas. Sorpresas explosivas.

Entonces ¿Cuál podría ser la mejor técnica para el trabajo policial?

¿Krav maga, judo, Silat, hapkido, lucha, boxeo, aikido, sambo, kung—fu, o el *boxeo afgano*? Este propósito merece explicar brevemente cada una de estas técnicas y...

¿Ustedes sabían que al "Pacman" **Pacquiao,** el estupendo boxeador filipino, que, en su apogeo, allá por el año 2010, le llegaron a contabilizar hasta 25 golpes en 4 segundos? A eso le llamo yo ¡Explosividad! Y no se detenía allí, el seguía tirando ráfagas con la misma intensidad durante toda la pelea ¡Era un completo huracán! ¿Tú, habrías podido enfrentarle? ¿Crees que en este momento en la calle no andan caminando por allí algunos sujetos que han estado entrenando alguna técnica de combate y qué harías si tuvieras que enfrentar a alguno de ellos? ¿Cuál sería tu arma secreta para derrotarle: Tu coraje, tu valor?

Este lienzo es tan amplio que lo pintaremos en el próximo capítulo platicando de cada una de las técnicas marciales más conocidas y con muchas anécdotas y sucesos espeluznantes y rizados como el vello de Amelia cuando despierta en mi casa y recorre los pasillos como un fantasma.

Así que nos ocuparemos de este y otros asuntos en los tomos siguientes de esta saga, temas como **"¿Cuáles podrían ser las cualidades de un policía apto**? Y también tocaremos levemente con metralleta el tema de **Defensa legítim**a porque mucha gente supone que ¡Primero debes recibir un balazo para poder defenderte!!!! Además, nos avocaremos a discernir **¿Qué circunstancias determinan el grado de riesgo de una situación determinada: ¿la Velocidad, la peligrosidad, la distancia o la fuerza?**

Desde luego hablaremos de eventos donde una sola omisión acarrea la debacle, pero también existen asuntos donde se pueden distinguir ¡Hasta cuarenta errores! Ya sabrán ustedes, errantes lectores que la mayoría de los instructores no tienen la más remota idea de nada de esto, algunos hasta tienen el descaro de exhibir videos reales donde se pueden observar diversas tragedias ocurridas a policías y cuando esperas que al final te expliquen qué paso o cómo se puede evitar ser una cifra más en las estadísticas, ellos simplemente repiten como zombis: "Hay que cuidarse" Pero no te dicen cómo.

Porque no saben nada. Para ellos el trabajo policial son sólo viudas y sangre.

Les contaré a propósito del **Keisy Figth Method**, o **KFM,** el cual es un sistema de defensa personal que en un principio, al parecer, fue diseñado para ser utilizado en las películas de la saga de **Batman** del director *Cristopher Nolan*, con la idea de mostrar maniobras que aparentaran ser reales, con movimientos que dieran la apariencia de ser útiles y novedosos en situaciones reales en las calles contra enemigos feroces y desalmados. Los dos creadores diseñaron un sistema que resultó muy atractivo y sí da la impresión de ser muy eficiente en un combate callejero. Prácticamente este sistema marcial que entrenaron tanto el actor que personifica a Batman, *Cristian Bale*, como *Tom Cruise*, quien actúa en la saga *Misión Imposible y Jack Reacher*, cintas en las que despliegan el **KFM,** nos muestran que el sistema se basa en una Defensa letal, nada de adornos, y pugnar por defenderte contra varios atacantes en un entorno hostil no deportivo. Y eso es lo que es, un genuino agasajo que toma una referencia del ***Close Combat Quarter*** y lo más sencillo y letal de las demás artes marciales para propiciar un reencuentro con la parte más sórdida del arte de la pelea.

Tampoco es cierto que siempre debes recurrir a tu arma de fuego, porque existen tramas donde debes aplicar lo mejor, lo más efectivo y a veces eso puede ser cerrar una puerta, pisar el acelerador, pulsar un botón o una patada o un manotazo, por ejemplo cuando el sujeto sale de la nada apuntándote con un arma pero se te planta prácticamente pegado a ti, allí ya no hay tiempo para desenfundar directamente, pero podrías golpear su arma y simular que forcejeas mientras desenfundas y le disparas directo a los ojos, esto es sólo una referencia, como ven habrá muchas anécdotas y muchos temas, porque, apenas vamos empezando.

Eso dijo ella.

_____14. — **EL SUTIL ARTE DE LA DEMOLICIÓN / LA BALADA DEL ROBO SIMPLE/ SIEMPRE ES MEJOR CON CALZONES.** — Ya me quiero despedir, pero veo muchas caritas tristes, les recuerdo que hay más volúmenes de esta saga, algunos cuentos son radiantes y parcos como ejemplo les comparto esto que me sucedió hace unos ocho años y que les contaré completo en el siguiente volumen de la saga, esto es sólo un adelanto:

En cierta ocasión. — Volvimos de un operativo exitoso, en el que detuvimos a cinco miembros de una banda (Que no eran los *Caifanes*) Recuperamos muchos objetos, fueron aseguradas varias armas de fuego, radios y dos vehículos, por otra parte, le rompieron un brazo a *Rotales*, pero eso es lo usual, hasta le fue bien ¡Antes sigue vivo, el pendejo! Cada uno se puso a realizar algo, unos hincaron a los detenidos frente al muro, otros llamaron para pedir pizzas. Yo me hallaba impávido entre todo el ajetreo, observando todo (A eso le puedo llamar yoga) En eso ingresó a nuestra guarida el Agente del Ministerio Público, alias El "*Tribilín*".

Me preguntó de inmediato si yo iba a redactar el informe. Le sonrío con inocencia, quisiera tomar un café moka, entre el bullicio se oye la voz del comandante *Lucas* que responde: "Aquí el jefe ¡Obviamente!" — señalándome con el mentón. "*Tribilín*" Me dice que está aliviado porque si yo lo voy a redactar él podrá tomarse unos minutos para comer, sabiendo que el informe estará listo pronto y sin ayuda. (Ese apodo es totalmente distinto al tipo, es sagaz y eficiente, una máquina de enviar detenidos envueltos para regalo directo a la cárcel ¡Entregas sin devoluciones!) Aunque sí le da un aire a Tribilín.

En eso llega el Coordinador del Área de Robos de la Fiscalía, me pide que vaya a ayudarle con una investigación que traen en otro grupo de investigación donde tienen a una detenida, pero no han obtenido ni un solo dato en cinco horas. Me confirma mis sospechas, pretende entregarme ese grupo de investigación conformado por siete agentes. (Aquí en México hay muchas fiscalías que están organizadas de esta manera, un comandante, con siete grupos a su mando, cada grupo conformado por un jefe de grupo y cinco o seis agentes de investigación) El segundo al mando es un tipo recomendado, pero les gusta trabajar. Hago cálculos. Miro al comandante Lucas, este está agobiado pensando quién podrá hacer el informe, me levanto, con sutileza anuncio a mis compañeros: "Charly", "Pitoloco", "Negro", "Bagre", (Todos son claves que acabo de inventar, para que los detenidos no sepan nuestros nombres) Agarren las computadoras. Por favor anoten los datos de todos los detenidos y sus dichos en *tahoma 11* y el inventario, tú, "Aníbal", Quiero las direcciones y las placas y llama a cabina de "Inteligencia" para consultar 75 y 23 y quiero los 101 de todos los detenidos y vehículos. A ver tú, *"chino"*: saca número de folio". Le digo al comandante: Yo regreso en 20 minutos y meto todo en el informe" El comandante está feliz, anuncia que mientras llevará a los detenidos para el examen médico de protocolo.

Salgo a cumplir la petición del coordinador. Antes detecto que uno de nuestros detenidos lleva un collar del *palo*, ese rito africano tenebroso*, el palo mayombe*, esto lo cambia todo, este será un día muy largo, todo se definirá hoy, este día va a haber una guerra de magia, una guerra entre el bien y el mal, entre el cielo y los magos negros, habrá un combate por la Tierra, un combate a muerte, fatal e ineludible, en el que muchos caerán, otros ni siquiera sabrán qué pasó, pero el resultado decidirá el futuro de toda la humanidad.

Miro a todos lados, camino relajadamente atisbando personas, olores, sonidos, damitas nuevas por allá, un jefe por este lado, unos amigos secreteándose allá lejos, pero me hacen un ademán sutil, les respondo. Me siento como el *Doctor House*, cavilando por los pasillos mil maniobras mientras miro alrededor. En este momento ya no hay tiempo para razonar, como diría *Bruce Lee:* "En el momento del combate ya no te queda otra que resolverlo con lo que sabes, no hay tiempo para aprender ni improvisar".

Debes estar concentrado y ser riguroso.

Me encanta este trabajo. No quiero planear nada, ni preveo lo que acontecerá en aquella oficina, en cierto modo me van a poner a prueba con el personal que será mi equipo bajo mi mando, en breves instantes sabrán si soy igual que ellos o si, por el contrario, soy más sagaz que todos juntos.

Aquel, es *Jorgito el fantoche*, calvo, es muy ameno, pero siempre se adjudica las mejores detenciones y se pavonea con las secretarias, aunque siempre acude a las llamadas de auxilio, nunca se raja. Yo soy como un demonio agazapado, no me importan la fama ni el reconocimiento. (Aunque el dinero es un incentivo importante)

Paso por fuera de la oficina de *Marichuy*, se escucha música deleitable de *Calamaro* y de *Manu Chao*, esa chica es un acólito del jazz, me cae bien. La música suena tenue. No huele a café allí.

Varios anuncios por el pasillo, aquella es la "Agencia para deschavetados", esa de enfrente es la "Agencia de Robos #2"

... Ese letrero fosforescente indica:

| SEÑALES DE ESTATUS |

Allá

| SEÑALES DE MIEDO |

Y esta que dice:

| SEÑALES DE TRANQUILIDAD INEXPLICABLE |

Allá a lo lejos distingo a ... ¡No puede ser! ¿Si ven a ese tipo? ¡No ese! ¡El otro! Ese de allá, el de la camisa verde, el que está conversando con Cecilia ¿Ya lo vieron? ¿Sí saben quién es él?

Ese que está en la puerta es *Pegueros*, allí, tranquilamente, dando información en la recepción del edificio ¡Pusieron nada menos que a Pegueros! Tiene quijada como de pelícano. ¡El tipo más letal de la policía que yo conozca! Ese personaje sonriente y bonachón es una máquina de combate ¿Quién lo puso en la guardia como si fuera un novato? ¿A dónde va a parar este bule al que llamamos pomposamente "Fiscalía de investigación"? ¡No me extraña nada! Desde que pusieron de jefa a Rosa Isela, (Ella tiene más de veinte libros y diez doctorados, pero ¡Jamás ha realizado una sóla detención en su vida!) Ya lo demás es más circo que maroma.

Me mira y le saludo a lo lejos con mi índice a la ceja, ese tipo me ha entrenado en judo, es una auténtica bestia y siempre honro a los que me han enseñado a sobrevivir. *Me tira de loco*, pero sonríe. Un pequeño animal atroz se va desperezando dentro de mi mente, comienzo a percibir muchas sensaciones, sonidos, aromas.

Los nuevos que van ingresando no tienen visión y por eso quieren resultados inmediatos, son la generación del *tik—tok*: Información rápida, breve y estúpida: Si van al gim se inyectan esteroides para inflarse en dos semanas, desean reconocimiento inmediato, pero no tienen perseverancia para conseguir un solo mérito. Hay excepciones, como en todos lados.

En cambio *Pegueros*, es un maestro que ha invertido décadas en su arte, el arte de la demolición.

Tampoco ir tres años al kwon es garantía de que adquiriste experticia en el arte marcial, conozco gente que a los tres meses ya se sienten *Van Damme* y sólo asisten a farolear. Un lobo, en cambio, es transparente. Invisible.

El

lobo.

Volviendo al presente. recuerdo que la última vez que charlamos, me decía Pegueros, mientras arrojaba a un detenido como bulto a la cajuela:

"Yo no tengo enemigos. Todos están muertos o presos".

¡Ah Cómo abundan los canallas por estos rumbos! ¿Quién me hizo cosquillas? Nos ganaron las carcajadas. ¡Cosas de la Vida que no tienen remedio!

¿Cómo serán mis nuevos compañeritos? Soy más maduro que cualquiera de ellos, pero las personas a veces suponen que por ser más adulto deberías ser un experto en cualquier cosa que hagas, así me pasó hace una semana que llevé a patinar a mi hija, todos esperaban que yo fuera un bólido y no; Más bien, soy lo suficientemente joven para intentar aprender algo totalmente nuevo a mis cuarenta, ese es mi mejor talento, yo siempre intento seguir aprendiendo. Me dí dos buenos trancazos ese día, pero sólo así se aprende. ¡Existen muchas cosas en las que todavía puedo ser un novato aprendiz! Y esto me hace muy feliz. Aunque pueda cometer uno que otro desliz.

Por otra parte, en el grupo en que actualmente laboro no tengo mando, ni siquiera soy el segundo, pero...Pero soy el mando, hago lo que quiero y siempre soy el que toma la última decisión y soy apreciado de esa forma, me gusta ser el jefe sin tener que dar la cara, es un secreto liderazgo y tengo menos responsabilidades y más tiempo para mí. Yo soy ambicioso, pero a veces es mejor estar donde puedes aprovechar el tiempo, la vida.

La vida no es sólo ver y obedecer. O mirar y gritar. La vida es observar y analizar y... Amar. Y tomar café ¿Dónde huele a café? Quiero uno, no tanto para tomarlo, sino para jugar con la cuchara, pegarle a la taza para hacerla tintinear, frotar la taza entre mis manos, todo ese quilombo me encanta.

Subo las escaleras y ...Parece que por error llegué otra vez a la oficina de Marichuy, ahora tiene música de *La Castañeda*, miro que tiene un objeto en su mano, no lo puedo creer ¿Sí será lo que creo? La música suena tenue.

Ella me hace señas para que entre.

—Te veo que no tienes muchas ganas de llegar. –Me comenta.

— ¿A dónde?

— ¡Ay, a donde sea que vayas! – Responde ella poniéndose efervescente.

— Es que el viaje no es el destino, El viaje es el camino. — Digo cuidando de no sonar pretencioso.

Nos reímos, luego nos asombramos de la cara que ponen todos en la oficina y nos vuelve a dar otra andanada de risas. Decimos más tonterías y se viene otra rociada de risas. Enseguida nos percatamos de lo absurdo de estar contentos en el interior de la fiscalía ¡Nada menos! Este edificio es nuevo, prácticamente lo inauguramos nosotros, pero está más corrompido de fantasmas depravados y soeces que aquel hotel, ese de la película "El resplandor" ¿Qué diría Kafka de esto? Pero eso también nos provoca una nueva cascada de risas. Entonces reparo en que nuestras risas se oyen ridículas y vuelve a darme otra nueva avalancha de cascabeles, ella se contagia.

Luego me besa en los cachetes con glamour "¡Uy qué guapa y qué bien hueles!" "¿Cómo están tus hijos?" "Tanto tiempo sin verte ¡Qué milagrazo!" ¡Pero si apenas ayer nos saludamos al pasar!" "¡Me late esa música!". "¿*Yazoo*?". "Sí" "¿Sabías que el compositor empezó en *Depeche Mode* pero se salió porque no soportaba tanto éxito?" "¿Y qué? ¿Luego abandonó a *Yazzo* porque comenzaron a hacerse famosos también? ¿Será cierto eso o lo inventaste?"

Reímos. Me dice: "¿Sabes qué? A mí se me figura que en cada grupo de *judas* hay varios estereotipos, mira, está el conchudo, o sea, el gorrón, también está el guapo, el feo y siempre hay un sabiondo, y otro que es bien enamoradizo y nunca falta uno que es bien agresivo y otro que nomás es mamón y ni sirve para nada. ¿Sabes en cuál encajarías tú?"

La miro sin prisa. Me recargo al otro lado de la oficina. Estoy ganando tiempo aquí. Entonces me suelta:

"Tú eres muy raro, Eder. Tú encajas en todos." — Y estalla en una risa fabulosa y grata, como una reina total. — "Bueno en todos menos en el de Guapo...¡Ah! Y tampoco eres gorrón."— Sigue riendo y no se para más que para decir más tonterías.

— Y tampoco eres romántico, eres como un lagarto, a ver tus ojos... ¡Sí lo eres!

—Eso ¿Eso lo consideras un halago, verdad? – le inquiero con paciencia. Ella hace un gesto hermoso, un poco triste, mirándome a los ojos y la boca y enseguida me responde:

— No... ¿Ya arreglé tu autoestima?

—¡Cantidad, mujer! ¡Qué derroche de sensibilidad! Me lanzaste hasta el volcán. — Ella vuelve a su actitud de diva y me contesta:

— ¡Ay! ¿Verdad que sí? ¡Así soy yo, y lo hago de todo corazón! Deveras. ¡Yo me debería haber llamado Lety Bondad o Vero Misericordia como una tía que tengo!

"TOBY"
la película
Él sólo era otro gato galán y simpático, pero por accidente, en un callejón
fue picado por unas croquetas contaminadas de radiación
¿Y qué creen?
En lugar de enfermar de cáncer como sería lo normal
"Toby" adquirió poderes superhumanos y súper gatunos.
Toby Es una amenaza feroz
Toby es una criatura que busca venganza
¿Contra quién?
Contra aquellos que encarecen los precios de las croquetas
Y Contra esos que le han endurecido sus cojines
¡Y no tendrá piedad!

Anuncio pagado por nuestros patrocinadores "Poca Cola" si usted busca obesidad, cáncer y diabetes, tome la chispa de la vida.

— Qué considerada de tu parte, no esperaba menos. – No dejamos de reír todo este rato. Es un embeleso reír tanto y sobre todo en este sitio tan siniestro. – Oye ¿No estaré en peligro de que me secuestren por poseer tantísimas cualidades?

Ella hace un gesto vago: "No, sólo cuando cobras la quincena ¡Pero, tienes préstamo! ..." –Me explica.

Nos apapachamos y me besa la mejilla otra vez "¡Ya vete, pues!" Sentí que al abrazarme me puso algo en el bolsillo interior de mi chaqueta. Lo palpo sin sacarlo. Creo que sé lo que es ¡Es el objeto que había llamado mi atención! Ella me susurra pícara algo mientras reímos. Nos damos de piquetes en la panza. ¡Uy si nos viera su esposo me dejaría como coladera de tantos balazos! Salgo de su oficina y palpo el objeto desde la solapa ¡No lo puedo creer!

Subo las escaleras e ingreso a la oficina, pero antes, en el umbral lanzo en silencio siete *mantrams*, por aquello de las brujas. No huele a adrenalina, lo cual significa que la detenida no está asustada, y eso, mis tenebras lectores, es malo para el negocio. ¡Ya nadie respeta a los *churriciales*!

De hecho...es bastante sospechoso que ella no esté molesta. Una persona normal debería estar asustada o enojada, este es el primer indicio ¿Me siguen en mis deducciones, mis atentos lectores?

SEÑALES DE TRANQUILIDAD INEXPLICABLE

Al principio se trata de recolectar indicios. Indicios fatales.

Cada asesino tiene un punto débil. (¿Qué es esa música de narcos que se oye aquí? ¿Por qué unos policías escuchan música de narcos? ¿Qué clase de seres oyen eso... voluntariamente?) Para unos es la arrogancia, quieren demostrar que son más listos que todos los demás, o más originales o más ingeniosos. Para otros criminales es...Esperen, allí están los *churriciales*, ellos también ameritan un breve análisis:

Dentro están los siete agentes que podrían ser mis mastines, si lo decido; Se escucha música vieja y execrable. Allí sentada está su detenida, esposada, una señora de unos 30 años, elegante, guapa, zapatos limpios, mucha pulcritud y dotada de un sentido de urbanidad, educada, universitaria quizás, ropa de marca sin pretensiones (Tiene mejor porte que cualquiera de mis colegas churriciales) La miro y la evalúo en un instante, calculo que en cinco minutos tendré su confesión. Pero entonces no tendría chiste, porque todos pensarían que no tiene mérito mi talento. Debo proceder como los médicos, mucho *"Abracadabra"*, muchos análisis, Mucho misterio, ya saben ustedes, mis avispados lectores.

Entonces... Uy se acabó este libro. Continuaré en el siguiente.

***

¡No se crean! ¡La cara que pusieron!

Hojeo el contenido de la denuncia. Ella es la secretaria de una empresa textil, los dueños sospechan que ha estado robando dinero de la caja, una cantidad total aproximada a los $100,000.00 pesos.

Una opción sería ordenar una auditoría, con eso se establecería claramente el dinero que ha estado ordeñando, aunque eso tardaría tal vez unas diez horas y aquí no existen contadores ...Aunque yo conozco otros métodos, como "El arte de la entrevista criminal" Y sólo necesitaré un Tehuacán.

Sos**pecho** con el **pecho** y cal**culo** con el ....Instinto especial de un sabueso viejo.

El segundo al mando, si yo decido quedarme, está atónito, le apodaré el "*Centauro*". Parece muy orgulloso, aunque llevan cinco horas interrogando a la detenida sin resultados.

¿Alguna vez han jugado a los *buzitos*, mis apacibles lectores? Sólo se necesita una toalla y una cantidad cuidadosa de agua. ¡Es un método muy fresco! ¡Como yo!

¿Qué mérito representa haber capturado a una secretaria en su lugar de trabajo? ¿De qué se ufanan? Esa fue la parte fácil. La difícil es averiguar qué pasó y cómo y cuándo y por qué y con quién y dónde y cuánto. A propósito: ¿Habrá café aquí?

Existen varias fases en la actividad policial, durante la investigación; **1**.— Cuando lo esperas agazapado afuera de su casa y vigilas hasta que salga, **2**.— Luego cuando lo persigues y te enfrentas a golpes contra el Target; En ese momento no hay lugar para negociaciones ni obsequiarle facilidades porque te mueres, allí debes actuar con determinación y en forma radical, porque ese sujeto es tu enemigo mortal y hará lo que sea por escapar, es un criminal y no merece ninguna ventaja, se actúa con rigor y sencillez.

Pero el momento de la investigación **3**.—Merece el mismo encono, aunque hay que aplicarlo de distinto modo, aquí hay que esperar a que él cometa los errores, a que hable, a que se exponga y caiga en contradicciones, que te ofrezca sus mentiras y vaya regando información útil desperdigada entre falacias y engaños. Es un judo mental.

Dos de sus agentes están sentados a un metro de la detenida y no dejan de dispararle este tipo de frases despectivas como: "¡Eres una ratera!" "¡Te vas a ir presa!" "¡Eres una ladrona!" "Te va doler lo que te haremos si no confiesas" "¡Eres una ratera y te van a correr de tu empleo!"; ¡Han desplegado sus mejores técnicas de investigación, poco hay qué hacer! ¡Vaya que están avanzando y obteniendo datos, son unas máquinas imparables!

Ellos sólo gritan, miran y la acusan, como si la fueran a convencer a puros insultos.

"¡Ay sí, pues! ¡Ya basta! ¡Yo maté a Colosio, ya déjenme!" – Bromeo en mi mente, imaginando que la Target confiesa abrumada.

— ¿Jefe, me traes la "Cajita feliz" por favor? –Le digo al *Centauro*. Este titubea y sale. Sé que tengo la atención completa de la detenida, pero no la miro. Ya saqué al que ella suponía que era el líder de la manada, ahora ella espera que le dirija la palabra y se prepara, pero la ignoro, necesito que pierda el ritmo y que todo le parezca impredecible.

Si yo le hiciera cualquier pregunta en este instante ella lo negaría todo, hasta su nombre. Porque está totalmente a la defensiva. Gracias a esos abyectos detectives ella ha estado entrenando una defensiva sólida, como una metralleta, como una muralla, si en este instante yo le preguntara: 8x5 ó incluso su nombre, en automático me contestaría: "¡No!"

Pero…Yo… soy un experto en demoliciones ¿Sabían eso?

Yo voy con calma, no me encolerizo, estoy en modo sublime, porque yo...voy a despellejarla totalmente.

Miro a los otros dos y les comento: "Un favor, preparen todo en la Zona Delta. Necesito que haya contactos de electricidad para los cables, no olviden las vendas, varias, vayan". No saben de qué hablo, pero salen. Es obvio que el Coordinador del Área les había avisado que yo sería su nuevo jefe.

Todavía no me convencen, no del todo. Son obedientes y ariscos, sólo que... no veo talento y la obediencia para mí no es uno de ellos. El 97% de la población son obedientes.

Interrumpo a otro agente que quiere opinar. Necesito silencio. Espero a que los últimos diálogos calen en la cabecita de la detenida. Ella va a repetir en su mente esos términos buscando una lógica: "Cajita feliz". "Cables". "Zona Delta". "Interruptores de electricidad" ... "Vendas".

El misterio del esperma. La electricidad.

Camino hacia ella, pero en lugar de hablarle, la ignoro, voy hacia un escritorio, enciendo la computadora. En mi mente imagino un diálogo con *Paco Ignacio Taibo II,* que va así:

La forma más directa para entender a alguien debería ser una pregunta simple ¿No crees?

— Una que te revele rápido el tipo de persona de que se trata ¿Verdad? —Me dice Paco siguiendo ágilmente el hilo de mis pensamientos— Por ejemplo, "Oiga disculpe ¿Cuál es su canción favorita de Serrat?" Así muy casual. Y si te responde una muy viejita es que se trata de esa clase de personas que se quedaron medio varados en el pasado, en la nostalgia y todavía sueñan con su primer beso, con sus días de secundaria —Paco prosigue con entusiasmo así:

Lo alarmante es que esto delata que <u>ya no son capaces de crear recuerdos, recuerdos</u> ¿Cómo llamarle? "Recuerdos determinantes", no, es mejor "Recuerdos relevantes".

¿Es muy claro, no te parece, *Eder?* A ti por ejemplo ¿Cuál es la rola que más te gusta? Porque una persona que no es capaz de disfrutar nuevas canciones nos revela que su cerebro ya está detenido, ya no aprende cosas nuevas, se vuelven amargados, nostálgicos. ¿Cuál es tu canción favorita, a ver?

—Esa rolita "Lenningrado" es dura y avasallante, pero aun así me considero amargado. —Le contesto.

— ¡Ay cabrón! Demasiado moderna. ¿Y de Serrat? Te sabes esa de ¿"De cuando estuve loco"?

— Sí, pero prefiero "Ghost again", mira, yo concuerdo en que el tiempo presente es como una cuerda floja entre varios universos, Paco, la gente todavía cree que el esperma que logra fecundar al óvulo es el más rápido, pero esto es falso, porque se sabe ya que los que llevan el cromosoma *XX*, los que determinan el sexo femenino, son más lentos que los XY (masculino) Así que muchas veces gana el menos rápido, incluso, hoy se ha investigado que el primer esperma que llega al óvulo no es aceptado inmediatamente, aparentemente pueden ir llegando varios, los cuales conectan con la membrana exterior y allí siguen ¿Qué pasa allí? ¿Acaso el óvulo los está examinando? ¿Acaso no es sólo la velocidad sino otros aspectos? ¿Elige por otros criterios? ¿El óvulo les aplica un concurso para elegir al mejor? —Taibo espera. Me mira. Emite:

—Hoy se dice que el esperma puede modificar su patrón genético cada 24 horas. ¡24 horas, cabrón! Eso significa que puedes procrear a un individuo distinto a ti, si tienes la capacidad de transformarte 24 horas antes de la cópula, cambiar tus hábitos, dejar de fumar, practicar ejercicio...

En esto reparo que la detenida está allí a dos metros de mí. Los otros tres agentes se hallaban expectantes, pero ya se distrajeron y cada uno está en su celular, en su procacidad ellos miran videos de suicidios. La detenida está desvalida. Solloza aún.

—Señora —Le digo, ella se queda sorprendida, pero yo remato así— ¿Se encuentra usted bien? —Hago una pausa.

Ella suelta el llanto sin inhibiciones. Fue tratada como una basura por cinco horas, esperaba lo peor de mí y ahora no sale de su asombro, yo me siento como ese astuto y sutil detective negro que interroga a un adolescente en la película esa de "*Boys on the Hood*' Donde lo hace confesar sólo platicando en voz baja.

El secreto de este arte, más bien, uno de los deleites del arte de la entrevista, es que no es infalible, podrías aplicarlo de manera inmejorable y por las razones correctas y aún así, a veces el resultado no te favorece. (Detesto los corridos tumbados que se oyen en esta oficina, música para venerar narcos)

— ¿Necesita ir al baño o algo? – Ella se derrite ante estos gestos de cortesía inesperados. Hasta me mira con gran incredulidad, supone que quizás Hasta me estoy burlando de ella. Este es un momento muy delicado de nuestro encuentro. Responde que no.

Le solicito al mamotreto ese que se cree detective que le traiga un lonche y él sabe que hablo en serio. Sale.

Al respecto de la Target, podría decir que ella no va confesar por arrepentimiento, por cierto, este es uno de los motivos más comunes por los que una persona confiesa; Nuestra Target no es proclive al arrepentimiento, este implica empatía y ella no tiene recuperación emocional, quizás sea una psicópata, (No todos los psicópatas destazan a sus víctimas, algunos sólo los trasquilan) Como sea, yo debo asumir que ella es culpable De esto y más. Y de otras cosas que serán desconocidas y permanecerán ocultas para siempre. Sin remedio.

(¿Saben algo, mis gozosos lectores? Hay personas que esperan diez horas para ser felices, esperan hasta que salen del trabajo para disfrutar ¡Otros lo postergan hasta la jubilación! Esta señora esperaba ser feliz cuando se volviera rica de tanto saquear la empresa donde labora...Eso es quizás un error plausible y tal vez hasta un exceso de optimismo.)

Yo en cambio, soy feliz en cada momento. ¡Vaya que estoy gozando este drama! La grilla, el crimen, los cuchicheos, los gestos sobreactuados de lambiscones de mis hipócritas compañeros ¡Esto me encanta! ¡Hasta lo haría gratis! Pero el dinero es un gran incentivo.

(Yo pienso que uno debería ser feliz todos los días. Intentarlo. No es fácil. Pero si tienes salud y comida ¡Ya vas de gane! ¿No creen ustedes? "Lo demás es pura vanidad" —diría mi madre, que es una experta en gozar— Yo no le heredé ese talento, ni el porte distinguido de mi padre, ni el carisma de mi abuela, pero me gusta aprender y con eso me divierto. Soy un aprendiz, de brujo)

Ella Comienza a oler a adrenalina, está soltando sus emociones y su miedo. Eso: Eso es lo que yo necesito. ¡Qué fluya el miedo! Yo soy inmune a las *lágrimas de cocodrilo*.

— Señora, usted merece ser tratada con dignidad ¡Permítame tratarle como usted se merece! —le digo. ¿Saben? creo que yo… No sé cómo explicarlo. Me alimento del miedo.

Necesito crear un nexo de comunicación con ella, ella es el Target, para vencerla no necesito gritar dos horas más fuerte que ella. Lo que requiero es encontrar el punto de contacto, el puente donde ambos nos encontremos, un tema en común, una cadencia única para nosotros.

Pero antes debo romper algunas barreras más. ¿Habían escuchado antes, mis apreciables lectores sobre "El sutil arte de la demolición"?

Ella va a confesar si yo me muestro como el oyente adecuado, lo más difícil de vencer es la vergüenza, los delincuentes la sienten y el truco consiste en permitirles que se relajen y estén convencidos que eso les ayudará y que tú podrías ayudarles. Y de hecho, si consigo la verdad, ella será beneficiada, ya lo he hecho antes y lo haré, aunque la ley dicte que no tengo facultades. ¿La ley? Eso es un dogma, yo lo que busco es la JUSTICIA. Antes esto se llamaba la Procuraduría de JUSTICIA, no de la legalidad. Acorde a esto, prosigamos.

Comienzo a conversar con aquella dama, a los pocos minutos ya sólo habla ella y yo sólo escucho, jamás le interrumpo, no tomo notas, ni me distraigo, le otorgo mi atención absoluta, o al menos actúo de esa manera para que ella lo crea así, ella echa rodeos, intenta hacerme perder la paciencia, menciona algunos temas frívolos que no van al caso, acusa a mis colegas, los compara conmigo, enseguida me arroja halagos de que soy mejor que todos ellos, me ruega que la deje libre, lloriquea, de pronto trata de seducirme con sus encantos, pero yo no dejo que nada de eso me distraiga, nada me altera, nada me escandaliza.

De algún modo viene a mi mente el tema de los casinos. (Aquí en nuestro país, un loco corrupto de apellido *Creel*, hace una década les liberó las concesiones a los mafiosos ¡Al grado de que actualmente, en México, hay un casino al lado de cada tiendita de abarrotes! Esto es un robo al pueblo. En Estados Unidos, por ejemplo, la zona de casinos se haya situada en medio de un desierto como en Las Vegas, para evitar que las personas de ingresos modestos entren y caigan en la trampa y lo pierdan todo, porque para eso son los casinos: ¡Para que lo pierdas todo! Allá en las Vegas, por el contrario, antes, debes conducir dos horas; Pero aquí, un vejete ambicioso tronó los dedos y él, muy obediente, se bajó los pantalones por unos cuantos millones de dólares) A veces, tu intuición te sugiere temas, preguntas, atajos.

La Target, platica de esto, comenta que le gusta apostar. Mientras habla entiendo que por eso saqué el tema, porque no veo a dónde se fue todo el dinero que se ha estado robando, no se nota en su automóvil, ni en su ropa. ¿En qué se ha ido gastando el dinero que roba? Pero es normal que dilapiden ese dinero maldito, recuerdo que a unos empleaduchos que trabajé una vez, no se les notaba el dinero. Hasta que descubrí que se los gastaban en ir cada viernes a conciertos de música regional, allí se gastaban toneladas de billetes, nunca guardaban ni un centavo.

Seguimos platicando animadamente; Y, es así, que unos minutos después me explica cómo fue robando diversas cantidades, mucho más de lo que la denuncia señalaba, pero platicamos animadamente, al poco rato ella devora el lonche que le ofrecí, charlamos como lo haría un druida con un chamán, ella bebe del refresco que le trajeron, hasta hay risas y chistes picantes, parecemos dos comadres, ella empieza a confesarme todos los demás detalles: Quien, cómo, Por qué, Dónde, con quién, Cuándo. Además, me platica que también "*puso el jale*" para un asalto, esto significa que ella les dio datos a unos rufianes para que pudieran perpetrar un asalto con armas de fuego contra la empresa donde ella trabaja. Sus patrones pensaban que se había robado de la cajita cien mil ¡Pero ella es culpable de pérdidas por casi un millón de pesos! Y quizás un poco más. ¡Esta "Damita" será la empleada del mes! ¡Sin duda! Ya tengo hambre. ¿Habrá puesto secuestros también? ¿Y mi café?

Los demás agentes no entienden nada. No alcanzaron a oír los cuchicheos, pero ya oyeron que ella lo hizo ¿Cómo pudo cambiar esta dama de estar angustiada, pero negando todo, a estar riendo y confesando todas sus travesuras? Eso es absurdo. Pero, en lugar de acercarse para intentar entender este proceso, sólo se pasman y se miran entre sí como si yo fuera un bicho raro.

¡Ellos no comprenden cómo bombardearla con insultos y amenazas y acusaciones no les dio resultados! Me miran con desprecio... Ellos son más jóvenes que yo, pero escuchan rolas viejas, sus mentes están avejentadas, ellos ya no van a aprender: "Chango menso no aprende maromas nuevas" – dice el refrán.

En eso regresan *el Centauro* y sus secuaces. Escuchan todo y me miran con tono soez. Este es mi punto detonante.

Yo me encamino hacia la puerta, *el Centauro* me pide órdenes, pero me alejo de estos ofidios, digo sin voltear que voy por un tejuino; Pero me encamino a mi oficina, aunque, no directamente, ya saben ustedes, astutos lectores, hago un grácil rodeo por las instalaciones, por supuesto paso antes por fuera de la Agencia de *Marichuy* para escuchar sus rolitas, ahora es una de *Botellita de Jerez*, "Luna misteriosa", esa rola tiene poder y atmósfera ¿Saben? Es una *suite* inalcanzable, pero tiene la elegancia de un camino bordeando un río nocturno, bajo la mirada escrutadora de mil asesinos que te acechan, giro para hacerme el disimulado y cruzo el puente viejo sobre el río, miro hacia abajo buscando mi reflejo, pero sólo se ve un pequeño ser antiguo y perverso que sonríe, me simpatiza, aunque siempre es inoportuno.

En realidad, lo que no me gustó de ese grupo de agentes fue la música que oyen, al final todo se reduce a eso. A pasarla bien, a gusto. En este momento. A cada instante.

En eso me topo con la secretaria del Jefe de División (Percibo su tenue aliento con sabor a café) Ella me pide que pase con él ¡Esta muchacha está exuberante! ¡Y además es tan amena y gentil! Algún defecto ha de tener... aunque no le hallo ninguno. Quizás sus cacheteros no combinan con su brasier y yo debería averiguarlo. De cualquier forma, ella merece un premio y yo estaría muy honrado en obsequiárselo. Con muchos aplausos y fuegos artificiales ¿Ustedes me entienden? ¿Verdad?

El jefe me dice que el Centauro ya le informó de mi sorprendente desempeño y que va a estar muy satisfecho de ascenderme, de forma "No—oficial" (Esto significa sin pagarme, sin reflejarse en la nómina) Para que yo sea el jefe de ese grupo, a lo que le inquiero con mucho respeto:

—Pero entonces... ¿El Centauro va a ser mi jefe? Digo, porque usted le dijo que me examinara.

A lo que él responde mostrando que lo suyo es la autoridad, no la diplomacia y señalando su estatus de recomendado gritón, al mismo tiempo haciendo la defensa del Centaurillo que es otra bazofia del mismo callejón:

— ¡No sea quisquilloso! Yo a usted le tengo mucho respeto y admiración y ...

Blablablá, blablablá, blablablá

Le miro fingiendo que le escucho. Pero ya ni siquiera oigo sus berridos amanerados, pretende lavarme el coco con halagos y ostentando su escalafón, para que yo acepte ser el tutor del Centaurito, que es un allegado del Fiscal, yo sólo seré el que saque la *chamba* mientras ese *manirroto* y esquizofrénico se regodea por las terrazas de la capital. A mí ni me convencerá ni me podrá intimidar. Yo soy ingenuo, es muy cierto, pero nomás la cara tengo. Si tu jefe te va a espiar con un subalterno ¿Qué clase de ascenso me está ofreciendo? Sólo voy a ser el gato de mi gato, el gato del Centaurillo; Y es que ya lo he dicho: Los bobos se juntan entre ellos y se creen que son los primeros, que a nadie se le habían ocurrido antes sus ocurrencias y creen que nadie los va a descubrir en sus triquiñuelas, pero *¡A otro buey con ese mecate!*

"¡Está usted todo pendejo! ¡Ni crea que voy a aceptar que usted me utilice de obrero nomás para que esa rémora inepta se vaya a levantar el cuello con mi trabajo!" Esto es lo que yo le diría al Coordinador, pero mejor no. Sospecho que me enviaría al pueblito más rascuache y olvidado de la sierra ¡Para siempre! ¡Esos desplantes de rebeldía sólo suceden en la televisión! Aquí en la realidad, esos aspavientos los pagas bien caro, te mandan al infierno hasta que tú solito renuncies.

No obstante, existen otras alternativas, siempre hay otras posibilidades... ¿Y si le rompo su madre de un madrazo? No creo que aguante tres, pero no. Necesito otra alternativa y ahora mismo. En este instante.

Le pregunto en silencio al escritorio Qué podría hacer en este instante y me responde secamente: "¡Métele el lápiz en el ojo! ¡Para que se le quite lo soberbio al gusano ese!" Me escandalizo de semejante consejo y le regaño mentalmente con estas palabras: "¿Que no se supone que sirves para que yo me apoye? ¿Qué clase de apoyo me estás brindando con semejante ocurrencia? Yo prefiero convencer que vencer" Se queda callado, se burla de mi supuesta indignación, pero me sigue la corriente, se da cuenta de que me encantaría desatar la furia en este Instante, la sangre, el globo ocular colgando de su cara, sus berridos lastimeros... *Harry el sucio*. Pero, quizás existe otro camino.

Su punto débil es su vanidad. Este tullido hormonal quiere, necesita denodadamente ser admirado. Pero no por cualquiera, necesita términos elevados y complicados que le indiquen que está siendo ensalzado por alguien muy superior, y que sin embargo es inferior en el rango jerárquico laboral, y eso lo elevará aún más en su ego andrógino.

A esta gente lo que más les molesta es el talento y cuando lo descubren tienen la urgencia por pisotearlo.

Esta doña mitotera se cree muy lista, entronada en su torre, ascendida jalada de las nalgas hasta la cúspide. Pero, yo... yo sé de la electricidad y del poderoso misterio del esperma, además yo soy un experto... en... el sutil arte de... la demolición.

Mientras sigue su parloteo yo imagino formas educadas y convincentes para zafarme de esta emboscada. Ya lo había dicho: Los peores enemigos están en casa aquí en la policía.

(Una vez fueron designados al mismo Departamento de Investigación tres agentes ineptos y ¿Qué creen ustedes que pasó? ¡Pues que se volvieron amigos al instante! Las sanguijuelas anidan, se juntan con los de su propia calaña, eso está comprobado científicamente, se protegen entre ellos ¡Pasa siempre! Y así fue que anidaron a los pies del comandante como sus fieles comadrejas, como sus esclavas incondicionales; Donde no hay virtud, no hay vergüenza. ¿Cuáles fueron sus logros? Ninguno, ninguna investigación resuelta, pero ¡Ah cómo regaron de chismes! ¡Esa comandancia se convirtió en el primer productor de ponzoña a nivel mundial!)

Me pregunto ¿Qué haría Murphy en una situación como esta? ¿Cómo la resolvería? No el *Robocop,* sino el ajedrecista. Bueno, ambas opiniones me serían útiles en estos instantes.

Yo tengo un gran aprecio por mi tiempo, pero me gusta ejercitar la paciencia, así que dejo cacarear al licenciado, aguardo mi oportunidad atentamente, no me dejo irritar por sus soberbias imprecaciones, no permito que me haga encabronar, lanza su perorata como si fuera un gran boxeador y estoy seguro que con un gesto lo haría cagarse de miedo, pero debo contenerme, mantenerme en control, debo entender cuál fórmula me conviene, debo captar que vivo bajo el imperio de los mentecatos, como en ese cuento de Stephen King, que él nunca escribió.

Cuando considero que va a tomar aire, le arrebato la palabra, comienzo arremedándole, de una forma tan obvia que el tipejo me mira con odio. Yo imito sus palabras, sus frases, su tono y cadencia y hasta sus ademanes y voy torciendo cada frase. A mi conveniencia. Parece que repito todo lo que él me dijo, que le sigo la corriente, pero voy envenenando todo su discurso.

Al principio me mira como si yo me estuviera burlando. Pero yo insisto, sé lo que hago, es el *mirroring*, copio y repito cada una de sus frases, como si yo estuviera aprendiendo de él y a todos, a todos los arribistas, les adula que los imiten.

Prosigo muy pausadamente, "Como usted dice"; "De la misma manera como usted me indica, señor"; "Yo estoy convencido que usted sabe mucho de esto licenciado, perdón, maestro"; Y así, con humildes y exaltadas frases adornadas de silogismos y atributos casi mitológicos de tan redundantes y esgrimiendo complicadas fórmulas de cortesía logro liberarme de dicha comisión, yo soy muy poco hábil para la lisonja, el halago y la lambisconería, pero creo que hice un intento muy digno y logré convencerle ¡Aunque tuve que declamar cumplidos hasta para su abuela!

Tengo que admitir que esto es ridículo: ¿Cómo es que me acabo de esforzar tanto con el jefe para no recibir un ascenso? ¿Por qué tengo que adular a un imbécil?

No tengo respuesta para eso. Existen muchos momentos, cada día, a cada minuto, momentos en que tú decides hacia dónde va tu vida y siempre es mejor elegir la libertad, "Ser o no Ser" diría Hamlet, ahora o nunca, este es el instante en que, sin el riesgo de pasar por la guillotina, puedes

escoger ser un hombre libre...

Y esta es la explicación: Yo podré parecer sereno, pero no soy un borrego obediente, soy tolerante ¡Pero que no me colmen la paciencia! No soy un pendejo ¡Me cae que no! Y no me colocaré yo solo los grilletes, nunca. Yo no soy su pendejo. No soy de ese tipo de pendejos. "No me llamen frijolero". El tipo se "Convence" de que él mismo decidió no mandarme a ese grupo. Es muy voluble, así que salgo antes que cambie de opinión.

No olviden, mis acomedidos lectores, que un buen entrevistador no nace, se hace. Las nociones elementales para entrenarnos las explicaremos con fervor casi patriótico en los siguientes volúmenes.

Luego salgo de allí como flotando. Sobre todo porque su secretaria se me queda viendo mientras la espejeo en los reflejos del ventanal sin que ella se dé cuenta ¡Qué perfil tiene su silueta, no puede haber tanta belleza! ¡Hasta me barrió de arriba abajo! ¡Es una tremenda lindura! ¿Pero qué puede verme? Yo soy… sólo una gárgola. Y nadie conoce mis inextricables secretos.

Me retiro rápido antes que el jefe se arrepienta, me pregunto: ¿A dónde va a parar este bule al que llamamos pomposamente "Procuraduría de Justicia"? Ni el mejor toro soporta tantos parásitos. ¡Tanta asquerosa garrapata! Este toro embravecido ya es un buey sometido… ¡Y está a punto de derrumbarse! Tú puedes meter a <u>treinta</u> muchachos recomendados, sin talento ni vocación...

Pero ¿¡Meter a <u>doscientos</u>!? Veo bases de policía donde no colocan guardias porque todos son influyentes e insulsos. Eso mismo le pasó a SEpARS y le está pasando a BIMBO, comenzaron a meter pura paja y luego ¿Quién hacía la chamba? ¡Pos nadie! Nadie sabía trabajar y así se hundieron en la quiebra.

En la policía tú puedes trabajar con <u>cien</u> elementos, aunque te echen <u>diez </u>sobrinos de generales y de jueces. ¿Pero qué puedes hacer si todos son parásitos? ¿Y si tienes <u>noventa </u>soquetes enfundados en pantalones ajustadísimos de mujer, que sólo salen a tomarse fotografías presumiendo sus rifles? ¿Quién hace el trabajo? ¿a quién pones de guardia?

Esto no es una fiscalía es una secta, es una guerra de sectas.

Llego a mi oficina. De inmediato todos asumen que vencí y que me voy. Se oyen comentarios en este tono: "¿Ya ves? ¡Te dije que no era tan buey!" Y otro opina: "Pos ¡Nomás la cara tiene!". Y otro más: "Si, es que la cara no le ayuda al *Demon*". Y alguien más: "...Bueno... Así feo, feo ¡No es!" Y Fercho completa: "...¡¿Comparado con qué?!" Y otro agrega: "...Con un perro... ¡Pero uno simpático!" "¡Aguas, aguas porque ya es jefe!"" Todos mis compañeros ríen *echándome carrilla*, como si eso me gustara, luego me observan, esperando que copie todos mis archivos a mi USB y me despida.

Algo falla ¿Qué es? Volteo a todos lados ¡Allí está! Es el detenido con su lazo de la santa muerte, está vocalizando en silencio, está hincado muy concentrado, todavía falta una pelea entre brujos, si la pierdo aparecerán más islas de Epstein, más faros rojos en las encrespadas olas negras de la muerte.

Tomo asiento y cruzo los brazos detrás de la nuca, en mi gaveta tengo café ¡Y es de "la flor de Córdoba"! Mmmm ¡Ya me saboreo el festín que me daré al rato! Sonrío y respiro profundamente, luego emito un amigable:

— ¿Y los chilaquiles...? ¿¡Pá cuando pues!?

Esa es la señal de que me quedo, todos estallan en júbilo lanzándome improperios y vituperios indignos de ser plasmados en este libro tan pulcro, ellos están felices.

En eso el comandante gira órdenes a Silva: "¡Tú, lánzate por las pizzas ya han de estar afuera ¿No escuchaste? ¡Yo pago todo! ¡Córrele!" – Enseguida me pregunta: ¿Ocupas algo más, jefe?

Sonrío y pronuncio: "¡Un agua de khalúa estaría excelente, jefe! ¡Si no fuera mucha molestia, jefe!" Y comienzo a redactar el informe. Mientras, Fercho pone música de Berlioz, estoy feliz. Hoy logré dos demoliciones, creo que apenas voy comenzando a aprender el sutil arte... Pero el empeño es un camino efervescente de amenazas, delitos y deleites ¡Como todo en la vida! En eso *Canek* me grita desde su escritorio tapando el auricular de la extensión:

"¡*Demon*, te habla la secretaria del coordinador!"

Esto despierta varias posibilidades, algunas milagrosas otras no tanto... Todo depende de en cuál universo me hallo en este momento. En uno de ellos la secretaria me busca extasiada por mi porte, en otro, el jefe de División salió de mi hechizo y me va a enviar muy lejos, detrás de los cerros más viejos. En ambos casos me espera un viaje ¡De eso estoy seguro! Casi seguro ¡Un viaje lleno de sorpresas y sudores y cabalgatas interminables!

* * *

¿Qué sigue ahora? Ya se los contaré en el siguiente episodio.

Entre tanto, sean tan gentiles de aplicar un dedo sobre los labios y otro sobre el gatillo.

Hasta el próximo episodio.

FIN

créditos Especiales:
GRÁFICOS:
Marcela M. Jiménez Durán y
Moisés Jiménez Briseño

BIBLIOGRAFÍA

Curso básico de investigación criminal. Departamento de Justicia de los EEUU

El Arte de la Guerra. Tzun—zu

El héroe de las mil caras. Campbell Joseph

Relatos de poder. Castaneda Carlos

Miguel Strogoff. Salgari Emilio

Derecho Penal. Amuchategui Requena Irma Griselda.

Cómo Aprovechar el propio carácter. Edit. Salvat.

Manual de Técnicas de Investigación del FBI. EEUU.

Visiones peligrosas. Ellison Harlan.

Manual del Aventurero. Nehberg Rüdiger. Edit. Sedena.

Manual de Protección a Funcionarios. Estado Mayor Presidencial de México. Edit. SEDENA.

El jurista y el simulador del Derecho. Burgoa Orihuela Ignacio

Dolo y error funciones dogmáticas. Quirino Zepeda Rubén

20 Reglas básicas de la Legítima defensa policial. Miguel Ontiveros Alonso

El Decamerón negro. Frobenius Leo

Los mitos griegos. Graves Robert

Secretos del lenguaje corporal. Kahan Jorge

Exceso de Dedicación. Comisario Sanantonio.

Cómo conocer a las personas por su lenguaje corporal. Ferrari Leonardo

Hamlet. Shakespeare William

Ricardo III. Shakespeare William

Sherlock Holmes. Conan Doyle Arthur

El candor del padre Brown. Chesterton H.K.

Ficciones. Borges Jorge Luis

A cuatro manos—four hands. Taibo II Paco Ignacio

Tom Sawyer. Twain Mark

Técnicas de entrevista. FBI

El zoo humano. Morris Desmod

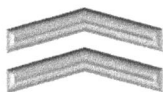

Este libro se terminó de imprimir
En el Año 2024
Prohibida la reproducción total o parcial de texto e
Imágenes contenidas en este ejemplar.

Tácticas Policiales

Entonces...

¿Cuál arte marcial le permite las mejores oportunidades para la vida real, para el trabajo de un policía?

¿El karate o el kung—fu? ¿O es mejor el CCQ, Close Combat Quarter o el sistema Keisy Figth?

(Sí, el libro ya finalizó. ¿Pero acaso a ustedes no les agradan esas escenas extras que aparecen cuando la película ya terminó y después de que pasaron los créditos, de pronto para nuestro deleite aparece por sorpresa un cacho más de película? Esto es igual, es un pilón sólo para nuestros lectores más consentidos. ¡Disfrútenlo!)

Digamos en primer término que todas las artes marciales reales ofrecen el mismo tipo de entrenamiento y habilidades. Todas enseñan técnicas de defensa, bloqueos, estrangulaciones y palancas, proyecciones o azotones, golpes con las extremidades y desplazamientos tácticos. Todas. Entendamos que en competencias o películas nos presentan los aspectos más distintivos de cada disciplina y que algunos artistas marciales o películas nos muestran lo más característico de su arte.

Algunos quizás opinarán así: "¡No hace falta entrenar, a la hora de los golpes tu cuerpo se llena de adrenalina y solito se defiende!"

Eso suena bonito ¡Es más!... ¡hasta podría verse simpático en tu epitafio!

Es cierto que la adrenalina provoca que haya una gran oxigenación y que los músculos estén listos para el esfuerzo, pero eso es lo mismo que un toro embravecido frente a un torero magistral ¡De poco servirá toda tu enjundia contra un puñado de técnicas! A la hora de los golpes un sujeto sin entrenamiento de combate sólo sentirá dos cosas: ¡Pavor total o Furia ciega! Y las tenerías están llenas de criaturas feroces.

Podríamos discutir esto toda la vida: ¿Cuál es el mejor arte marcial de todo el mundo?

¿El karate o el kung fu? ¿O el sambo? ¿Qué tal el judo? ¿El Tae kwon do? ¿El sistema de Chuck Norris? (El cual abarca cinco artes marciales que estudió, incluídos el judo) Chuck fue campeón mundial de Karate por cinco años, con más de 85 triunfos ¡Nada menos! ¿Y el jiujitsu? ¿Alguien lo ha escuchado mencionar?

O técnicas más modernas como el krav maga, el Keisy Figth Method, el CCQ y el Defense Lab ¿Alguno de ustedes las conocen?

¿Cuántas películas donde se utiliza el Aikido has visto tú? ¿O de Muay thai?

¿Alguno de ustedes sabía que existen artes marciales de Hawáii? ¿Que permanecieron secretas hasta la segunda guerra mundial, cuando un experto decidió revelarlas a los estadounidenses y fue soldado e instructor de su ejército? Lo mismo ocurrió con el karate.

¿O qué opinan del "Capoeira"? ¿Del Penkat Silat? Este último ostenta lograr que Filipinas fuera invencible a cualquier invasor durante toda su historia.

"La vida es como una carrera de obstáculos..." — Me decía con dulzura mi abuela— "...Pero algunos en lugar de saltarlos debes quitarlos a patadas de tu camino."

Ella siempre tan gentil y bondadosa. Miren, a veces en la corporación aparecían letreros en los que se anunciaba una

C O N   V O C A T O   R I A   para un curso del cual se iban a seleccionar a los mejores policías ¡A los policías más chingones! Con los cuales se iba a conformar un Grupo de Élite.

...Siempre me parecieron tarugadas inventadas por algún ocioso mamarracho; Porque para sobrevivir en este trabajo, para cumplir cada día con TU MISIÓN... tú tienes que ser ¡El mejor policía del mundo! ¡Cada policía debería ser un guerrero invencible y sereno!

: A ese sanguinario asaltante que viene hacia ti no le importa si eres guevón o barista.

: Ese señor, don David, el taxista, lo acaban de asaltar, él merece que el mejor policía acuda a entrevistarle y que le dé persecución y captura a los mugrosos que le atacaron.

: Esa señora que va por la calle, ella merece que el mejor agente esté patrullando por su colonia, porque es su derecho.

: Hasta Andrés, ese agente, él es atinado y se prepara todos los días, yo opino que él merece tener al mejor policía para que sea su compañero de turno, no a un apático temeroso.

¿De qué sirven esas Convocatorias? A los elegidos los mandan de escoltas del gobernador o a que sean los choferes de las amantes de aquel funcionario. Y les enseñan excentricidades risibles que no sirven ni para un espectáculo de circo.

Yo conocí a un par de agentes que nunca reparaban en este sutil aspecto, el del combate urbano. Les llamaremos ***Ratilla y Lalo***, ellos Un día llegaron a atender un servicio "Inofensivo" de un tipo ingiriendo bebidas embriagantes en la vía pública, sentado sobre el cofre de un vehículo. Se acercaron a él, quien se negó rotundamente a obedecerles, acto seguido ambos agentes intentaron amedrentarle, se aproximaron y entonces…Aquel sujeto ¡Levantó al más grande de los dos agentes y lo arrojó por los aires!

Ambos agentes tenían una talla grande, superior a la normal, pero eran ordinarios en todo lo demás, tacaños para gastar una hora en entrenar. Medían 1.80 y pesaban entre noventa y cien kilos. El Target también, pero había sutiles diferencias entre ellos…

Enseguida el segundo agente corrió con furia para atacar al Target, pero este casi bostezando le elevó con sus brazos y lo arrojó contra un árbol.

Ambos agentes se hallaban lastimados y enterregados, un profundo olor a derrota y humillación fue lo que les embotó hasta la médula. Un olor a burla interminable. Los vecinos miraban tristes la escena. Los niños vieron esto con una intensa decepción, ver allí derrotados como trapos en el suelo, todos como polvorones, a sus héroes, ellos pensaban que los policías son invencibles. Los agentes también, pero "El hábito no hace al monje".

El uniforme no te hace invencible, sino tus hábitos… Tus hábitos de entrenar.

"¡Es que no todos son atletas en este mundo! ¿Por qué tengo que entrenar?" — Podría ser un pretexto válido, sino fuera porque mucha gente, muchos que andan por allí, tienen un trabajo, una vida, con una intensa actividad física que los vuelve fornidos y correosos. Piense en obreros de siderúrgicas, chatarreros, campesinos, mecánicos, pescadores, jardineros, pintores, estibadores, albañiles, cargadores de tráilers, herreros, leñadores, carpinteros y muchos más que levantan, acarrean, trepan todo el día, todos los días... y son un cúmulo de músculos...y mañas. La diferencia entre una persona así, de este tipo y un sedentario oficinista es descomunal ¡Pida más donas!

El target no era un asesino, no los desarmó, ni los aniquiló allí mismo. Simplemente los siguió hiriendo...Aunque ya sólo los pisoteó con sus comentarios hirientes. Los descalabró en su orgullo. Hizo varios comentarios sarcásticos sobre los agentes, quienes acobardados para siempre le contemplaban temblando de miedo mientras aquel sujeto seguía bebiendo sus cervezas en sus narices, mofándose alegremente. Algo dijo, algo como de que era luchador o que había entrenado lucha libre, en eso llegaron más patrullas.

El target les lanzó un par de insultos más para ridiculizarlos a Valdo y al pobre de Joroba Corona y cogió el resto de su *six* y se metió muy despacio a su casa. Cuando los demás policías llegaron vieron a los dos agentes blancos de miedo y de tierra, parecían dos gatitos revolcados con los ojitos rojos a punto de llorar.

Alguien preguntó "¡Antes no les bajó los calzones!" "¿Por qué no le pegaron con el bastón?" "¡No seas menso, se los quita y se los suena a sanguazos con él!" "¡Tan zonzos los dos!"

El Target se asomó por la ventana y les ofreció más palabras de desaliento y de ironía procaz. No podían sacarle de su casa, el asunto no lo ameritaba.

¿Saben una cosa?

De la paz a la guerra existe sólo un espacio entre palabras.

Personas que salen sin paraguas, en época de tormentas, a la calle a merced de cualquier aguacero, salen en moto sin casco. A la guerra sin condones. Ustedes me entienden.

Yo crecí en Santa Cecilia. Un barrio tan pintoresco como Tepito o La Magdalena o la Benito Juárez. Un día, tenía yo ocho años, mi madre, quien es profesora, volvía después de un día arduo de trabajo y me tomó de los hombros y me preguntó muy seria: "Este barrio es muy problemático, hijo, quiero saber si tú alguna vez te has peleado en la calle, a golpes" — A lo que le respondí:

"¿Quieres saber cuántas veces me he peleado, mami?" — Ella asintió.

"¿Esta semana o en lo que va del año?" — Le contesté con inocencia, haciendo cuentas mentalmente.

¡Yo ya estaba curtido en eso y ella ni se había dado cuenta la pobre! Para ese entonces yo ya tenía en mi cuenta personal más de 40 peleas callejeras.

Todas perdidas, pero eso sí ¡Ni un solo empate, caballeros! ¡Puro espectáculo garantizado!

Una perspectiva inicial a través de la cual podríamos acercarnos al tema, sería proponer que cada arte marcial se destaca para una tipología física y psicológica del practicante; Así, el **Tae kwon do** se le facilita a personas con piernas largas, ágiles y delgadas; Y podríamos señalar que el **judo** lo aplican mejor las personas que destacan por ser robustas, con brazos cortos; Aunque existen excepciones a estas observaciones, pero sería poco probable que una persona muy delgada tuviera un buen desempeño en lucha grecorromana, por ejemplo, ya que se necesita musculatura para aguantar las caídas y maniobras de piso, sin duda.

Bien, vayamos al grano. En el trabajo policial ¿Qué sucede? Generalmente son encuentros de combate real, no deportivo, en los cuales debes someter a una o varias personas y existe la oportunidad de que intervengan otros chacales.

¿Qué se sentirá salir a la calle como policía y no poseer ningún entrenamiento en combate urbano? Porque por muy increíble que parezca el uniforme no te protege de los madrazos, ni de los balazos y mucho menos de los navajazos.

Les cuento que una vez llegaron los Agentes *Culises* y *Rotales* con el comandante y le explicaron que ya tenían ubicado al principal implicado de un crimen "Y entonces ¿Qué esperan? ¡Vayan por él!" – Les comentó impaciente el comandante. "Es que… queremos que nos preste dos agentes, así como fuertes, de arranque, de esos listos para la Acción, unos tres compañeros bien operativos, como el "*Lazcano*", por ejemplo" A lo que el aludido *Lazca* respondió con ternura infinita: "Ustedes lo que ocupan son niñeras, si tanto miedo tienen mejor no vengan a trabajar. Venir a este trabajo y no saber tirar patadas, es como ser futbolista y no saber meter un penal".

Entonces, se requiere un arte marcial que además de que se adapte a tu complexión física, sea rápido, contundente y que te permita defenderte contra varios atacantes, porque recuerden que una operación policial debe ser relampagueante siempre. ¡Debes llegar por sorpresa, dominar a tu presa en tres segundos y luego escapar con tu trofeo, bien fresa!

(No aguanté hacer ese verso, sin esfuerzo ¡Ay sor Juana, me pegaste varios vicios!)

En realidad, no existe un arte marcial que se adapte a personas con exceso de peso, es una mentira que se menciona en la actualidad al consentir semejantes deficiencias físicas, una persona con sobrepeso tiene muchas desventajas.

En un forcejeo hasta podría sucederle un episodio cardiaco o una lesión en las rodillas, o hasta un paro diabético, los he presenciado, es más, esos son los puntos vulnerables a atacar contra una persona de estas características, por muy enorme que esta sea. La obesidad es una condición mórbida. Muchos me odiarán por mencionarlo, porque en México y los Estados Unidos el 70% de la población la sufre. Mi amigo el viejo loco, don Madrigal, me explicaba en una tarde de lluvia esplendorosa en el parque donde él vive: "Pero a quien deberían odiar es a *Sabritas, Bimbo, Marinela y la Coca—Cola*, (Por cierto, todos forman parte del mismo cártel, junto con televisa) Son ellos, ellos, los que ponen la droga en los estantes y en los comerciales de la televisión. Ellos ponen el veneno al alcance de tus hijos y no sólo provocan obesidad, son precursores y detonantes de Cáncer, fallas renales y esclerosis, lo que se dice ¡Una delicia mortal!"– Yo entiendo que Don Madrigal está un poco orate, y por eso nos entendemos. Y luego prosiguió explicándome:

"Son tantas enfermedades que a veces me pregunto quiénes serán los dueños de las farmacéuticas, porque si acaso fueran los mismos… eso sería un negocio redondo… ¡Ups!"

Por otra parte, recuerde que usted puede modificar lo que sea. Con Fe y voluntad usted podría transformar su estatus paquidérmico, Un viaje largo comienza con el primer paso. Al principio todo parece imposible... ¡Hasta que alguien lo realiza! Sea usted lo que usted quiere ser, el esfuerzo es la diferencia entre un alfeñique y un explorador.

Y recuerden que:

"Con paciencia y mucha salivita un elefante logró *cogerse* a una hormiguita".

Me platicaba mi amigo *Kalimán* (No el verdadero, sino un amigo al que le pusimos ese apodo por petulante y esotérico) (Por cierto que no existe un *Kalimán* verdadero, porque es imaginario, sí sabían ¿Verdad?): <<Mira Polo, yo crecí llamando gordos a los gordos y prietos a los prietos y a los güeros les decíamos "pinches gringos" y a los flacos "muertos de hambre". Hoy, existe una cultura en que todo eso es INCORRECTO, porque nuestros Amos sacan provecho de todo eso, Ellos no quieren que te burles de los obesos porque ellos venden todos esos venenos que parecen quesos, que los engordan, ellos dicen que es INCORRECTO señalar a los homosexuales porque ¡Uy es un tabú mencionar esa palabra, es muy ofensivo! ¡Es peor que matar de hambre a pueblos enteros! ¿Te das cuenta? Nos prohíben expresar ciertos términos dizque para RESPETAR a todo mundo, pero lo que ellos hacen es IMPONER su poder, no importa lo que censuren,

para ellos lo importante es que TÚ OBEDEZCAS, que seas dócil sin cuestionar. Y sobre todo que los OBEDEZCAS A ELLOS. SOLAMENTE A ELLOS.>>

Esto lo dijo Kalimán, quien como ya lo dije es excéntrico y sagaz y suele comentar esta clase de desatinos como si se trataran de conclusiones científicas, hasta llegar al punto de declarar que uno de los estigmas de estos "Amos" sería algo así como: "¿Podemos controlar a un individuo hasta el punto de que obedezca nuestras órdenes, aún en contra de su propia voluntad e incluso en contra de las leyes fundamentales de la naturaleza, como la Autoconservación?".

<<¿Por qué hay personas que usan cubre bocas dentro de su propio automóvil? Por obesidad, digo, por obediencia mórbida ¿De qué se protegen, de su propio aliento? ¿Tiene una pizca de sentido común eso? ¿Por qué razón mucha gente se encerró en sus casas de forma voluntaria? ¿Acaso el aire no es indispensable para vivir? ¿Acaso no entra el aire? ¿El aire es maligno para la salud? ¡Por supuesto que sí! ¡Totalmente! ¡El aire es un peligro mortal! ¡Ya hay vacunas contra el aire, aunque la brisa es peor! Viva la libertad.>>

Cuando yo entré a trabajar como policía, primero comencé a entrenar **boxeo.** En realidad, te permite desarrollar velocidad, reflejos, poder de golpe y habilidades para esquivarlos. Una desventaja es que cuando ocurría que un Target se resistía con violencia yo lo masacraba y le dejaba el rostro como un trapo chorreando sangre.

La estética no lo es todo, pero nuestro trabajo se halla bajo el escrutinio de la gente metiche, que no te ayudan a capturar a los delincuentes, aunque te vean allí en el suelo intentando inmovilizarles ¡Ah, pero sí le sacas unas gotitas de sangre! ¡Te graban y se enteran hasta en la ONU! Además, la sangre a veces mancha el uniforme.

Cada arte marcial básicamente te enseña a defenderte. ¿Cómo? Son dos secretos básicos: 1.— Causando daño a quien pretenda agredirte y 2.— Enseñándote a evitar que te dañen. En resumen: Atacar y evitar que te agredan. Golpear al enemigo y esquivar sus puñetazos.

Todas las artes son de Defensa Personal, porque al momento en que atacas pierdes el **CONTROL DE LA SITUACIÓN**.

Entonces, todas las técnicas de combate buscan el mismo resultado, pero cada una pone especial énfasis en determinadas maniobras, así, el **BOXEO** se concentra en golpes de puño, principalmente, dirigidos al tórax, abdomen y cabeza del contrincante, siempre en la parte frontal y está prohibido, por tanto, pegar en la espalda, riñones, genitales, cuello, piquetes de ojos, etc. Debo agregar que existe una vertiente del boxeo, a la cual se le denomina "**Boxeo sucio**" Y son esas maniobras y técnicas que te enseñan a defenderte en la calle, digamos que sales del gimnasio y dos sujetos pretenden asaltarte, allí no puedes limitarte a las reglas deportivas del boxeo, así que aplicas el boxeo sucio que consiste en patadas y golpes a zonas prohibidas, esto con el fin de prevalecer. Muchos no conocen esta vertiente, pero existen viejos lobos de mar que te pueden enseñar esto y mucho más; El boxeo lleva ya más de 3,000 años, el pugilato era mencionado hasta en la Odisea de Homero.

El **Kung fu** y el **Karate,** además del **Hapkido,** así como **el Taekwondo**, por ejemplo, utilizan cualquier parte del cuerpo para propinar daño a tu adversario, desde las extremidades, hasta la cabeza, incluídos los codos y rodillazos. También utiliza sujeciones y derribos. Y puedes golpear y atacar, en general, cualquier parte de la fisionomía del enemigo, desde rodillas, ojos, tráquea, riñones, etc. Imagina al peleador de nombre *Benny* "El jet" *Urquidez* (Invicto en 100 combates) O a *Stephen Randall Thompson*, a quien apodan *Wonderboy* (Chico Maravilla) Espectacular, contundente, preciso. En diez segundos te coloca veinte patadas y dos puñetazos y lo próximo que ves es al cirujano ¡Pero ya te sientes feliz y a salvo!

Es útil que un arte marcial haya desarrollado una rama deportiva, con reglas, porque eso facilita el fogueo de combate más real, como por ejemplo **el boxeo y el Tae kwon do y hasta el karate,** donde puedes enfrentarte contra adversarios reales y así probar si eres rápido y contundente, y si los golpes duelen.

Este tema es muy interesante, porque es esencial que cuando vayas a inscribirte conozcas **el linaje** de quien va a ser tu profesor. Su trayectoria; por ejemplo, mi primer coach de **boxeo** era un señor de unos sesenta años de edad y de apellido, no lo recuerdo en este momento, sí, era Baena, y este señor había sido aprendiz de expertos y llegó a ser campeón del mundo ¡Del mundo! ¿Se imaginan? ¡Qué de cosas sabía este experto! Peleas, trucos, cómo vendarte, tipos de guardias, cómo desplazarte, qué dieta llevar, qué líquidos beber antes y durante la pelea, cómo cubrirte, cómo esquivar, cuántos tipos de jabs existen, experiencias, mañas, maniobras diversas y anécdotas casi infinitas. En cambio hoy...

Hoy veo de instructores a *morritos* de 20 años de edad que no saben ni fajarse los pantalones y te quieren enseñar ¿A qué? Es la generación *del tik—tok,* saben poco y malo. Son el reflejo del Reguetón: La insípida resultancia de no aprender nada, de no tener ningún talento. ¡Los jóvenes de hoy creen que un plátano con cinta es una obra de arte! –Esto lo explica muy bien ***Adelina Lesper*** – ¡Porque desprecian el esfuerzo, envidian el virtuosismo, detestan a los genios que desarrollan una maestría en su arte a base de esfuerzo! El arte contemporáneo es sólo basura para ignorantes igual que otras expresiones como su arquitectura, edificios igualitos de acero y cristal con paredes de cartón, totalmente miserables, como sus conciencias.

El Judo, es una rama del **Karate** que se enfoca en las sujeciones y derribos: Veámoslo de este modo, si un *judoka* te azota contra el suelo no necesita golpearte con sus puños, simplemente te pulverizará contra el suelo como un saco de huesos.

El **jiujitsu**, por su parte se concentra en las sujeciones, en la calle se ve muy elegante, podría provocar desde lesiones a articulaciones hasta la muerte por asfixia, pasando por daños cervicales graves, de manera temporal o definitiva. Aunque para defenderte contra varios sujetos podría no ser tan recomendable, porque es lento en su ejecución y resultados, porque mientras que en tres segundos con cinco golpes rápidos podrías defenderte de tres sujetos, el jiujitsu tarda <u>diez segundos</u> en desmayar <u>a un solo</u> sujeto, no me malinterpreten, este arte del ninja es sorprendente y magnifico, pero uno debe saber en qué instante aplicar cuál técnica.

Es de gran valor entender que además de tu complexión física, así como la de tu oponente, también implica conocer que cada ocasión merece un análisis para poder aplicar las mejores maniobras. Además, hay que entender la facilidad para obtener un entrenamiento en tu localidad o al menos obtener cursos en línea o formato digital.

El Sambo, en concreto, es el arte utilizado por los cuerpos militares y policíacos en Rusia, como ustedes saben consiste en derribar al contrario y luego someterlo a golpes o con sujeciones, *Khabib Nurmangomedov*, fue un campeón muy dominante en las Artes marciales mixtas, utilizando este arte marcial, aunque a veces muy aburrido. Duraba hasta 15 minutos abrazando las piernas del contrincante.

La lucha grecorromana o lucha libre, es un deporte explosivo y extenuante, exigente a nivel de resistencia cardiovascular y también desarrolla una corpulencia muscular en el practicante, lo que te podría convertir en un contrincante temible.

El Muay Thai, tiene un inconveniente, es que los maestros no son nativos de Tailandia sino gente que vio películas y eso lo demerita en nuestro país.

Es un arte marcial poderosa que prefiere los codazos a los puños y utilizar la espinilla en lugar del empeine en las patadas con lo que un ataque de estos es una demolición, dolorosa y fatal. También practican derribos y ataques en el suelo.

Ahora bien, con la base de estas artes marciales antiguas que hemos mencionado, se pueden practicar técnicas de ataque y defensa modernas que permiten un uso más pragmático, aplicadas a la calle, así nacen el **krav maga, el CCQ, el Keisy y del Defense Lab,** todas buscan una liquidación del enemigo de manera instantánea. Los ataques son lesivos, directo a yugular, tráquea, ojos, rodillas. Además, algo muy importante, estás últimas ponen un especial énfasis en la parte táctica para defenderte en la calle y consideran siempre defenderte contra <u>varios atacantes</u>, sin el menor atisbo de misericordia ni del honor, sólo buscan darte herramientas para prevalecer.

Antes de finalizar, les comparto que luego del boxeo, dos años después, comencé a entrenar el **Penkat Silat**. Yo sentía que debía hallar alguna alternativa menos sangrienta, claro que habrá muchas, muchas ocasiones en las que debas defenderte hasta con palos, pero yo debía buscar otras posibilidades para cuando el adversario no mostraba habilidades para el combate o no estaba drogado (Porque un sujeto embrujado es casi invencible, sólo hasta que lo nockeas o lo avientas a un barranco se detienen, aunque los hayas lastimado, luxado y fracturado, una vez le zafé el brazo del hombro a un Target y no se detuvo ni por el dolor ni por lo repugnante que se veía su lesión, parecía un zombi; Estas cosas no las entenderán nunca los jueces ni los señoritos de Derechos humanos) Así que busqué diversificar mis oportunidades para adaptarme a diferentes tipos: Gordos gigantes, borrachos intransigentes, raterillos violentísimos, tumbadores con cuchillo, asaltantes con pistola, etc.

Penkat Silat. Su árbol genealógico comienza en Indonesia, desde allí, algunos de sus practicantes comenzaron a emigrar a distintos países, donde estudiaron otras artes marciales, las cuales fueron añadiendo a su acervo, así, agregaron las poderosas patadas coreanas, katas y técnicas del karate y las alegres mañas del jiujitsu y claro, diversas técnicas del boxeo chino. Este sistema marcial continúa añadiendo otras técnicas, se considera que existen más de ¡800 variantes! Mi sifu, se halla entrenando actualmente otras maniobras para añadirlas a su escuela. Es letal y versátil, se entrena también con armas y con todo lo que se pueda utilizar como un arma. Fue el primer kwon donde existían combates de contacto total en México desde los años 80s, un fogueo formidable.

Todas estas artes marciales y técnicas de combate urbano las explica de forma precisa, concisa y magistral el especialista que maneja la página de *YouTube* en el canal "**El farraon**", echen una ojeada y miren el video de cada arte marcial para que se deslumbren con la sapiencia de este auténtico divulgador de la cultura marcial. Su video sobre **Batman** y el **Keysi Figth System** es imperdible**.**

Una duda me ataca en este punto. ¿Cuál es la técnica que utilizaban *Bud Spencer* y *Terrence Hill* que los hacía invencibles ante decenas de enemigos? ¿O la de Jackie Chan? Misterios, siempre misterios por resolver…

El **Gunfu**. Así le llaman al sistema que utiliza el karate (Ataque a mano abierta) con el uso de arma de fuego. Gun (Arma de fuego, en el idioma inglés) Se le puede ver en las películas coreanas y en la saga titulada "***John Wick***", (Si, esa donde mata a cien personas para vengar la muerte de su perrito) No obstante, nos regala formas de ataque muy modernas donde se defiende como sea, aplicando patadas, disparando, aplicando sujeciones a articulaciones, todo de forma simultánea. ¿Parece muy apropiado para el trabajo policial, verdad?

Bien, este tema está entretenido y quizás lo abordaremos más adelante, con más detenimiento, entonces ¿Cuál es el mejor?

Debes elegir un instructor que sea practicante originario; Por ejemplo, la disciplina de **El Sambo** es imponente, pero si tu profesor no es daguestaní, ni te entrenas bajo los rigores del islam, sin juergas ni mujeres, ni licores, habitando en las estepas rusas, con la intensidad y bajo ese clima invernal tremendo, entonces no podrás llegar al nivel de los combatientes más famosos de este arte, y lo mismo se puede opinar del Muay Thai o incluso del kung fu.

Si practicas boxeo con intensidad y fiereza, ese es el tuyo. Si eres un experto en la técnica que te apasiona, siempre serás un caballero, porque si no tienes puños de acero ¿De qué forma podrás defender tus ideas? Un hombre que no sabe pelear es dócil y permite que las injusticias ocurran enfrente de sus narices.

A ver, vas en el metro, de pronto se suben tres sujetos, drogados, se acercan a molestar a una señora ¿Tú qué haces? ¿Jalas la palanca de emergencia? ¿Simulas que traes una pistola e intentas intimidarlos? ¿Atacas por sorpresa sin decir "Agua viene"? ¿Le avisas a unos policías que se ven en el camino, afuera?

Esa capacidad de elegir entre varias alternativas te la obsequia la Técnica. Porque si no la posees simplemente te cruzarás de brazos y te harás el dormido.

Si conoces como hacer un hiperextensión de hombro, pero también cómo defenderte de una patada de tu contrincante, entonces vas buscando tu propio estilo. Si tú posees el afán de entrenar y aprender continuamente y conocer nuevas técnicas entonces, cuando te enfrentes a un adversario podrías aplicar la maniobra precisa a la que él sea más vulnerable, en cada momento específico del combate. Es todo.

Aunque es preciso mencionar dos cosas: No todo en la vida se arregla platicando, de hecho, en la vida, como les digo a mis hijos, las cosas se arreglan de dos modos: Platicando o a madrazos.

Hay una tercera opción: Con paciencia.

Pero en el trabajo policial, en la calle, los conflictos a veces pasan de una agradable charla al nada apacible combate mortal en un segundo y sin previo aviso.

***

Además, no todo es nada más saber tirar patadas, sino conocer los secretos del desplazamiento táctico ¿Hacia dónde debes moverte en caso de ser acechado por un tumultuoso motín de desdichados presos? ¿Cuál es el lugar o la ubicación que te ofrece mejores ventajas de defensa contra varios atacantes, un pasillo, unas escaleras, arriba o abajo? Si vas en tu automóvil y se aproxima un sujeto sospechoso ¿Qué es mejor para ti, seguir en el automóvil o descender antes que él llegue a ti? ¿Cómo escapar y contra—emboscar al enemigo? Si vas caminando por la calle ¿Qué es más seguro? ¿Ir de frente a los autos o con los carros viniendo desde tus espaldas? Todo eso lo comentaremos en los episodios subsecuentes.

Porque

 la aventura continúa.

CONTACTO CON LOS AUTORES:

Página de Facebook
"Tácticas policiales"
Correo
librotacpol@gmail.com
Instagram: Tacticaspoliciales

Otros libros de los autores:

Colección
"CRÓNICAS POLICIALES DE MÉXICO"
Siete volúmenes y una serie policiaca

Contenido

El tomo II es ¡Extraordinario! hasta puedo aventurarme a revelarles amigos míos que es quizás el mejor capítulo de toda la saga. Algunos temas son más ágiles, algunos personajes salen más descarados y atípicos. En cierto punto, hubo historias que me hubiera gustado extender en un solo libro, un *spin off* ¿Se imaginan?

En el **tomo III** abordaremos relatos directamente involucrados en la INVESTIGACIÓN CRIMINAL, son tramas un poco más centradas en lo detectivesco, pero nada de esas fantasías de la televisión, sino casos reales, cuya

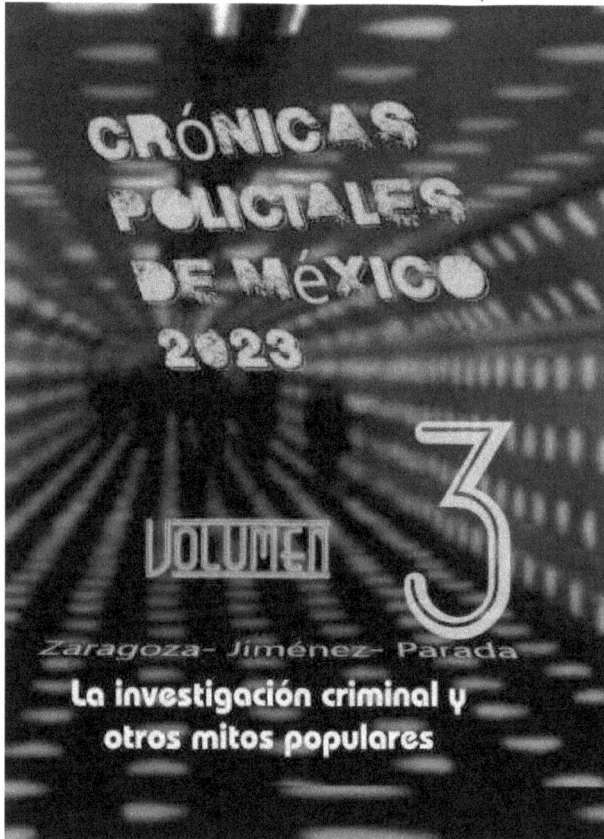

resolución se consiguió a base de muchos esfuerzos tortuosos y peripecias y brincando mucha burocracia. Y hay mucha aventura. Intriga, golpes, panecitos, persecuciones... mujeres bellas y traiciones.

Milton Keynes UK
Ingram Content Group UK Ltd.
UKHW021111070624
443893UK00013B/647

9 798224 061150